Gatos Guerreiros

Caminho Perigoso

ERIN HUNTER

GATOS GUERREIROS

CAMINHO PERIGOSO

Tradução
MARILENA MORAES

Esta obra foi publicada originalmente em inglês com o título
WARRIORS SERIES: 5: A DANGEROUS PATH
por HarperCollins Children Books (USA) e em paperback por HarperCollins Children Books na Inglaterra.

1ª edição 2014
5ª tiragem 2024

Tradução
MARILENA MORAES

Acompanhamento editorial
Márcia Leme
Preparação
Maria Fernanda Alvares
Revisões
Ornella Miguellone Martins
Ana Paula Luccisano
Edição de arte
Katia Harumi Terasaka
Produção gráfica
Geraldo Alves
Paginação
Studio 3 Desenvolvimento Editorial
Arte e design da capa
© Hauptmann & Kompanie, Zurique.

Dados Internacionais de Catalogação na Publicação (CIP)
(Câmara Brasileira do Livro, SP, Brasil)

Hunter, Erin
Gatos guerreiros : caminho perigoso / Erin Hunter ; tradução Marilena Moraes. – São Paulo : Editora WMF Martins Fontes, 2014. – (Série gatos guerreiros)

Título original: Warriors series 5 : a dangerous path.
ISBN 978-85-7827-822-9

1. Literatura infantojuvenil I. Título. II. Série.

14-01440 CDD-028.5

Índices para catálogo sistemático:
1. Literatura infantojuvenil 028.5
2. Literatura juvenil 028.5

Editora WMF Martins Fontes Ltda.
Rua Prof. Laerte Ramos de Carvalho, 133 01325.030 São Paulo SP Brasil
Tel. (11) 3293.8150 e-mail: info@wmfmartinsfontes.com.br
http://www.wmfmartinsfontes.com.br

Ao verdadeiro Amora Doce.

Agradecimentos especiais a Cherith Baldry.

AS ALIANÇAS

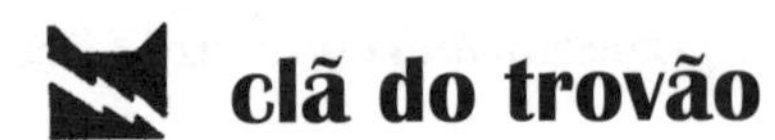

clã do trovão

LÍDER	ESTRELA AZUL – gata azul-acinzentada, de focinho prateado.
REPRESENTANTE	CORAÇÃO DE FOGO – belo gato de pelo avermelhado. APRENDIZ, PATA DE NUVEM
CURANDEIRA	MANTO DE CINZA – gata cinza-escuro.
GUERREIROS	(gatos e gatas sem filhotes) NEVASCA – gatão branco. APRENDIZ, PATA BRILHANTE
	RISCA DE CARVÃO – gato de pelo macio, malhado de preto e cinza. APRENDIZ, PATA DE AVENCA
	PELE DE GEADA – com belíssimo pelo branco e olhos azuis.
	CARA RAJADA – bonita e malhada.
	RABO LONGO – gato de pelo desbotado com listras pretas. APRENDIZ, PATA LIGEIRA
	PELO DE RATO – pequena gata de pelo marrom-escuro. APRENDIZ, PATA DE ESPINHO
	PELO DE MUSGO RENDA – gato malhado de marrom--dourado.
	PELAGEM DE POEIRA – gato malhado de marrom-escuro. APRENDIZ, PATA GRIS
	TEMPESTADE DE AREIA – gata de pelo alaranjado claro.
APRENDIZES	(com idade superior a seis luas, em treinamento para se tornarem guerreiros) PATA LIGEIRA – gato preto e branco.
	PATA DE NUVEM – gato branco, de pelo longo.
	PATA BRILHANTE – gata branca, coberta de manchas alaranjadas.

PATA DE ESPINHO – gato malhado de marrom-dourado.

PATA DE AVENCA – gata cinza-claro, com olhos verdes-claros.

PATA GRIS – gato cinza-claro, com manchas mais escuras, olhos azuis-escuros.

RAINHAS (gatas que estão grávidas ou amamentando)

FLOR DOURADA – pelo alaranjado claro.

CAUDA SARAPINTADA – malhada, cores pálidas, a rainha mais velha do berçário.

PELE DE SALGUEIRO – gata cinza-claro, com excepcionais olhos azuis.

ANCIÃOS (antigos guerreiros e rainhas, agora aposentados)

CAOLHA – gata cinza-claro, membro mais antigo do Clã do Trovão, praticamente cega e surda.

ORELHINHA – gato cinza, de orelhas muito pequenas; gato mais velho do Clã do Trovão.

CAUDA MOSQUEADA – gata atartarugada, belíssima em outros tempos, com bonito pelo sarapintado.

clã das sombras

LÍDER **ESTRELA TIGRADA** – gato grande marrom-escuro, de pelo malhado, com garras dianteiras excepcionalmente longas, que antes fazia parte do Clã do Trovão.

REPRESENTANTE **PÉ PRETO** – gato grande branco, com enormes patas pretas retintas, antes um vilão.

CURANDEIRO **NARIZ MOLHADO** – pequeno gato de pelo cinza e branco.

GUERREIROS **PELAGEM DE CARVALHO** – gato pequeno e marrom.

NUVENZINHA – gato bem pequeno, malhado.

FLOR DO ANOITECER – gata preta.

ROCHEDO – gato prateado e magro, antes um vilão.

PELAGEM RUÇA – gata de pelo alaranjado escuro, antes uma vilã.
APRENDIZ, PATA DE CEDRO

ZIGUE-ZAGUE – enorme gato malhado, antes um vilão.
APRENDIZ, PATA DE SORVEIRA

RAINHA

PAPOULA ALTA – gata malhada em tons de marrom-claro, de longas pernas.

clã do vento

LÍDER

ESTRELA ALTA – gato branco e preto, de cauda muito longa.

REPRESENTANTE

PÉ MORTO – gato preto com uma pata torta.

CURANDEIRO

CASCA DE ÁRVORE – gato marrom, de cauda curta.

GUERREIROS

GARRA DE LAMA – gato malhado, marrom-escuro.

PERNA DE TEIA – gato malhado, cinza-escuro.

ORELHA RASGADA – gato malhado.

AÇAFRÃO – gata marrom-dourado.

BIGODE RALO – jovem gato malhado, marrom.
APRENDIZ, PATA DE TOJO

ÁGUA FUGAZ – gata com manchas cinza-claro.

RAINHAS

PÉ DE CINZAS – gata de pelo cinza.

FLOR DA MANHÃ – gata atartarugada.

CAUDA BRANCA – gata pequena e branca

clã do rio

LÍDER

ESTRELA TORTA – gato enorme, de pelo claro e mandíbula torta.

REPRESENTANTE	**PELO DE LEOPARDO** – gata de pelo dourado e manchas incomuns.
CURANDEIRO	**PELO DE LAMA** – gato de pelo longo, cinza-claro.
GUERREIROS	**GARRA NEGRA** – gato negro-acinzentado.
	PASSO PESADO – gato malhado e de pelo espesso **APRENDIZ, PATA DA AURORA**
	PELO DE PEDRA – gato cinza com cicatrizes de batalhas nas orelhas.
	PÉ DE BRUMA – gata de pelo cinza-escuro.
	PELUGEM DE SOMBRA – gata de pelo cinza muito escuro
	VENTRE RUIDOSO – gato marrom-escuro.
	LISTRA CINZENTA – gato de longo pelo cinza-chumbo, que antes fazia parte do Clã do Trovão.
RAINHA	**PELE DE MUSGO** – gata atartarugada.
ANCIÃ	**POÇA CINZENTA** – gata cinzenta e esbelta, com manchas irregulares e cicatrizes no focinho.

gatos que não pertencem a clãs

CEVADA – gato preto e branco, que mora em uma fazenda perto da floresta.

PATA NEGRA – gato negro, magro, com cauda de ponta branca; vive na fazenda com Cevada.

PRINCESA – gata malhada em tons marrons-claros, com peito e patas brancas – gatinha de gente.

BORRÃO – gatinho roliço e simpático, de pelo preto e branco, que mora em uma casa à beira da floresta.

Pedras Altas
Fazenda
do Cevada
Acampamento do
Clã do Vento
Quatro Árvores
Queda-d'Água
Árvore da
Coruja
Vale
Rio
Rochas
Ensolaradas
Acampamento do
Clã do Rio

Ponto da Carniça
Acampamento do
Clã das Sombras
Acampamento do
Clã do Trovão
Grande Plátano
Rochas das Cobras
Pinheiros Altos
Ponto de Corte
de Árvores
Lugar dos Duas-
-Pernas
Clã do Trovão
Clã do Rio
Clã das Sombras
Clã do Vento
Clã das Estrelas

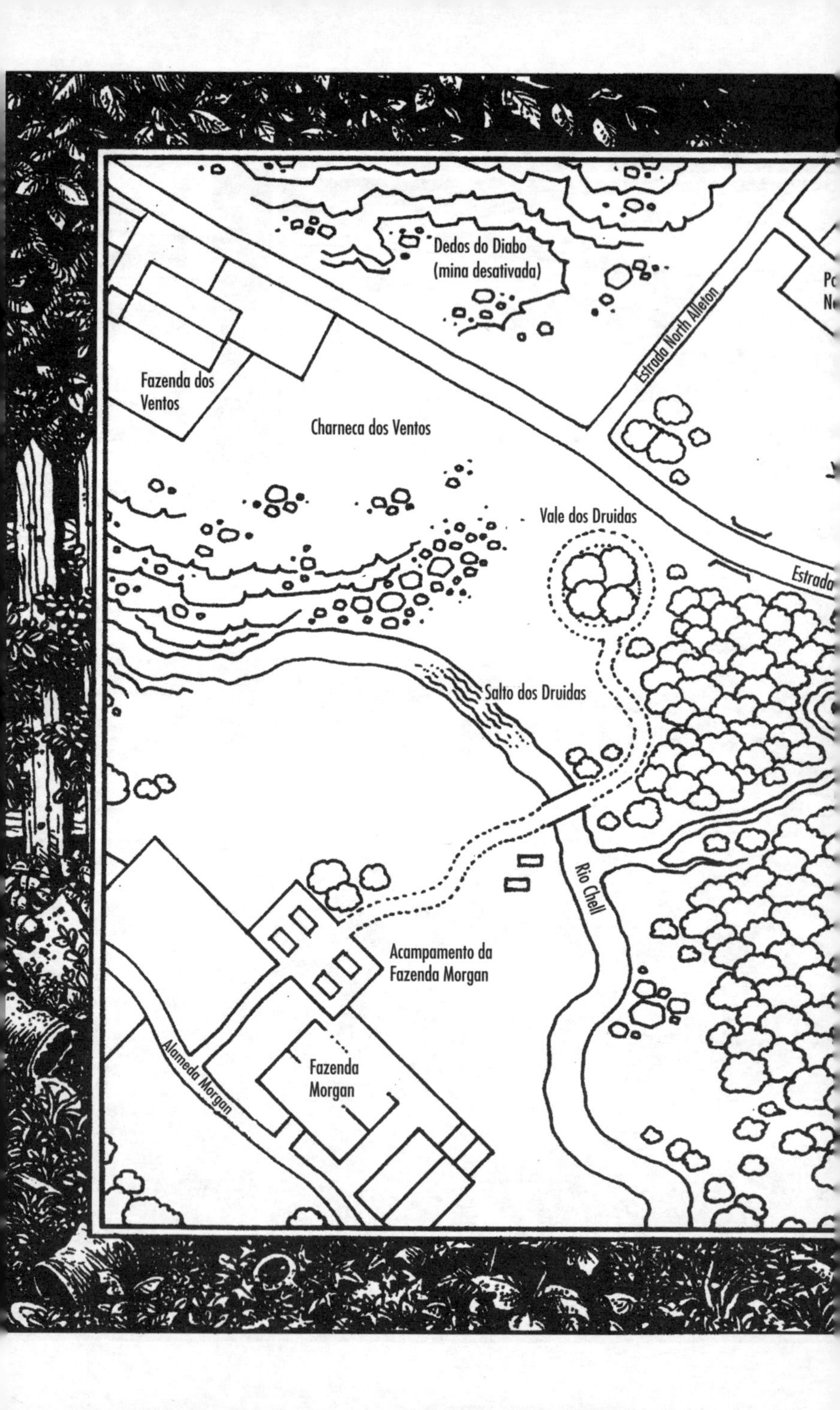
Dedos do Diabo
(mina desativada)
Estrada North Alleton
Fazenda dos
Ventos
Charneca dos Ventos
Vale dos Druidas
Estrada
Salto dos Druidas
Rio Chell
Acampamento da
Fazenda Morgan
Alameda Morgan
Fazenda
Morgan

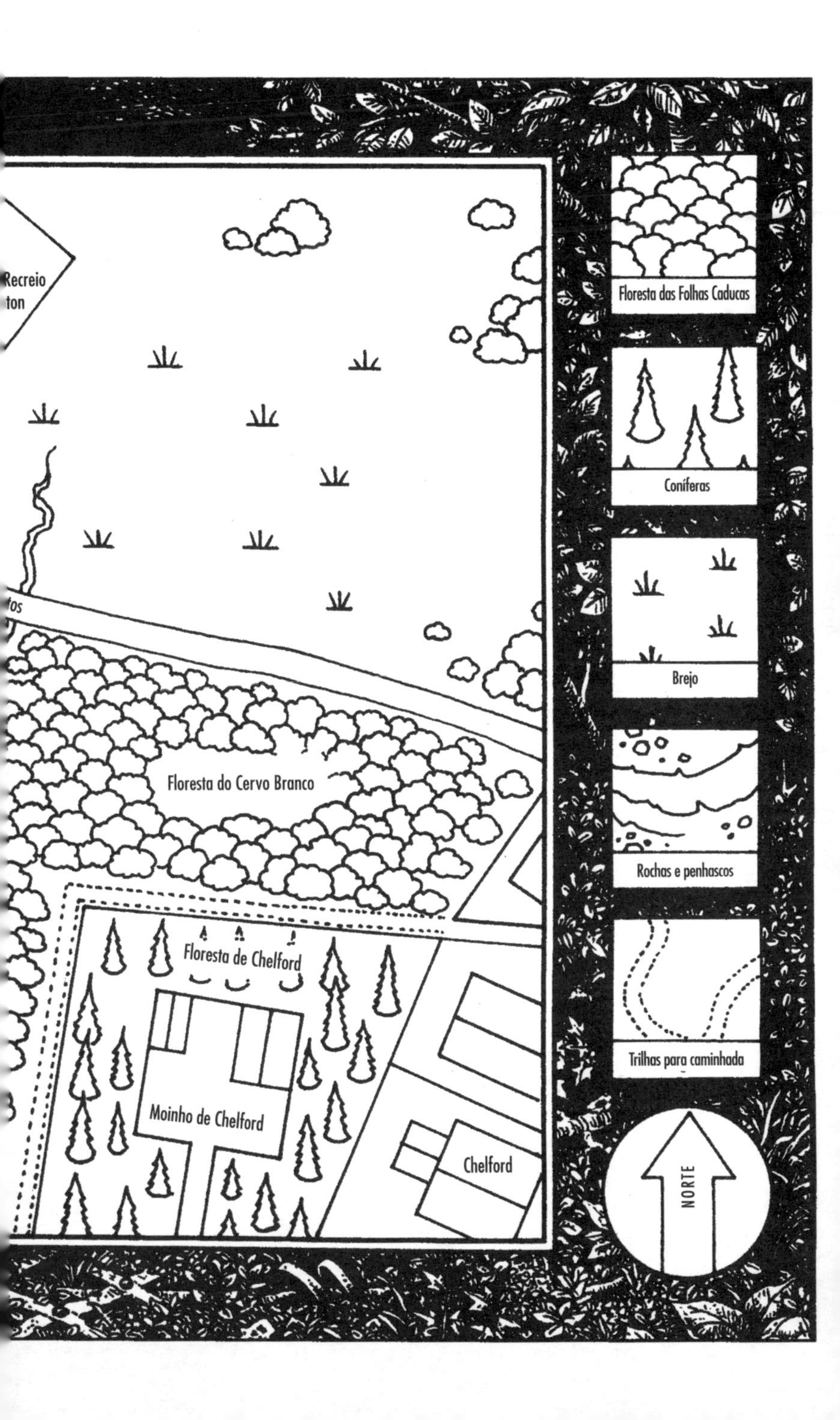

Recreio
Floresta do Cervo Branco
Floresta de Chelford
Moinho de Chelford
Chelford
Floresta das Folhas Caducas
Coníferas
Brejo
Rochas e penhascos
Trilhas para caminhada
NORTE

PRÓLOGO

DENTRO DA CASA-DE-CACHORRO-QUE-SE-MEXE, tudo está escuro. O líder da matilha ouve garras arranhando e sente bem de perto o pelo lustroso do cão ao seu lado, mas não consegue ver nada. O cheiro de cachorro e também o da floresta queimada inundam suas narinas.

Ele se instala desconfortavelmente no chão que vibra, até a casa-de-cachorro-que-se-mexe parar de repente, com um tranco. Fora, ouve vozes do Homem. Entende algumas palavras. – Fogo... mantém vigília... cães de guarda.

Percebe o cheiro que o Homem exala quando sente medo, além do odor agridoce de madeira cortada. Lembra-se de ter vindo aqui na noite anterior, e também duas noites atrás, noites que valiam mais que quatro patas. Ele tinha rondado a área com o resto da matilha, procurando os cheiros de invasores, pronto para expulsá-los.

O cão rosna baixinho, afastando os beiços, mostrando dentes afiados. A matilha é forte. Os cachorros podem correr e matar. Estão sedentos de sangue quente e do cheiro de medo que a presa exala antes de morrer. Mas, em vez disso, estão enjaulados, alimentam-se do que o Homem lhes atira e obedecem às suas ordens.

Ele se põe de pé nas patas poderosas, batendo com a enorme cabeça preta e marrom nas portas, que chacoalham. Late alto, um som que ainda parece mais alto naquele lugar apertado. – Fora! Todos para fora! Agora!

Os demais componentes da matilha se manifestam. – Fora, matilha! Corra, matilha!

Como em resposta, as portas da casa-de-cachorro-que-se-mexe se abrem e o líder vê, no lusco-fusco, o Homem ali parado, latindo uma ordem.

O líder primeiro pula para perto de uma pilha de troncos bem no meio da área cercada. Suas patas levantam nuvens de cinza e fuligem. O resto do grupo segue numa fileira de corpos pretos e marrons. – Siga, matilha! Siga, matilha! – latem. O líder se movimenta sem parar junto da cerca que os separa da floresta. Para lá da cerca, troncos de árvore queimados estão empilhados ou caídos no chão. Adiante, uma barreira de árvores incólumes farfalha na brisa.

Das sombras da folhagem espessa, elevam-se odores atraentes. Os músculos dos cães se retesam. Lá fora, na floresta repleta de presas, a matilha pode correr livremente. Não haverá nenhum Homem para acorrentá-los ou dar ordens a eles. Vão comer quantas vezes quiserem, pois serão os mais fortes e selvagens.

– Livres! – late o líder. – Matilha livre! Falta pouco!

Ele sobe a cerca e encosta o nariz na trama de metal, respira fundo, sorvendo os odores da floresta. Muitos são novos, mas um ele conhece bem, mais forte que os demais, o cheiro de seu inimigo e sua presa.

Gatos!

Já é noite; vê-se o contorno dos galhos sem folhas das árvores escurecidas contra a lua cheia. Na escuridão os cachorros andam de lá para cá, sombras profundas na noite. As patas pisam macio em meio a fuligem e serragem. Vê-se o desenho dos músculos sob pelagens brilhantes, os olhos faíscam. As bocas abertas revelam dentes afiados e línguas penduradas.

O líder da matilha fareja ao longo da base da cerca, procurando um ponto específico no lado oposto da área cercada onde o Homem ficava à noite. Três noites atrás o cachorro descobriu uma estreita passagem sob a cerca. Soube imediatamente que ali estava a rota da liberdade para a matilha.

– O buraco? Onde está o buraco? – ele rosna.

Então vê o lugar onde a terra forma um buraco. A pata maciça arranha o chão. O cachorro levanta a cabeça para avisar os companheiros. – Aqui. Buraco, buraco. Aqui.

Ele sente a mente ansiosa, afiada como espinhos, quente como carniça. Os outros cães correm até o líder, respondendo ao chamado. – Buraco. Buraco.

– Maior, buraco maior – o líder da matilha promete. – Corram logo.

Ele volta a riscar o chão com toda a força de seu corpo elegante e forte. A terra se espalha, à medida que o buraco sob o metal da cerca se torna mais largo e mais profundo. Os outros cachorros fazem uma roda desordenada, elevando o nariz para sorver o ar da noite, que traz odores da floresta. A boca se enche de água com o pensamento de enterrar os dentes no corpo morno de uma presa viva.

O líder da matilha para, suas orelhas empinam com o som do Homem se aproximando para conferir o que estão fazendo. Mas não há sinal dele, seu cheiro se distanciou.

O líder deita no chão e se esgueira pelo buraco. A cerca lhe arranha o pelo. Ele empurra o corpo com as patas traseiras, impulsionando-se para a frente, até conseguir se ajeitar e ficar de pé, já na floresta.

– Livres, agora – ele late. – Venham! Venham!

O buraco se torna mais fundo à medida que cada cão força o caminho para se colocar lado a lado com o líder, entre as árvores queimadas. Eles andam de lá para cá, enfiando o focinho nos buracos das raízes das árvores, perscrutando a escuridão com olhos fuzilantes.

Quando o último cachorro passa pela cerca, o líder da matilha eleva a cabeça e late, triunfante. – Corram. A matilha está livre. Corram agora.

Indo na direção das árvores, ele sai aos pulos, os músculos poderosos se movendo num ritmo constante. A matilha o segue, as formas escuras brilhando na noite da floresta. "Matilha, matilha", pensam. "Matilha corra."

Toda a floresta é deles e, em suas mentes, um único instinto. – *Matar! Matar!*

CAPÍTULO 1

O PELO DE CORAÇÃO DE FOGO SE ARREPIOU por descrença e fúria ao olhar o novo líder do Clã das Sombras no alto da Pedra do Conselho. Observou o gato balançar a enorme cabeça de um lado para o outro. Os músculos eram visíveis sob o pelo lustroso, e os olhos cor de âmbar pareciam brilhar, triunfantes.

– Garra de Tigre! – Coração de Fogo cuspiu. O velho inimigo, que tentara matá-lo mais de uma vez, era agora um dos felinos mais poderosos da floresta.

A lua cheia estava alta, iluminando Quatro Árvores, banhando com sua luz fria os gatos dos quatro clãs, ali reunidos para a Assembleia. Todos se chocaram ao saber da morte de Manto da Noite, líder do Clã das Sombras. Mas nenhum gato na floresta esperava que, em seu lugar, assumisse como novo líder Garra de Tigre, o antigo representante do Clã do Trovão.

Ao lado de Coração de Fogo, representante do Clã do Trovão, Risca de Carvão tinha o corpo rígido de entusiasmo, os olhos brilhando. O guerreiro de pelo avermelhado imaginava que pensamentos passariam na mente de seu companheiro de pelo preto e cinza. Quando Garra de Tigre foi banido do Clã do Trovão, ele convidou o velho amigo para acompanhá-lo, mas Risca de Carvão recusou. Estaria agora lamentando a decisão?

Coração de Fogo viu Tempestade de Areia se aproximar.

– O que está acontecendo? – sibilou a gata alaranjada quando percebeu que ele podia ouvi-la. – Garra de Tigre não pode ser líder do Clã das Sombras. Ele é um traidor!

Por diversos tique-taques de coração, o guerreiro de pelo rubro hesitou. Logo depois de se juntar ao Clã do Trovão, ele descobriu que Garra de Tigre tinha assassinado Rabo Vermelho, o representante. Ao se tornar ele próprio o representante, Garra de Tigre liderou gatos vilões num ataque ao acampamento do Clã do Trovão, tentando assassinar a líder, Estrela Azul, para tomar seu lugar. Como castigo, foi banido do clã e da floresta. Não era uma trajetória muito nobre para um líder de clã.

– Mas os felinos do Clã das Sombras desconhecem esses fatos – Coração de Fogo lembrou a Tempestade de Areia, mantendo a voz baixa. – Nenhum clã sabe o que aconteceu.

– Então, você devia contar para eles!

O representante olhou para Estrela Alta e Estrela Torta, líderes do Clã do Vento e do Clã do Rio, que estavam ao lado de Estrela Tigrada na Pedra do Conselho. Eles lhe dariam ouvidos se contasse o que sabia? O Clã das Sombras sofrera tanto sob a liderança sanguinária de Estrela Partida, seguida de uma doença avassaladora, que provavelmente os felinos não dariam importância *aos atos pregressos* do novo líder, desde que devolvesse ao clã a força perdida.

Além disso, era inevitável o gato de pelagem vermelha sentir um alívio, embora culpado, por Garra de Tigre ter satisfeito sua sede de poder em um clã diferente. Talvez agora os gatos do Clã do Trovão não mais temessem um ataque, sendo possível ao representante, enfim, andar pela floresta sem olhar para trás o tempo todo.

Mesmo assim, embora lutando com emoções conflitantes, ele sabia que jamais se perdoaria se deixasse Garra de Tigre ascender ao poder sem ao menos protestar.

– Coração de Fogo! – Era Pata de Nuvem, seu aprendiz de pelo branco e longo, que corria em sua direção, seguido de perto por Pelo de Rato, a guerreira de pelo aramado e marrom. – Coração de Fogo, você vai ficar aí parado e deixar esse pedaço de cocô de raposa assumir o posto?

– Calado, Pata de Nuvem – o guerreiro ordenou. – Já sei. Eu vou...

Ele parou de falar ao ver Garra de Tigre colocar-se à frente da Pedra do Conselho.

– Estou satisfeito de estar com vocês na Assembleia esta noite – o enorme gato malhado falou com serena autoridade. – Aqui estou como o novo líder do Clã das Sombras. Manto da Noite morreu de um mal que ceifou muitos gatos de meu clã, e o Clã das Estrelas me nomeou seu sucessor.

Estrela Alta, o líder preto e branco do Clã do Vento, o saudou com um respeitoso movimento de cabeça. – Bem-vindo, Estrela Tigrada. Que o Clã das Estrelas esteja com você.

Estrela Torta concordou com um miado quando o novo líder do Clã das Sombras abaixou a cabeça, reconhecido.

– Agradeço os cumprimentos. É uma honra estar aqui, embora preferisse que as circunstâncias fossem outras.

– Espere um momento – Estrela Alta o interrompeu. – Devíamos ser quatro líderes aqui. – Ele olhou para os gatos reunidos abaixo. – Onde está a líder do Clã do Trovão?

– Vá lá. – Coração de Fogo sentiu um gato cutucá-lo; lançou um olhar em volta, vendo que Nevasca se juntara aos demais guerreiros do Clã do Trovão. – Você está no lugar de Estrela Azul, lembra?

O gato de pelagem avermelhada fez que sim, de repente incapaz de falar. Retesou os músculos e se preparou para pular. Um tique-taque de coração depois, já escalava a Pedra do Conselho, colocando-se ao lado dos outros três líderes. Por um momento, essa nova perspectiva o deixou sem ar. Ele parecia estar muito acima do vale, observando as mudanças da luz nos gatos abaixo, pois a lua brilhava através dos galhos dos quatros carvalhos maciços. O guerreiro tremeu ao ver o brilho pálido refletido nos inúmeros pares de olhos.

– Coração de Fogo? – Ele levantou os olhos ao ouvir Estrela Alta. – Por que você está aqui? Aconteceu alguma coisa com Estrela Azul?

O representante do Clã do Trovão abaixou a cabeça, respeitoso. – Nossa líder aspirou fumaça durante o incêndio, e ainda não está bem para viajar. Mas logo estará recuperada – ele se apressou em acrescentar. – Não é nada sério.

Estrela Alta fez que sim, e Estrela Torta os interrompeu, impaciente: – Não vamos começar, afinal? Estamos desperdiçando o luar.

Sem esperar resposta, o líder malhado do Clã do Rio deu o uivo que marcava o início da reunião. Findo o murmurar dos felinos da assistência, ele miou: – Gatos de todos os clãs, sejam bem-vindos à Assembleia. Nesta noite, um novo líder se junta a nós. – Ele apontou o enorme guerreiro com um movimento da cauda. – Estrela Tigrada, você já está pronto para falar?

Agradecendo-lhe com um aceno educado, o felino deu um passo à frente para se dirigir aos gatos reunidos. – Aqui estou ante vocês por desígnio do Clã das Estrelas. Manto da Noite era um nobre guerreiro, mas estava velho e não teve forças para combater a doença que o acometeu. Seu representante, Pelo Cinzento, também se foi.

Coração de Fogo, incomodado, sentiu a pelagem pinicar ao ouvir essas palavras. Os líderes de clã recebiam nove vidas quando iam trocar lambidas com o Clã das Estrelas na Boca da Terra, e Manto da Noite se tornara líder havia poucas estações. O que acontecera com suas nove vidas? A doença do clã, de tão violenta, lhe tomara todas elas?

Coração de Fogo olhou para baixo e viu Nariz Molhado, o curandeiro do Clã das Sombras, com a cabeça abaixada.

Não conseguia ver seu rosto, mas a postura inclinada sugeria que estava imerso em tristeza. Imaginou que devia ser difícil saber que não tivera capacidade para salvar seu líder.

– O Clã das Estrelas me trouxe ao Clã das Sombras quando o clã mais precisava – Estrela Tigrada continuou do alto da Pedra do Conselho. – Os gatos sobreviventes à doença não bastaram para caçar para as rainhas e os anciãos, ou defender o clã, e não havia um guerreiro preparado para assumir a liderança. Foi quando o Clã das Estrelas enviou uma profecia a Nariz Molhado, avisando que outro grande líder surgiria. Juro por todos os guerreiros ancestrais que me tornarei esse líder.

Pelo canto do olho, Coração de Fogo viu Nariz Molhado inquieto, desconfortável. Por alguma razão, não gostara da menção à profecia recebida.

O gato rubro de repente percebeu que sua tarefa se tornara mais árdua. Se houve uma profecia, o próprio Clã das Estrelas devia ter escolhido Estrela Tigrada como o novo líder do Clã das Sombras. Certamente não cabia a ele ou a qualquer outro gato questionar decisões tomadas em nível tão elevado. O que dissesse agora poderia parecer um desafio ao desejo dos guerreiros ancestrais.

– Graças ao Clã das Estrelas – Estrela Tigrada continuou –, trouxe comigo outros felinos que se mostraram dispostos a caçar e a lutar por seu novo clã.

Coração de Fogo sabia exatamente de que gatos ele falava: o bando de vilões que tinham atacado o acampamento do Clã do Trovão! Um deles estava ao pé da Pedra do Conselho; um enorme gato alaranjado, sentado com a cauda à volta das patas. Na última vez que o representante o vira, ele estava lutando com Cara Rajada, tentando invadir o berçário do Clã do Trovão. Por ironia, alguns desses vilões tinham crescido no Clã das Sombras e apoiado o líder tirânico, Cauda Partida. Tinham sido expulsos com o líder quando o Clã do Trovão foi em socorro do clã oprimido.

Estrela Alta se adiantou, os olhos expressando dúvida. – Os aliados de Cauda Partida eram cruéis e sedentos de sangue, assim como ele. É sinal de sabedoria deixá-los voltar ao clã?

Coração de Fogo compreendia a apreensão de Estrela Alta, pois esses mesmos gatos tinham quase destruído o Clã do Vento, que expulsaram de seu próprio território. Imaginou que essa preocupação era também a de muitos guerreiros do Clã das Sombras. Afinal o próprio clã de Cauda Partida tinha sofrido tanto quanto o Clã do Vento sob o mando do líder assassino; estava surpreso por aceitarem os marginais de volta.

– Os guerreiros de Cauda Partida obedeciam às suas ordens – Estrela Tigrada respondeu calmamente. – Vocês fariam o mesmo. O Código dos Guerreiros diz que a palavra do líder é lei. – Ele passou a língua em volta do focinho antes de continuar. – Esses gatos eram leais a Cauda Partida. Agora serão leais a mim. Pé Preto, ex-representante de Cauda Partida, agora é meu representante.

Estrela Alta ainda se mostrava desconfiado, mas o gato grande não desviou o olhar. – Estrela Alta, você está certo em odiar Cauda Partida, que muito prejudicou seu clã. Mas deixe-me lembrá-lo de que não foi minha decisão levá-lo para o Clã do Trovão e cuidar dele. Fui contra desde o início, mas, quando Estrela Azul insistiu em acolhê-lo, tive de apoiá-la por uma questão de lealdade à minha líder.

O líder do Clã do Vento hesitou, até que inclinou a cabeça e miou: – É verdade.

– Assim, tudo que peço é um voto de confiança e que deem a meus guerreiros a chance de mostrar que podem honrar o Código dos Guerreiros e, mais uma vez, provar sua lealdade ao Clã das Sombras. Com a ajuda do Clã das Estrelas, minha primeira tarefa será deixar o clã forte e os felinos em boas condições novamente.

Talvez, Coração de Fogo pensou esperançoso, agora que o gatão alcançara o lugar ambicionado, realmente poderia tornar-se um grande líder. Ele disse que os fora da lei mereciam uma nova chance; talvez o mesmo valesse para ele. Mas, mesmo assim, cada pelo do gato avermelhado estava eriçado. Ele queria deixar claro para Estrela Tigrada que o Clã do Trovão não fazia parte da sua tomada de poder.

De tão ligado em seus pensamentos, mal percebeu que o novo líder terminara seu discurso aos clãs reunidos.

– Coração de Fogo? – Estrela Alta miou. – Você quer falar agora?

O guerreiro engoliu em seco, nervoso, e deu um passo à frente, sentindo sob as patas a pedra fria e lisa. Abaixo, Tempestade de Areia e os outros membros de seu clã o olhavam, ansiosos; a gata alaranjada o fitava com um brilho de admiração.

Sentindo-se encorajado, ele começou a falar. Não ia omitir o incêndio que recentemente devastara o acampamento do Clã do Trovão, mas não queria dar a impressão de fraqueza do clã. Pelo de Leopardo, a representante do Clã do Rio, ouvia com atenção. Quando Coração de Fogo a fitou, ela estreitou os olhos, como se medisse as palavras com cuidado. O Clã do Rio ajudara os felinos do Clã do Trovão a escapar das chamas, e nenhum gato sabia melhor que Pelo de Leopardo como estavam vulneráveis.

– Há algumas auroras – contou Coração de Fogo – um incêndio se iniciou no Ponto de Corte de Árvores e se alastrou pelo nosso acampamento. Meio Rabo e Retalho morreram, e nosso clã expressa seu agradecimento pelo sacrifício deles. E prestamos honras especialmente a Presa Amarela, que voltou ao acampamento em chamas para salvar Meio Rabo. – Ele inclinou a cabeça, pois a lembrança da velha curandeira ameaçava dominá-lo. – Eu a encontrei em sua toca, e estava com ela quando se foi.

Gritos alarmantes surgiram entre os felinos impressionados. Não apenas o Clã do Trovão tinha por que lamentar a morte de Presa Amarela. Coração de Fogo percebeu Nariz Molhado com o corpo ereto e fitando o céu, os olhos nublados de tristeza. Ele fora aprendiz da curandeira quando ela fazia parte do Clã das Sombras, antes que Cauda Partida a expulsasse.

– Nossa nova curandeira será Manto de Cinza – o representante do Clã do Trovão continuou. – Estrela Azul intoxicou-se com a fumaça, mas está se recuperando. Nenhum filhote ficou ferido. Estamos reconstruindo nosso acampamento. – Ele não mencionou a escassez de presas na parte queimada da floresta, ou como o acampamento ainda estava exposto a ataques, apesar dos esforços da reconstrução dos muros. – Precisamos agradecer ao Clã do Rio – acrescentou, com um olhar de respeito para Estrela Torta. – Ele nos deu abrigo em seu acampamento na época do incêndio. Sem essa ajuda, mais gatos teriam morrido.

Estrela Torta agradeceu com um aceno de cabeça, e Coração de Fogo não resistiu e olhou novamente para Pelo de Leopardo. A representante do Clã do Rio não tinha desviado dele seu olhar cor de âmbar.

O gato de pelo avermelhado fez uma pausa para respirar fundo e voltou-se para Estrela Tigrada. – O Clã do Trovão aceita que o Clã das Estrelas tenha aprovado sua liderança – ele miou. – Sendo vilões, seus seguidores pilharam os quatro clãs enquanto vagavam pela floresta; assim, é bom que tenham novamente seu próprio clã. Acreditamos que vão obedecer ao Código dos Guerreiros e se manter em seu território. – Ele achou ter visto um vislumbre de surpresa nos olhos de Estrela Tigrada, e continuou de modo firme: – Mas não vamos tolerar nenhuma invasão no nosso território. Apesar do incêndio, temos força suficiente para expulsar o gato que se atreva a colocar a pata em nossas fronteiras. Não temos medo do Clã das Sombras.

Um ou dois uivos de concordância irromperam entre os guerreiros. Estrela Tigrada inclinou levemente a cabeça, e falou num tom baixo e grave, só ouvido pelos gatos que estavam no alto da Pedra do Conselho. – Palavras corajosas, Coração de Fogo. Você não tem nada a temer do Clã das Sombras.

O representante do Clã do Trovão gostaria de acreditar. Inclinando a cabeça em agradecimento, voltou a seu lugar, a pelagem colada no corpo, aliviado por ter terminado sua intervenção, passando a ouvir as notícias reportadas por Estrela Alta e Estrela Torta: falaram de novos aprendizes e guerreiros e fizeram uma advertência quanto à presença dos Duas-Pernas perto do rio.

Terminada a parte formal da reunião, Coração de Fogo zarpou em direção ao grupo de guerreiros do Clã do Trovão na base da pedra.

– Você falou bem – miou Nevasca. Os olhos de Tempestade de Areia brilharam ao fitar o representante, e ela encostou o focinho em seu pescoço.

O gato de pelo vermelho deu uma rápida lambida na bochecha da amiga e miou: – Está na hora de ir. Despeçam-se e, se algum gato perguntar, digam que nosso clã está muito bem, obrigado.

Na clareira, os felinos se dispersaram, pois os quatro clãs se preparavam para partir. O gato de pelo cor de fogo começou a procurar seus guerreiros. Percebeu uma forma azul-acinzentada familiar e atravessou o vale aos pulos para encontrá-la.

– Olá, Pé de Bruma – ele miou. – Como vai? Como está Listra Cinzenta? Não o vi aqui esta noite.

Ele perguntava do seu primeiro amigo no Clã do Trovão; tinham treinado juntos, quando aprendizes. Mas Listra

Cinzenta se apaixonara por Arroio de Prata, jovem guerreira do Clã do Rio, que morrera no parto dos bebês que tiveram. O gato, então, deixou seu próprio clã para criar os filhotes no Clã do Rio; embora muitas estações tivessem se passado, Coração de Fogo ainda sentia sua falta.

– Listra Cinzenta não veio. – A rainha do Clã do Rio sentou-se, enrolando a cauda sob as patas. – Pelo de Leopardo não permitiria. Ela ficou furiosa com o comportamento dele na época do incêndio. Ela diz que, em seu coração, ele ainda é leal ao Clã do Trovão.

Coração de Fogo tinha que admitir que Pelo de Leopardo talvez estivesse certa. O amigo já pedira a Estrela Azul para voltar ao Clã do Trovão, mas ela negou. – Então, como ele está? – o guerreiro perguntou novamente.

– Está bem – Pé de Bruma miou. – Os filhotes também. Ele pediu para eu saber como todos estavam depois do incêndio. Estrela Azul não está seriamente enferma, não foi o que você disse?

– Não, logo ela vai estar melhor – disse Coração de Fogo, tentando passar confiança. Era verdade que a líder estava se recuperando da intoxicação por fumaça, mas já fazia agora algumas luas que apresentava sinais de estar com a mente confusa. Ela começava a duvidar do próprio juízo, e até questionar a lealdade de seus guerreiros. A descoberta da traição de Estrela Tigrada a abalara profundamente, e Coração de Fogo se preocupava com a reação da líder às notícias de que o representante que ela exilara era agora o líder do Clã das Sombras.

– Fico feliz por ela estar se recuperando. – O miado de Pé de Bruma interrompeu seus pensamentos.

Coração de Fogo mexeu as orelhas. – Como está Estrela Torta? – ele perguntou, mudando de assunto. O líder do Clã do Rio lhe parecera frágil ao dar abrigo ao Clã do Trovão em seu acampamento, e nessa noite, perto de Estrela Tigrada, aparentava ser ainda mais velho. Mas talvez isso não fosse surpresa. Enfrentou enchentes que expulsaram seus gatos do acampamento e também a escassez de presas, pois o lixo dos Duas-Pernas envenenou o rio. Pior que tudo isso, era o pai de Arroio de Prata, a namorada de Listra Cinzenta; a morte da filha lhe causara muita dor.

– Ele está bem – miou Pé de Bruma. – Passou por muitos problemas recentemente. Mas saiba que estou mais preocupada com Poça Cinzenta – ela acrescentou, citando a gata que a criara desde bebê. – Parece agora tão velha... Temo que em breve vá ter com o Clã das Estrelas.

Coração de Fogo gostaria de ter dado uma lambida de apoio na jovem rainha, mas temia sua reação ao receber um carinho de um gato de outro clã. Fora Poça Cinzenta, só o representante do Clã do Trovão sabia que a frágil anciã do Clã do Rio não era a verdadeira mãe dos irmãos Pé de Bruma e Pelo de Pedra. O pai deles, Coração de Carvalho, os levara para o Clã do Rio ainda bebês, e Poça Cinzenta aceitara tomar conta dos dois. Na verdade, eram filhos de Estrela Azul.

Coração de Fogo foi afável e murmurou despedidas a Pé de Bruma, sem deixar de sentir que o segredo de Estrela Azul traria problemas para os dois clãs.

CAPÍTULO 2

O CÉU ESTAVA FICANDO PÁLIDO COM a primeira luz do amanhecer, quando Coração de Fogo e seus guerreiros voltaram ao acampamento do Clã do Trovão. Embora o representante soubesse o que ia encontrar, ainda era um choque chegar ao topo da ravina e olhar para baixo, para a devastação. Toda a cobertura de tojo e samambaia tinha sido arrancada pelo fogo. O chão de terra do acampamento ficara exposto, rodeado pelos restos enegrecidos do muro de espinheiros, agora escorado com galhos, onde os felinos tinham começado o conserto.

– Será que algum dia as coisas voltarão ao normal? – Tempestade de Areia miou baixinho, colocando-se ao lado do gato de pelo avermelhado.

Uma onda de desânimo o inundou ao imaginar o tempo e o trabalho necessários até o acampamento ser totalmente reconstruído. – Um dia – prometeu. – Já passamos por maus momentos antes. Vamos sobreviver. – Ele apertou o focinho contra o corpo de Tempestade de Areia, buscando consolo no ronronar reconfortante da amiga, antes de tomar o caminho da ravina.

O arbusto onde os guerreiros dormiam ainda estava lá, mas a espessa copa se queimara. Sobraram uns poucos galhos carbonizados, os espaços entre eles entrelaçados de gravetos. Pelo de Musgo Renda estava agachado do lado de fora, enquanto Rabo Longo montava guarda perto da entrada do berçário, e Pelagem de Poeira caminhava de lá para cá em frente à toca dos anciãos.

Pelo de Musgo Renda pôs-se de pé num pulo quando Coração de Fogo e os outros apareceram, relaxando um segundo depois. – É você – ele miou, com alívio na voz. – Ficamos esperando Garra de Tigre a noite toda.

– Bem, pode parar de esquentar a cabeça com isso – o gato de pelagem cor de chama miou. – Ele está ocupado demais para se preocupar conosco. *Estrela* Tigrada é o novo líder do Clã das Sombras.

Pelo de Musgo Renda demonstrou total espanto. – Pelo Clã das Estrelas! – disse com um suspiro. – Não acredito!

– O *que* você disse? – Coração de Fogo se virou e viu Rabo Longo trotando pela clareira. – Será que ouvi direito?

– Ouviu. – O representante percebeu o choque no rosto do guerreiro malhado. – Estrela Tigrada assumiu o Clã das Sombras.

– E eles deixaram? – miou Rabo Longo. – Estão loucos?

– Nem um pouco – respondeu Nevasca, colocando-se ao lado de Coração de Fogo. O guerreiro veterano arranhou a terra e se sentou com um suspiro cansado. Sua pelagem espessa estava manchada de fuligem após a viagem de volta pela floresta. – A doença quase destruiu os gatos do Clã das Sombras. Estavam desesperados por um líder forte. Estrela Tigrada deve ter parecido um presente do Clã das Estrelas.

– A impressão é que é mesmo – Coração de Fogo concordou, sério. – Aparentemente o Clã das Estrelas enviou uma profecia a Nariz Molhado, dizendo-lhe que contasse ao Clã das Sombras que um grande líder surgiria.

– Mas Estrela Tigrada é um traidor! – Pelo de Musgo Renda protestou.

– O Clã das Sombras não sabe disso – o representante observou.

A essa altura, outros gatos começavam a aparecer. Pata Brilhante e Pata Ligeira vieram se atropelando da toca dos aprendizes; Pelagem de Poeira chegou com Pata de Avenca, o aprendiz de Risca de Carvão; Cauda Sarapintada olhava curiosamente para fora do berçário. Como eles se espremiam em torno do representante fazendo perguntas, Coração de Fogo teve de erguer a voz para se fazer ouvir.

– Prestem todos muita atenção. Há uma coisa que precisam saber. – "E eu vou ter de dizer a Estrela Azul", acrescentou em silêncio, preparando-se para o encontro. – Nevasca vai lhes contar o que houve na Assembleia, e depois quero formar uma patrulha do amanhecer. – Ele hesitou, olhando para os gatos reunidos à sua volta. Todos os guerreiros estavam cansados; os que não foram à Assembleia tinham ficado acordados guardando o acampamento.

Antes que Coração de Fogo decidisse que gatos enviar, Pelagem de Poeira falou: – Pata Gris e eu iremos.

O representante abaixou a cabeça, agradecido. O guerreiro marrom nunca lhe fora muito chegado, mas era leal ao Clã do Trovão, e parecia aceitar a autoridade de Coração de Fogo.

– Também vou – Pelo de Rato se ofereceu.

– E eu – miou Pata de Nuvem.

Coração de Fogo soltou um ronronar de gratidão ao ouvir as palavras de seu aprendiz. Estava satisfeito com o fato de o filho de sua irmã estar mais dedicado e demonstrando compromisso com a vida de gato de clã, após o desastroso episódio de seu sequestro pelos Duas-Pernas, tendo de ser resgatado. – Pelagem de Poeira, Pelo de Rato, Pata de Nuvem e Pata Gris, então – ele miou. – Os demais durmam um pouco. Vamos precisar de patrulhas de caça mais tarde.

– E você? – perguntou Risca de Carvão.

Coração de Fogo respirou fundo. – Vou falar com Estrela Azul.

Na entrada da toca da líder, na base da Pedra Grande, a cortina de líquen tinha sido queimada. Quando o guerreiro se aproximou, Manto de Cinza, a curandeira do Clã do Trovão, surgiu na clareira e fez uma pausa para se alongar. Sua pelagem cinza-escuro estava arrepiada, e ela parecia exausta da tensão de cuidar do clã, depois do incêndio, mas a força do seu espírito ainda brilhava nos olhos azuis. Coração de Fogo se lembrou da época em que ela era sua ansiosa aprendiz, até ter sido atraída para o Caminho do Trovão, numa armadilha preparada por Garra de Tigre para Estrela Azul. A perna da jovem tinha ficado permanentemente ferida, impedindo para sempre que se tornasse guerreira; mas ela mantivera seu compromisso de servir ao clã.

Ele se aproximou e perguntou baixinho: – Como está Estrela Azul hoje?

Manto de Cinza olhou preocupada na direção da toca. – Ela não dormiu na noite passada. Dei-lhe frutinhas de zimbro para acalmá-la, mas não sei se vai adiantar.

– Preciso contar a ela o que aconteceu na Assembleia. E ela não vai gostar.

Os olhos da gata se estreitaram em fendas. – Por que não?

O guerreiro lhe contou rapidamente o ocorrido.

Chocada, ela ouviu em silêncio, os olhos azuis arregalados de espanto. – O que você vai fazer? – perguntou ao final do relato.

– Não há muito que eu *possa* fazer. Além disso, poderia ser uma boa coisa para o Clã do Trovão. Estrela Tigrada agora tem o que quer e, com um pouco de sorte, vai estar ocupado demais trabalhando na forma de seu novo clã para se preocupar conosco. – Vendo que a curandeira parecia incrédula, ele acrescentou, apressado: – A escolha do líder é problema dos felinos do Clã das Sombras. Vamos ter de manter vigilância nas nossas fronteiras, mas não acredito que Estrela Tigrada será uma grande ameaça, ao menos por enquanto. Estou mais preocupado como Estrela Azul vai aceitar isso.

– Isso vai deixá-la pior – Manto de Cinza miou, ansiosa. – Só espero poder encontrar as ervas certas para ajudá-la. Quem me dera Presa Amarela estivesse aqui.

– Eu sei. – O gato rubro encostou seu corpo no da gata, para consolá-la. – Mas você vai se sair bem. Você é uma grande curandeira.

– Não é só isso. – A voz da gata tornou-se um sussurro doloroso. – *Sinto falta dela*, Coração de Fogo! Continuo esperando ela me dizer que não tenho juízo de um recém-nascido; ao menos, quando ela me elogiava, eu sabia que era com sinceridade. É *dela* que sinto falta, de seu cheiro e da sensação de seu pelo e do som de sua voz.

– Sei como é – o representante murmurou. Ele sentia um vazio no peito quando as lembranças da anciã o inundavam. Tinha sido muito próximo de Presa Amarela, desde que a descobrira vivendo como vilã no território do Clã do Trovão. – Mas ela está caçando com o Clã das Estrelas agora.

"E talvez tenha encontrado finalmente a paz", refletiu ele, ao lembrar o tormento na voz da curandeira ao morrer pensando no filho, Cauda Partida, o gato assassino que ela jamais deixara de amar, embora ele tivesse crescido ignorando essa ligação. No final, ela o matara para salvar seu clã de adoção das conspirações sanguinárias do filho. A dor de Presa Amarela terminara, mas Coração de Fogo não podia imaginar que algum dia deixasse de sentir sua falta.

– Você vai para as Pedras Altas em breve, não é? – ele lembrou a Manto de Cinza. – Para encontrar os outros curandeiros? Acho que se sentirá muito próxima de Presa Amarela, então.

– Talvez você esteja certo – a gata disse e se afastou. – Posso até ouvir Presa Amarela agora. – Ela imitou: – "Por que você está de pé aí gemendo quando há tanto trabalho a ser feito?" Vá falar com Estrela Azul. Voltarei mais tarde para vê-la.

– Se você está bem mesmo...

– Estou sim – ela disse, com uma lambida rápida na orelha do amigo. – Seja forte por ela, Coração de Fogo – insistiu. – Ela precisa de você mais do que nunca.

O representante do Clã do Trovão observou a curandeira se afastar rapidamente, e se encaminhou para a toca de Estrela Azul. Respirou fundo, fez uma saudação e entrou pela abertura onde o líquen costumava crescer.

A líder, agachada sobre a cama no fundo da caverna, tinha as patas dianteiras sob o peito. A cabeça estava levantada, mas ela não olhava para o guerreiro. Os olhos azuis, vazios, se fixavam em algo distante, que somente ela conseguia ver. Seu pelo estava áspero e sujo; de tão magra, via-se cada costela. O coração do representante se contorceu de pena, e ele receou pelo resto do clã. A líder se reduzira a uma gata velha e doente, abatida por causa dos problemas, incapaz de defender a si mesma, muito menos a seu clã.

– Estrela Azul? – Coração de Fogo miou, hesitante.

De início, pensou que a líder não o ouvira. Mas, à medida que ele entrava, a gata foi virando a cabeça, fixando no representante o nebuloso olhar azul; por um tique-taque de coração, pareceu confusa, como se não lembrasse quem ele era.

Mas então as orelhas ficaram eretas e um ar de inteligência voltou-lhe aos olhos. – Coração de Fogo? O que você quer?

Ele abaixou a cabeça, respeitoso. – Acabo de voltar da Assembleia e receio ter más notícias. – Ele fez uma pausa.

– E aí? – a líder parecia irritada. – O que é?

– O Clã das Sombras tem um novo líder. É Garra de Tigre, *Estrela* Tigrada agora.

Em um instante, Estrela Azul pôs-se de pé com um salto. Seus olhos fuzilavam, brilhantes, e Coração de Fogo se encolheu ao se lembrar da gata excepcional que ela fora um dia. – Isso é impossível! – sibilou.

– Não, é verdade. Eu mesmo o vi. Ele falou da Pedra do Conselho, com os outros líderes.

Por alguns momentos a gata não disse nada. Caminhava de um lado para o outro na toca, a cauda chicoteando. O guerreiro se colocou na direção da entrada, não muito seguro de que a líder não o atacaria por trazer notícia tão terrível.

– Como o Clã das Sombras se atreve a fazer isso? – ela cuspiu, finalmente. – Como ousa abrigar o gato que tentou me matar, fazer dele seu líder?

– Estrela Azul, eles não sabem... – Coração de Fogo começou a falar, mas a gata de focinho prateado não estava escutando.

– E os outros líderes? O que acharam? Como deixaram isso acontecer?

– Nenhum gato sabe o que Estrela Tigrada fez com o Clã do Trovão. – O gato se esforçava em fazer Estrela Azul pensar logicamente. – Estrela Torta não disse muito, embora no início Estrela Alta estivesse descontente por Estrela

Tigrada ter trazido os antigos seguidores de Cauda Partida de volta ao clã.

– Estrela Alta! – a gata cuspiu. – Já deveríamos saber que não podemos confiar nele. No final das contas, não demorou muito para esquecer o que fizemos por seu clã, depois de você e Listra Cinzenta terem arriscado a vida para encontrá-los e trazê-los para casa.

O representante começou a protestar, mas Estrela Azul o ignorou. – O Clã das Estrelas me abandonou! – ela continuou, andando furiosamente. – Disseram-me que o fogo poderia salvar o clã, mas o fogo quase nos destruiu. Como posso confiar no Clã das Estrelas de novo, sobretudo agora? Eles concederam as nove vidas de um líder a um traidor. E não dão a mínima para mim ou para o Clã do Trovão!

Coração de Fogo se retraiu. – Estrela Azul, escute...

– Não, escute você – ela replicou, aproximando-se, com o pelo eriçado e os dentes arreganhados de raiva. – O Clã do Trovão está condenado. Estrela Tigrada trará o Clã das Sombras para nos destruir a todos, e não podemos contar com o socorro do Clã das Estrelas.

– Estrela Tigrada não pareceu hostil. – Coração de Fogo tentava desesperadamente fazê-la entender: – Quando ele falou, parecia que tudo que lhe importava era liderar seu novo clã.

A líder soltou uma gargalhada estridente: – Se acredita nisso, meu caro, você é um tolo. Estrela Tigrada estará aqui antes da estação das folhas caídas; guarde bem minhas palavras. Mas vai nos encontrar esperando por ele. Se vamos morrer, vamos levar conosco alguns gatos do Clã das Sombras.

Ela recomeçou a andar rapidamente, para lá e para cá, enquanto Coração de Fogo a observava, horrorizado.

– Dobre o número de patrulhas – ela ordenou. – Mantenha uma guarda no acampamento. Envie gatos para vigiarem a fronteira com o Clã das Sombras.

– Não temos guerreiros suficientes para tudo isso – Coração de Fogo objetou. – Todos os gatos estão esgotados com o trabalho extra de reconstruir o acampamento. O que podemos fazer é manter as patrulhas habituais.

– Você está questionando minhas ordens? – Estrela Azul se virou, encarando-o novamente, com os lábios arreganhados com um rosnado. Os olhos se estreitaram, desconfiados. – Ou você também vai me trair?

– Não, Estrela Azul, não! Pode confiar em mim. – O gato de pelo vermelho retesou os músculos, de certa forma esperando ter de se esquivar das garras afiadas da líder.

De repente, a gata se acalmou. – Eu sei, Coração de Fogo. Você sempre foi leal, diferente dos outros. – Como se a força de sua fúria a tivesse esgotado, ela voltou, titubeante, para a cama.

– Organize as patrulhas – ela ordenou, afundando no musgo e na urze macios. – Faça isso agora, antes que o Clã das Sombras nos transforme todos em carniça.

– Sim, Estrela Azul – ele acatou, não vendo sentido em manter a discussão. Inclinou a cabeça e saiu da toca. O olhar da líder fixou-se de novo em alguma coisa invisível. Coração de Fogo se perguntou se ela estava olhando para o futuro, e assistindo à destruição de seu clã.

CAPÍTULO 3

Coração de Fogo abriu os olhos e piscou, incomodado pela luz. Ainda não se acostumara ao sol incidindo de forma direta na toca dos guerreiros, agora que a espessa cobertura de folhas não existia mais. Bocejando, desenroscou o corpo e espanou os pedaços de musgo agarrados na pelagem.

A seu lado, Tempestade de Areia ainda dormia; Pelagem de Poeira e Risca de Carvão estavam enrolados mais adiante. O gato de pelo avermelhado saiu para a clareira. Fazia três dias que a Assembleia acontecera e que tinham sabido da nova liderança de Estrela Tigrada, mas ainda não havia sinal do ataque temido por Estrela Azul. O Clã do Trovão aproveitava para reconstruir o acampamento e, embora o caminho fosse longo, o representante estava satisfeito; os muros de proteção, em tramas de samambaia, voltavam a subir à volta da borda do acampamento, e a amoreira formava um denso entrelaçar com gravetos, resguardando as rainhas lactantes e seus filhotes.

Coração de Fogo estava se dirigindo à pilha de presas frescas quando viu a patrulha do amanhecer voltando, liderada por Nevasca. O representante parou e esperou pelo guerreiro branco.

– Algum sinal do Clã das Sombras?

Nevasca fez que não e miou: – Nada. Apenas as marcas de cheiro normais ao longo da fronteira. Havia uma coisa, mas...

As orelhas de Coração de Fogo empinaram. – O quê?

– Não muito longe das Rochas das Cobras, descobrimos um pedaço de terra revirado com penas de pombo espalhadas por cima.

– Penas de pombos? Faz dias que não vejo um pombo. Há algum outro clã caçando em nosso território?

– Acho que não. Todo o lugar fedia a cachorro. – Nevasca franziu o nariz, com nojo. – Também havia cocô de cachorro.

– Ah, um cachorro. – Coração de Fogo agitou a cauda com desprezo. – Bem, todos nós sabemos que os Duas-Pernas estão sempre trazendo seus cachorros para a floresta. Eles correm, caçam alguns esquilos e os Duas-Pernas os levam de volta para casa. – Ele soltou um ronronar divertido. – A única coisa estranha é que parece que, dessa vez, um cachorro conseguiu pegar alguma coisa.

Para sua surpresa, Nevasca continuou sério e miou: – De qualquer modo, acho que você deve dizer às patrulhas para ficar alerta.

– Certo. – Coração de Fogo respeitava demais o guerreiro veterano para desprezar seu conselho, mas, no fundo, achava que os cachorros deviam estar longe, bem calados no Lugar dos Duas-Pernas. Os cães aborrecem e são barulhentos, mas ele tinha mais com que se preocupar.

Ele se lembrou de sua ansiedade em relação ao estoque de alimentos enquanto ia com Nevasca até a pilha de presas frescas. Pata Brilhante, aprendiz do guerreiro branco, e Pata de Nuvem, que também fizeram parte da patrulha, já estavam lá.

– Veja só! – o aprendiz de pelo branco reclamou quando viu Coração de Fogo. Ele usou a pata para virar um rato silvestre. – Isso não chega nem para uma mordida!

– Há escassez de presas – o representante o lembrou, percebendo que havia poucas peças na pilha. – Quem sobrevive a um incêndio não acha muito para se alimentar.

– Precisamos voltar a caçar – Pata de Nuvem miou. Ele tirou um naco do rato silvestre e engoliu. – Vou caçar assim que terminar aqui.

– Venha comigo – miou o gato de pelo cor de chama, separando um pica-pau para si. – Vou liderar uma patrulha mais tarde.

– Não, não posso esperar – o jovem aprendiz falou, dando outra mordida na presa. – De tanta fome, poderia comer você. Pata Brilhante, quer vir comigo?

A jovem gata, que comia com cuidado um camundongo, olhou para seu mentor, pedindo permissão. Quando Nevasca fez que sim, ela se pôs de pé num pulo. – Assim que você quiser, vamos – ela miou.

– Certo, então – miou Coração de Fogo. Ficou meio aborrecido por Pata de Nuvem não ter-lhe pedido permissão, mas o clã realmente precisava de presa fresca, e os dois aprendizes eram bons caçadores. – Não se afastem muito do acampamento – ele os advertiu.

– Mas as melhores presas estão todas longe, aonde o fogo não chegou – Pata de Nuvem replicou. – Ficaremos bem, Coração de Fogo – ele prometeu. – Primeiro vamos caçar para os anciãos.

Engolindo com avidez o resto do rato silvestre, ele correu na direção da entrada do acampamento, seguido de Pata Brilhante.

– Fiquem longe do Lugar dos Duas-Pernas! – o representante gritou, lembrando como Pata de Nuvem bem que já fizera uma visita aos Duas-Pernas. O aprendiz pagou caro quando o levaram para seu ninho do outro lado do território do Clã do Vento. Com o final da estação do renovo, com a perspectiva da chegada de uma estação sem folhas que traria fome, o representante esperava que o sobrinho não se sentisse tentado a repetir a experiência.

– Aprendizes! – Nevasca ronronou ao observar os jovens se afastarem aos pulos. – Foram à patrulha do amanhecer, e agora vão caçar. Gostaria de ter a mesma energia. – Ele tirou da pilha um melro, que arrastou, e agachou-se para comer.

Coração de Fogo terminou de devorar o pica-pau e viu Tempestade de Areia saindo da toca dos guerreiros. O sol fazia brilhar sua pelagem alaranjada, e o guerreiro admirou o movimento dos pelos no seu caminhar. Quando ela chegou perto, ele convidou: – Quer vir caçar comigo?

– Parece que estamos precisando – Tempestade de Areia respondeu, olhando as pouquíssimas peças de presa fresca restantes. – Vamos agora. Posso esperar para comer quando pegarmos alguma coisa.

Coração de Fogo olhou em volta, buscando mais felinos para irem também, e viu Rabo Longo que ia para a toca dos aprendizes, chamando Pata Ligeira. – Ei, Rabo Longo! – ele miou quando os dois felinos atravessavam a clareira. – Venham juntar-se à nossa patrulha de caça.

O gato hesitou, sem saber se era uma ordem do representante. – Estávamos indo para o vale de treinamento – explicou. – Pata Ligeira precisa praticar movimentos de defesa.

– Vocês podem fazer isso mais tarde. – Dessa vez o guerreiro deixou claro que era uma ordem. – O clã precisa primeiro de presas frescas.

Rabo Longo agitou a cauda, irritado, mas não disse nada. Pata Ligeira parecia mais entusiasmado, seus olhos brilhavam. O representante percebeu que o jovem preto e branco já estava quase do tamanho do mentor; era o aprendiz mais velho, e esperava logo ser nomeado guerreiro.

"Preciso falar com Estrela Azul sobre sua cerimônia de nomeação", pensou o gato de pelagem rubra. "Também a de Pata de Nuvem, e as de Pata Brilhante e Pata de Espinho. O clã precisa de mais guerreiros."

Coração de Fogo deixou Nevasca usufruir de um merecido descanso e saiu do acampamento com seu grupo rumo à ravina. No alto, foi na direção das Rochas Ensolaradas. Fazendo o possível para seguir as ordens de Estrela Azul e dobrar o número de patrulhas, ele instruíra todos os grupos de caça a igualmente vigiarem as fronteiras, ficando alertas quanto a odores de outros clãs ou sinais da presença de inimigos. Em particular, mandara todos observarem com cuidado a fronteira do Clã das Sombras; quanto a si mesmo, decidiu não negligenciar os felinos do Clã do Rio.

Ele se sentia incomodado com a relação entre eles e o Clã do Trovão. Com Estrela Torta envelhecendo, sua representante, Pelo de Leopardo, teria mais autoridade, e Coração de Fogo ainda esperava que ela cobrasse algum preço pela ajuda na noite do incêndio.

Indo na direção do rio, o representante do Clã do Trovão viu plantas que surgiam do solo enegrecido. Novas samambaias começavam a nascer, e brotos verdes se espalhavam, cobrindo a terra. A floresta já se recuperava, mas, aproximando-se a estação das folhas caídas, o crescimento deveria diminuir. Ainda o preocupava o fato de o clã ter de encarar em breve uma fria e desconfortável estação sem folhas.

Quando chegaram às Rochas Ensolaradas, Rabo Longo levou Pata Ligeira a uma vala entre as pedras. – Aqui você pode treinar a audição para perceber camundongos e ratos silvestres – disse ao aprendiz. – Veja se consegue pegar alguma coisa antes de nós.

Coração de Fogo aprovou o que viu. O guerreiro malhado era um mentor consciente, e um forte elo se formara entre ele e Pata Ligeira.

Coração de Fogo rodeou as pedras no lado que dava para o rio, onde sobrevivera a maior parte do capim e da folhagem. Foi pouco antes de um camundongo se mexer entre frágeis hastes de grama; ele parou para tirar com o dente uma semente alojada na pata dianteira. Foi quando o representante do Clã do Trovão pulou e terminou o serviço rapidamente.

– Bom trabalho – Tempestade de Areia murmurou, aproximando-se.

– Está servida? – o guerreiro ofereceu, empurrando a presa na direção da gata. – Você ainda não comeu.

– Não, obrigada – ela miou, irritada. – Posso caçar minha própria presa.

Ela escorregou para a sombra de um pé de avelã. Coração de Fogo a seguiu com os olhos, imaginando se a teria ofendido, e então começou a afofar o chão para cobrir a presa e apanhá-la depois.

– Cuidado com essa gata – uma voz miou atrás dele. – Se você bobear, ela vai arrancar suas orelhas.

O gato de pelo vermelho rodopiou e deu de cara com o velho amigo Listra Cinzenta, na fronteira com o Clã do Rio, abaixo na encosta, na direção da água. Seu pelo cinza e espesso brilhava de tão molhado.

– Listra Cinzenta! Você me assustou!

O gato cinza se sacudiu, lançando gotículas no ar. – Vi você do outro lado do rio – ele miou. – Jamais pensei em encontrá-lo caçando presas para Tempestade de Areia. Ela é especial para você, não é?

– Não sei do que você está falando – Coração de Fogo protestou. De repente ele sentiu a pelagem esquentar e pinicar, como se formigas se arrastassem sobre seu corpo. – Tempestade de Areia é apenas uma amiga.

Listra Cinzenta ronronou, divertido. – Ah, claro, se é o que você diz. – Ele subiu a encosta e inclinou a cabeça para encostá-la no ombro do amigo. – Você tem sorte. Ela é admirável.

Coração de Fogo abriu a boca, que logo fechou. O gato cinza não se convenceria, não importa o que falasse; além disso, talvez ele tivesse razão. Talvez Tempestade de Areia estivesse se tornando mais que uma amiga. – Não importa – ele miou, mudando de assunto. – Diga-me como você está. Quais as novidades do Clã do Rio?

Os olhos amarelos do gato cinza deixaram de sorrir. – Não são muitas. Todos só falam de Estrela Tigrada. – Quando Listra Cinzenta era guerreiro do Clã do Trovão, somente ele e Coração de Fogo, entre todos os felinos, sabiam da ambição assassina de Estrela Tigrada, que matara o antigo representante do Clã do Trovão, Rabo Vermelho.

– Não sei como encarar isso – o gato rubro admitiu. – Estrela Tigrada pode ter mudado, agora que conseguiu o que queria. Não se pode negar que pode ser um bom líder; é forte, sabe lutar e caçar, conhece o Código dos Guerreiros de cor.

– Mas não se pode confiar nele – Listra Cinzenta rosnou. – O que importa conhecer o Código dos Guerreiros e ignorar seus preceitos?

– Isso não nos diz respeito. Ele tem um novo clã, e Nariz Molhado relatou a profecia anunciada pelo Clã das Estrelas, que lhes enviaria um novo e grande líder. O Clã das Estrelas deve saber que o Clã das Sombras precisa de um guerreiro forte para ajudar na recuperação dos danos causados pela doença.

Listra Cinzenta não pareceu convencido e bufou: – O Clã das Estrelas o enviou? Vou acreditar nisso no dia em que um boi voar.

Coração de Fogo tinha de concordar que seria difícil confiar em Estrela Tigrada. Devolver a saúde ao clã iria mantê-lo ocupado por uma ou duas estações, mas depois... Pensar que o guerreiro cruel seria o chefe de um clã poderoso o fazia tremer das orelhas à ponta da cauda. Não acreditava que Estrela Tigrada aceitaria se submeter a uma vida pacífica na floresta, respeitando os direitos dos outros três clãs. Cedo ou tarde iria querer expandir seu território, e o primeiro alvo seria o Clã do Trovão.

– No seu lugar – miou Listra Cinzenta, captando os pensamentos do amigo –, manteria minhas fronteiras vigiadas.

– Claro, eu... – Coração de Fogo começou a falar. Mas se calou ao ver Tempestade de Areia se aproximar, com um coelhinho pendurado na boca. Ela passou sobre as pedrinhas e colocou a presa aos pés do representante. Já mais calma, como se recuperada do breve aborrecimento, cumprimentou o guerreiro do Clã do Rio.

– Olá, Listra Cinzenta. Como estão os filhotes?

– Estão bem, obrigado – ele respondeu, os olhos brilhando de orgulho. – Logo serão aprendizes.

– Você será o mentor de um deles? – Coração de Fogo perguntou.

Para sua surpresa, o amigo não se mostrou seguro a respeito: – Não sei, se Estrela Torta assim decidir, talvez... Mas hoje em dia ele pouco faz além de dormir. Pelo de Leopardo organiza a maioria das coisas agora, e jamais vai me perdoar pela morte de Garra Branca. Provavelmente entregará meus filhotes a outro mentor.

Ele abaixou a cabeça. Coração de Fogo percebeu que o amigo se sentia culpado pela morte do guerreiro do Clã do Rio que caíra no abismo quando sua patrulha atacou um pequeno grupo de guerreiros do Clã do Trovão.

– É duro, eu sei – miou o representante, encostando-se no corpo do amigo, para consolá-lo.

– Mas você pode ver que ela tem lá sua razão – Tempestade de Areia destacou com suavidade. – Pelo de Leopardo vai querer ter certeza de que os filhotes sejam educados completamente leais ao Clã do Rio.

Quando Listra Cinzenta virou a cabeça para encará-la, tinha a pelagem arrepiada. – Pois era bem o que eu faria! Não quero que meus filhos cresçam divididos entre dois clãs. – Seus olhos nublaram. – Sei como é isso.

Coração de Fogo se encheu de pena. Após o incêndio, Listra Cinzenta demonstrara seu descontentamento com o novo clã, e estava claro que isso não tinha mudado. Gostaria de dizer-lhe "Venha para casa", mas sabia que não tinha o direito de oferecer ao amigo um lugar no clã quando Estrela Azul já lhe recusara.

– Fale com Estrela Torta – ele sugeriu. – Pergunte você mesmo pelos filhotes.

– E tente cair nas graças de Pelo de Leopardo – acrescentou Tempestade de Areia. – Não a deixe pegá-lo atravessando a fronteira do Clã do Trovão.

Listra Cinzenta se retraiu. – Talvez você esteja certa. É melhor eu voltar. Adeus a vocês dois.

– Tente vir à próxima Assembleia – Coração de Fogo insistiu.

Listra Cinzenta agitou a cauda, agradecido, e desceu a encosta. No meio do caminho para o rio, ele se virou e miou: – Esperem aí um instante!– e correu para a beira da água. Por diversos tique-taques de coração, ficou imóvel numa pedra plana, olhando para a parte rasa.

– Agora, o que ele vai fazer? – Tempestade de Areia balbuciou.

Antes que Coração de Fogo pudesse responder, Listra Cinzenta lançou uma pata no ar. Um peixe prateado foi arremessado do riacho, indo parar na margem, onde ficou caído, se contorcendo. O gato cinza o liquidou com uma única patada e o arrastou encosta acima, onde os dois guerreiros o observavam.

– Tomem – ele miou, colocando o peixe no chão. – Sei que as presas devem estar escassas após o incêndio. Isso deve ajudar um pouco.

– Obrigado – miou Coração de Fogo, que acrescentou, admirado: – Foi um belo truque!

Listra Cinzenta ronronou, satisfeito. – Pé de Bruma me ensinou.

– É muito bem-vindo – disse Tempestade de Areia –, mas se Pelo de Leopardo descobrir que você anda alimentando gatos de outro clã não vai gostar.

– Ela que vá correr atrás da própria cauda – Listra Cinzenta rosnou. – Se reclamar, vou lembrar-lhe de como Coração de Fogo e eu ajudamos a alimentar o Clã do Rio durante as enchentes na última estação do renovo.

Ele se virou e se dirigiu novamente ao rio. O peito de Coração de Fogo doeu ao observar o amigo lançar-se na água e nadar vigorosamente para a margem oposta. Daria qualquer coisa para tê-lo de volta ao Clã do Trovão, mas tinha de admitir que parecia improvável que fosse novamente aceito no grupo.

Coração de Fogo lutou para segurar o peixe escorregadio; quando a patrulha de caça voltou ao acampamento, sua boca se encheu de água com o cheiro estranho lhe penetrando nas narinas. Quando entrou no acampamento, viu que a pilha de presas frescas já estava mais alta. Pata de Nuvem e Pata Brilhante tinham chegado e já estavam saindo mais uma vez, com Pelo de Rato e Pata de Espinho.

– Alimentamos os anciãos, Coração de Fogo! – Pata de Nuvem lhe disse por sobre o ombro enquanto subia a ravina correndo.

– E Manto de Cinza? – o representante perguntou.

– Ainda não!

O guerreiro observou o sobrinho sumir de vista e voltou à pilha de presas frescas. "Talvez o peixe de Listra Cinzenta fosse tentar o apetite de Manto de Cinza", pensou. Suspeitava que a jovem curandeira não estivesse se alimentando o bastante, pela dor da ausência de Presa Amarela, e porque estava muito ocupada, cuidando dos gatos intoxicados pela fumaça e de Estrela Azul.

– Está com fome, Coração de Fogo? – perguntou Tempestade de Areia, deixando na pilha a última peça que caçara. Ela só se alimentou quando levaram a última presa para o acampamento, e agora olhava a peça avidamente. – Se quiser, comemos juntos.

– Certo. – Parecia que já fazia muito tempo que ele devorara o pica-pau pela manhã. – Deixe-me só levar isso para Manto de Cinza.

– Não demore – miou Tempestade de Areia.

Coração de Fogo abocanhou o peixe e foi em direção à toca da curandeira. Antes do incêndio, um viçoso túnel de samambaias a separava do resto do acampamento. Agora, havia apenas alguns caules enegrecidos, e ele via claramente a fenda na pedra, que era a entrada da toca.

Parou do lado de fora, deixou a presa no chão e chamou: – Manto de Cinza!

Depois de um momento, viu a cabeça da jovem curandeira na abertura. – O quê? Ah, é você, Coração de Fogo.

Ela foi encontrá-lo. Tinha a pelagem arrepiada, faltava ao olhar o brilho de sempre. Parecia distraída e perturbada. O representante imaginou que ela pensava em Presa Amarela.

– Fico feliz em vê-lo – ela miou. – Tenho algo a lhe dizer.

– Coma primeiro – o representante pediu. – Veja, Listra Cinzenta pegou um peixe para nós.

– Obrigada, mas o assunto é urgente. O Clã das Estrelas me enviou um sonho esta noite.

Alguma coisa no seu jeito de falar deixou o representante desconfortável. Ainda não se acostumara com o fato de sua antiga aprendiz ser agora uma curandeira de verdade, vivendo sem ter um companheiro ou filhos, encontrando-se em segredo com outros curandeiros, a eles unida através de sua conexão com os espíritos dos guerreiros do Clã das Estrelas.

– Sobre o que era o sonho? – Ele já tivera sonhos assim mais de uma vez, avisando-o de coisas por acontecer. Isso o ajudou a imaginar, melhor que a maioria, o misto de espanto e encantamento que a gata devia estar sentindo.

– Não sei bem – ela piscou, confusa. – Acho que estava na floresta, e ouvia um barulhão nas árvores, mas não conseguia ver o que tinha acontecido. E havia vozes, vozes ásperas, numa língua que não era de gato. Mas eu entendia o que diziam...

Sua voz esmaeceu. Ela olhava na distância, os olhos nublados, as patas dianteiras dobradas.

– O que diziam? – Coração de Fogo insistiu.

A gata tremeu. – Foi mesmo esquisito. Gritavam: "Matilha, matilha" e "Matar, matar".

O representante ficou desapontado. Esperava que a mensagem do Clã das Estrelas pudesse explicar como lidar com tantos problemas, Estrela Tigrada, a doença de Estrela Azul, as consequências do incêndio. – Você sabe o que significa?

Ela balançou a cabeça, os olhos espelhando pavor, como se vislumbrasse uma enorme ameaça, invisível a Coração de Fogo. – Ainda não. Talvez o Clã das Estrelas me mostre mais quando eu for às Pedras Altas. Mas que é algo ruim, não tenho dúvidas.

– Como se não tivéssemos preocupações suficientes – o representante murmurou. Ele disse à curandeira: – Não sei o que posso fazer, a não ser tentar descobrir mais a respeito. Preciso de fatos. Tem certeza de que o sonho era só isso?

Os olhos azuis da gata estavam arregalados, aflitos, e ela fez que sim. O representante deu-lhe uma lambida, para confortá-la. – Não se preocupe, Manto de Cinza. Se foi um aviso quanto ao Clã das Sombras, já estamos alertas. Conte-me assim que souber de mais detalhes.

Ele pulou ao ouvir atrás de si um grunhido irritado. – Coração de Fogo, você vai ficar aí o dia todo?

Olhou em volta e viu que Tempestade de Areia o esperava na entrada do túnel de samambaias queimado. – Tenho de ir – ele disse a Manto de Cinza.

– Mas...

– Vou pensar a respeito, certo? – Coração de Fogo a interrompeu, com a barriga roncando, louco para ir ao encontro de Tempestade de Areia. – Conte-me se tiver outros sonhos.

As orelhas da curandeira se mexeram, refletindo aborrecimento. – Trata-se de uma mensagem do Clã das Estrelas, não de uma raiz presa na minha pelagem ou de um naco enorme de presa fresca entalado na minha garganta. Pode afetar o clã todo. Precisamos descobrir o que significa.

– Você é melhor nisso do que eu – ele retrucou, saindo da toca, já dizendo as últimas palavras virado para trás.

Aos pulos, atravessou a clareira para se encontrar com Tempestade de Areia, pensando sobre o significado do sonho. Não parecia ser um ataque de outro clã, e não conseguia imaginar outra ameaça. Devorou com gosto o rato silvestre que a amiga guardara para ele, tratando de deixar de lado o sonho da curandeira.

CAPÍTULO 4

Coração de Fogo arfava, lutando para respirar; a bochecha ardia onde as garras tinham arranhado. Cambaleou ao se pôr de pé, e Pata Brilhante deu alguns passos para trás.

– Não machuquei você, não é? – a aprendiz branca, de manchas alaranjadas, perguntou, ansiosa.

– Não, estou bem – ele engasgou. – Foi Nevasca que ensinou aquele movimento? Eu nunca tinha visto. Muito bem.

Tentando não mancar, ele atravessou o vale de treinamento, onde Pata Ligeira, Pata de Espinho e Pata de Nuvem estavam praticando. O representante do Clã do Trovão avaliava as habilidades de combate dos aprendizes quando eles o atacaram. Todos tinham a competência de guerreiros formidáveis.

– Fico feliz que todos vocês estejam do meu lado. Não gostaria de enfrentá-los numa batalha – Coração de Fogo miou. – Tive uma conversa com seus mentores, e eles os consideram prontos; então, vou perguntar a Estrela Azul se vocês podem ser nomeados guerreiros.

Pata Brilhante, Pata de Espinho e Pata Ligeira trocaram olhares animados. Pata de Nuvem tentou parecer indiferente, mas tinha um brilho de expectativa nos olhos, também.

– Tudo bem – Coração de Fogo continuou. – No caminho de volta ao acampamento, cacem alguma coisa, e cuidem para que os anciãos e as rainhas sejam alimentados primeiro. Depois vocês podem comer.

– Se tiver sobrado alguma coisa – miou Pata Ligeira.

Coração de Fogo lançou um olhar para o jovem. Pata Ligeira às vezes usava os murmúrios de descontentamento de seu mentor, Rabo Longo, que tinha sido um aliado próximo de Garra de Tigre, mas naquele momento parecia estar apenas fazendo uma piada. Os quatro jovens pularam e saíram correndo do vale de treinamento. Coração de Fogo ouviu Pata Brilhante uivando para Pata de Nuvem: – Aposto que consigo pegar mais presas do que você!

Parecia ter passado muito tempo desde quando ele era despreocupado assim, Coração de Fogo refletia enquanto ralentava o passo. Sob o peso de suas responsabilidades como representante, às vezes se sentia mais velho do que os anciãos. O clã estava sobrevivendo, conseguindo encontrar alimentos e reconstruindo o acampamento devastado, mas todos os guerreiros estavam sobrecarregados. Ele mesmo ficava de pé do amanhecer ao pôr do sol, e todas as noites ia para a toca com tarefas por fazer. "Por quanto tempo conseguiremos aguentar? Vai ficar mais difícil, e não mais fácil, quando a estação sem folhas chegar." As poucas folhas que o fogo tinha deixado nas árvores já se tornavam douradas e vermelhas. Quando Coração de Fogo fez uma pausa no topo do vale, sentiu uma brisa fria ondular seu pelo, embora o sol brilhasse intensamente.

Ele deslizou sem pressa de volta ao acampamento e ficou parado por um momento perto da entrada, olhando ao redor. Risca de Carvão, encarregado da reconstrução, começara a remendar as falhas existentes nos galhos da toca dos guerreiros. Pelagem de Poeira trabalhava com ele, Pata de Avenca e Pata Gris, os dois aprendizes mais jovens.

Do outro lado do acampamento, Coração de Fogo viu Manto de Cinza a caminho da toca dos anciãos, carregando algumas ervas na boca.

No centro da clareira, os dois filhotes de Flor Dourada brincavam com o filhote de Cauda Sarapintada, observados pelas rainhas, que estavam perto da entrada do berçário. Pele de Salgueiro estava lá também, e protegia cuidadosamente sua ninhada, que era mais nova, da brincadeira brusca dos mais velhos. Coração de Fogo pousou o olhar em Amora Doce, o maior dos filhotes de Flor Dourada. O corpo forte e musculoso e o pelo marrom-escuro eram perturbadoramente familiares; quem o olhasse não duvidaria de que Estrela Tigrada era o pai. Aquele pensamento sempre o deixava inquieto, e ele lutava contra esses sentimentos. Seria lógico desconfiar também de Açafrão, a irmã, mas ela não compartilhava da infelicidade de se parecer com o pai. Era injusto culpar Amora Doce pelos crimes de Estrela Tigrada.

Coração de Fogo não conseguia banir a lembrança do jovem agarrado a um galho de árvore em chamas, gemendo aterrorizado enquanto tentava alcançá-lo. E não esquecia que, enquanto resgatava Amora Doce, o fogo tinha bloqueado Presa Amarela na toca. Teria ele sacrificado a curandeira para salvar o filho de Estrela Tigrada?

De repente um grito estridente veio do grupo de filhotes. Amora Doce tinha rolado sobre Bolinha de Neve e, com as garras, o mantinha no chão. O alarme vinha do vigoroso filhote branco, que não parecia tentar se defender.

Coração de Fogo disparou e afastou Amora Doce de sua vítima, rosnando: – Basta! O que você acha que está fazendo?

O filhote malhado em tons escuros se levantou, os olhos cor de âmbar brilhando de indignação e choque.

– Então? – o representante insistiu.

Amora Doce sacudiu a poeira do pelo. – Não é nada, estamos só brincando.

– Só brincando? Por que, então, o filhote de Cauda Sarapintada está chorando?

O brilho se apagou dos olhos amarelados de Amora Doce, que deu de ombros. – Como é que vou saber? De qualquer modo, ele nem consegue brincar direito.

– Amora Doce! – Flor Dourada ralhou, colocando-se ao lado do filho. – Quantas vezes tenho que lhe dizer? Se alguém gritar, você solta. E não seja tão rude com Coração de Fogo. Lembre-se de que ele é o nosso representante.

Amora Doce olhou rapidamente para o gato de pelagem rubra e murmurou: – Sinto muito.

– Sim, bem, certifique-se de que isso não aconteça de novo – ele replicou, irritado.

Amora Doce passou pelo representante e foi até Bolinha de Neve, ainda agachado enquanto Cauda Sarapintada lambia o pelo dele com vigor. – Vamos, levante-se – ela miou. – Você não está machucado.

– Sim, venha, Bolinha de Neve – Amora Doce chamou, passando a língua na orelha do amigo. – Eu não queria fazer isso. Venha brincar, e dessa vez você pode ser o líder do clã.

Açafrão, irmã de Amora Doce, estava a algumas caudas de distância, sentada com a cauda enrolada em torno das patas. – Não tem graça – ela miou. – Ele não é divertido...

– Açafrão! – Flor Dourada deu-lhe um tapa de leve na orelha. – Não seja tão desagradável. Não sei o que deu em vocês dois hoje.

Bolinha de Neve ainda estava agachado, e se levantou apenas quando a mãe o cutucou.

– Talvez você devesse deixar Manto de Cinza examiná-lo – sugeriu Coração de Fogo à rainha malhada. – Para ter certeza de que não se machucou.

Cauda Sarapintada voltou-se para o representante e rosnou: – Não há nada de errado com meu filhote! Você está dizendo que sou incapaz de cuidar dele direito? – Virou-lhe as costas e carregou Bolinha de Neve de volta para o berçário.

– Ela superprotege o filho – Flor Dourada explicou. – Acho que é porque tem apenas um. – Ela piscou carinhosamente para seus dois filhotes, que agora brincavam juntos no chão.

Coração de Fogo foi se sentar ao lado dela, se sentindo desconfortável pela maneira dura com que tinha falado com Amora Doce. – Você já lhes disse que o pai deles é agora o líder do Clã das Sombras? – ele perguntou discretamente.

Flor Dourada deu-lhe um rápido olhar. – Não, ainda não – ela admitiu. – Eles só ficariam orgulhosos, e aí algum gato acabaria lhes contando o resto da história.

– Mais cedo ou mais tarde vão descobrir.

A rainha alaranjada lavou vigorosamente a pelagem do peito por alguns instantes. – Vi como você olha para eles – ela miou para o gato, enfim. – Especialmente para Amora Doce. Ele não tem culpa de ser tão parecido com Estrela Tigrada. Mas outros gatos olham para ele assim também. – Ela lambeu a pata minuciosamente e passou-a sobre a orelha. – Quero que meus filhos cresçam felizes, sem culpa pelo que aconteceu antes de terem nascido. Talvez haja mais esperança agora, se Estrela Tigrada se tornar um grande líder. Talvez até acabem se orgulhando do pai.

Coração de Fogo mexeu as orelhas, desconfortável, incapaz de partilhar o otimismo da rainha.

– Você sabe, ambos o respeitam – a rainha continuou. – Especialmente desde que salvou Amora Doce do incêndio.

Por um momento o guerreiro não soube o que dizer. Sentia-se mais culpado do que nunca por seus sentimentos hostis em relação a Amora Doce, mas por mais que tentasse não conseguia deixar de ver no jovem o pai assassino.

– Acho que *você* deveria lhes contar sobre Estrela Tigrada – Flor Dourada miou, lançando um olhar intenso ao felino avermelhado. – Você é o representante, afinal. Eles iriam entender, e eu sei que você lhes diria a verdade.

– Você... acha que eu deveria lhes contar agora? – Coração de Fogo gaguejou. Do jeito que Flor Dourada falou, parecia um desafio.

– Não, agora não – ela respondeu, calma. – Só quando você estiver pronto. E quando achar que *eles* estão prontos – acrescentou. – Mas não demore demais.

O representante abaixou a cabeça e prometeu: – Eu vou contar, Flor Dourada. E da melhor forma para eles.

Antes que a rainha pudesse responder, Amora Doce veio derrapando até a mãe, Açafrão logo atrás. – Podemos ir ver os anciãos? – perguntou o menino, os olhos brilhando. – Caolha prometeu nos contar algumas histórias fantásticas!

Com um ronronar indulgente, ela miou: – Claro, podem. Levem alguma coisa da pilha de presas frescas para ela... Faz parte das boas maneiras. E estejam de volta até o pôr do sol.

– Pode deixar! – miou Açafrão. Ela atravessou o acampamento, gritando por cima do ombro: – Vou pegar um camundongo para Caolha!

– Não, você não, eu! – Amora Doce gritou, correndo atrás da irmã.

– Bem – Flor Dourada miou, voltando-se para o representante –, se você vê algo de errado nesses filhotes, diga-me o que é, porque eu não vejo.

Ela se levantou, obviamente não necessitando de resposta, e sacudiu uma pata de cada vez, antes de voltar para o berçário. Coração de Fogo a observou partir. De alguma forma, ele conseguira se tornar impopular com as duas rainhas: embora Flor Dourada confiasse nele, achava claramente difícil perdoá-lo por seus sentimentos conflitantes a respeito de Amora Doce; e ele não conseguia definir o que sentia.

Ficou de pé, suspirando, e se deu conta de que era hora de enviar a patrulha da noite. Ao se afastar do berçário, avistou Pelo de Musgo Renda ali perto, como se quisesse falar com ele.

– Algum problema? – perguntou ao jovem guerreiro.

– Não sei. É que vi o que aconteceu lá, com o filhote de Cauda Sarapintada, e...

– Você não vai dizer que fui muito duro com Amora Doce, não é?

– Não, claro que não. Mas... bem, acho que pode haver algo errado com Bolinha de Neve.

Coração de Fogo sabia que o gato marrom dourado não criaria caso à toa. – Continue – ele pediu.

– Eu o tenho observado – o gato malhado explicou, riscando o chão, um olhar envergonhado no rosto. – Eu... achei que Estrela Azul ia me escolher como seu mentor, e quis conhecê-lo. Mas desconfio que haja algo errado. Ele não brinca como os outros. Não parece responder quando algum gato fala com ele. Você conhece os filhotes, Coração de Fogo, metem o nariz em tudo, mas Bolinha de Neve não é assim. Acho que Manto de Cinza devia examiná-lo.

– Sugeri a mesma coisa a Cauda Sarapintada, e ela quase me arrancou as orelhas.

Pelo de Musgo Renda encolheu os ombros. – Talvez ela não queira admitir que possa haver alguma coisa errada com seu filhote.

O representante pensou por um momento. Bolinha de Neve *parecia* lento e pouco responsivo em comparação com os outros filhotes. Era muito mais velho do que a ninhada de Flor Dourada, mas não tão bem desenvolvido. – Deixe comigo – ele miou. – Vou ter uma conversa com Manto de Cinza. Ela vai encontrar um modo de dar uma olhada nele sem perturbar Cauda Sarapintada.

– Obrigado, Coração de Fogo. – O gato malhado de marrom-dourado parecia aliviado.

– Enquanto isso, você pode liderar a patrulha da noite? Chame Pelo de Rato e Cara Rajada para irem com você.

Pelo de Musgo Renda se aprumou. – Claro, vou procurá-los agora.

Ele atravessou todo o acampamento com a cauda erguida. Quando estava a algumas raposas de distância, o representante o chamou de volta. – Ah, Pelo de Musgo Renda – ele miou, satisfeito por ao menos uma vez dar uma boa notícia –, quando Bolinha de Neve estiver pronto, falo com Estrela Azul para você ser o mentor.

Antes de procurar Manto de Cinza, Coração de Fogo visitou Estrela Azul para contar-lhe sobre a avaliação dos aprendizes. A líder do clã estava fora da toca, sentada num pequeno trecho banhado pelo sol, e o gato de pelagem vermelha imaginou, esperançoso, que ela talvez estivesse mais próxima de sua antiga personalidade. Mas seus olhos azuis pareciam cansados quando ela piscou para ele; tinha ao lado uma peça de presa fresca comida pela metade.

Quando Coração de Fogo se aproximou, ela perguntou:
– Então, o que posso fazer por você?

– Tenho boas notícias, Estrela Azul. – Ele tentou soar alegre. – Avaliei os quatro aprendizes mais velhos hoje, e todos se saíram bem. Acho que é hora de serem nomeados guerreiros.

– Os aprendizes mais velhos? – Os olhos da gata estavam nublados, confusos. – Seriam Pata de Samambaia e... Pata de Cinza?

O peito do representante apertou. A líder sequer conseguia lembrar quem eram os aprendizes! – Não, Estrela Azul – ele miou pacientemente. – Pata de Nuvem, Pata Brilhante, Pata Ligeira e Pata de Espinho.

Estrela Azul fez um pequeno movimento. – Foi o que eu quis dizer – retrucou. – E você quer que eles sejam guerreiros? Apenas... apenas me lembre quem são seus mentores, sim?

– Eu sou o mentor de Pata de Nuvem – Coração de Fogo começou, tentando afastar da voz o crescente desânimo. – Os outros são Rabo Longo...

– Rabo Longo – ela o interrompeu. – Ah, sim... um dos amigos de Garra de Tigre. Por que lhe demos um aprendiz, se não confiamos nele?

– Ele preferiu ficar no Clã do Trovão quando Garra de Tigre partiu – Coração de Fogo lembrou à líder.

Estrela Azul bufou. – O que não significa que podemos confiar nele – repetiu. – Não podemos confiar em nenhum deles. São traidores e vão treinar mais traidores. Não vou nomear nenhum desses aprendizes como guerreiro! – Ela fez uma pausa enquanto o gato a olhava fixamente, horrorizado, e então acrescentou: – Só o seu, Coração de Fogo. Você é o único que me é leal. Pata de Nuvem pode se tornar guerreiro, mas não os outros.

Coração de Fogo ficou sem palavras. Embora o clã parecesse feliz por ter Pata de Nuvem de volta depois de sua aventura com os Duas-Pernas, sabia que haveria problemas se apenas ele se tornasse guerreiro. Além disso, não lhe faria bem ser o único escolhido para uma honra que os outros também mereciam.

Coração de Fogo entrou em pânico quando percebeu que aquilo significava que *nenhum* dos aprendizes seria nomeado guerreiro, ainda. Embora o clã precisasse deles desesperadamente, não tinha sentido argumentar com Estrela Azul naquele estado de espírito.

– Ah... obrigado, Estrela Azul – ele miou, finalmente, começando a recuar. – Mas talvez seja melhor esperar mais um tempinho. Um pouco mais de treinamento não vai fazer mal.

Coração de Fogo escapuliu, com a líder o fitando com a mesma expressão vaga nos olhos.

CAPÍTULO 5

O SOL SE DEITAVA, LANÇANDO SOMBRAS compridas através da clareira, quando Coração de Fogo foi procurar Manto de Cinza. Encontrou-a em sua toca, conferindo o suprimento de ervas curativas, e esperou do lado de fora para falar com ela.

– O filho de Cauda Sarapintada? – ela miou quando o representante falou sobre as suspeitas de Pelo de Musgo Renda. Ela estreitou os olhos, pensativa. – Entendo o que ele quer dizer. Vou verificar.

– Você vai precisar ter cuidado com a mãe – Coração de Fogo avisou. – Quando sugeri que ela deixasse você examinar Bolinha de Neve, ela praticamente me arrancou o nariz.

– Isso não me surpreende. Para as rainhas, seus filhos não são menos que perfeitos. Vou cuidar disso, não se preocupe. Mas não agora – ela acrescentou, colocando seu suprimento de frutinhas de zimbro numa pilha mais arrumada. – Já está tarde demais para perturbá-los, e amanhã tenho de ir para as Pedras Altas.

– Mas já? – O representante estava surpreso; não se dera conta como os dias estavam praticamente voando.

– Amanhã é noite de lua nova. Os demais curandeiros também estarão lá. Receberei do Clã das Estrelas meus plenos poderes. Manto de Cinza hesitou e então acrescentou: – Presa Amarela deveria estar comigo, para me apresentar ao Clã das Estrelas como uma curandeira treinada e diplomada. Agora terei de ir à cerimônia sozinha – ela disse, com os olhos arregalados, perdidos. Coração de Fogo sentiu que a gata se afastava para uma terra de sombras e sonhos, na qual ele não podia entrar.

– Você deve ir na companhia de um guerreiro – ele miou. – Da última vez que Estrela Azul tentou ir às Pedras Altas, o Clã do Vento negou-lhe passagem pelo território.

Manto de Cinza o olhou calmamente. – Só quero ver se alguma patrulha vai ousar impedir uma curandeira. O Clã das Estrelas jamais perdoaria tal atitude. – Sua expressão mudou, os olhos brilharam com malícia. – Você pode ir até Quatro Árvores, se quiser. Se puder roubar esse tempo de Tempestade de Areia, claro.

Coração de Fogo, desconfortável, murmurou: – Não sei o que você quer dizer com isso. – Mas ele se lembrou de ter saído para comer com Tempestade de Areia enquanto Manto de Cinza lhe falava sobre seu sonho, e imaginou que a curandeira tenha se sentido injustamente negligenciada. – Tempestade de Areia pode liderar a patrulha do amanhecer sem mim – ele miou em voz alta. – Vou com você a Quatro Árvores.

O dia amanheceu úmido e nublado. Espirais de bruma se enroscavam entre as árvores enquanto a dupla seguia para Quatro Árvores. As nuvens brancas abafavam o som dos seus passos e salpicavam gotículas em suas pelagens. No silêncio, Coração de Fogo pulou ao ouvir um grito estridente de um pássaro sobre sua cabeça. Teve um certo medo de que pudessem se perder naquela floresta esquisita e desconhecida.

Mas, quando cruzaram o riacho, subindo a encosta para chegar a Quatro Árvores, a bruma começou a clarear; no alto do vale, foram banhados pelo sol. Os quatro carvalhos maciços estavam à frente, com suas folhas tingidas de vermelho e dourado, pois se aproximava a estação das folhas caídas.

Manto de Cinza suspirou com vontade e sacudiu a umidade do corpo. – Que sensação boa! Já estava imaginando que ia ter de farejar o caminho para as Pedras Altas, e só estive lá uma vez, com Presa Amarela.

Coração de Fogo também gostou de sentir o calor do sol sobre o pelo. Ele se espreguiçou com denguice e abriu a boca para experimentar o ar, esperando perceber um cheiro de presa.

Mas foi inundado pelo odor de outros gatos. "O Clã das Sombras!", pensou; seus músculos se retesaram, os olhos iam de lá para cá. Logo depois se acalmou ao ver Nariz Molhado, curandeiro do Clã das Sombras, subindo do vale do seu território, com um gato ao lado. Era um guerreiro afável. O Clã das Estrelas tratava os curandeiros acima da rivalidade dos clãs.

– Pelo jeito, você não ia mesmo fazer essa viagem sozinha – ele miou para Manto de Cinza.

Quando os felinos do Clã das Sombras se aproximaram, Coração de Fogo reconheceu o outro felino. Era Nuvenzinha, um gato malhado e pequeno, que quase morreu vitimado pela recente doença que acometera o clã. Ele e outro guerreiro, Gogó de Algodão, tinham tentado se refugiar no território do Clã do Trovão. Estrela Azul negou-lhes abrigo, mas, em segredo, Manto de Cinza os recebeu e cuidou deles até ficarem bem o suficiente para voltar para casa.

Gogó de Algodão morreu logo depois, quando Estrela Tigrada e seus vilões assaltaram uma patrulha do Clã do Trovão. Um monstro o atacou no Caminho do Trovão quando ele fugia da batalha. Revivendo o choque naquele momento, Coração de Fogo ficou feliz de ver que Nuvenzinha ao menos parecia forte e saudável novamente.

– Olá, como vão? – Nariz Molhado cumprimentou animadamente os gatos do Clã do Trovão. – Bom encontrar você, Manto de Cinza. É um belo dia para uma viagem.

Nuvenzinha cumprimentou Coração de Fogo respeitosamente e foi trocar toques de nariz com a curandeira.

– Fico feliz em vê-lo novamente de pé – ela miou.

– Graças a você – Nuvenzinha respondeu. Com um toque de orgulho, acrescentou: – Sou aprendiz de Nariz Molhado agora.

– Parabéns! – Manto de Cinza ronronou.

– E isso também graças a você – o jovem continuou, animado. – Quando ficamos doentes, vocês sabia exatamente o que fazer. E nos deu ervas curativas para levar para casa; e elas funcionaram! Quero repetir a dose.

– Ele é mesmo talentoso – Nariz Molhado miou. – E teve coragem de voltar com as ervas. Só lamento que Gogó de Algodão não tenha retornado também.

– Não? – Coração de Fogo perguntou, aproveitando a oportunidade para descobrir o quanto os gatos do Clã das Sombras sabiam sobre o destino do jovem guerreiro.

Triste, Nuvenzinha balançou a cabeça. – Ele não regressou comigo para o acampamento. Tinha medo de ser contaminado pela doença novamente, mesmo com as ervas que trazíamos. – Ele piscou, como se as lembranças lhe causassem sofrimento. – Descobrimos seu corpo ao lado do Caminho do Trovão, alguns dias depois.

– Lamento – miou Coração de Fogo, pensando se devia contar a verdade sobre a morte de Gogó de Algodão. Mas decidiu que seria pior revelar que o novo líder fora parcialmente responsável pela morte de seu amigo. Ficara claro que Gogó de Algodão devia ter se juntado aos vilões por um breve período, e acabou pagando com a vida.

Para confortar Nuvenzinha, Manto de Cinza encostou o focinho em seu corpo. Instalou-se no capim quentinho, e apontou com a cauda para que o aprendiz se sentasse a seu lado, começando uma conversa a respeito de seu treinamento.

– As coisas vão melhor agora? – Coração de Fogo perguntou com cuidado a Nariz Molhado. Ele gostaria de ter alertado o curandeiro sobre Estrela Tigrada, mas pouco teria a dizer sem revelar o que ocorrera no Clã do Trovão.

– Parece que sim – miou Nariz Molhado, igualmente cauteloso. – Os aprendizes estão tendo um treinamento adequado pela primeira vez em luas, e nossas barrigas estão sempre cheias.

– Que boa notícia – Coração de Fogo miou, forçando-se a perguntar: – E os vilões?

Nariz Molhado franziu o cenho e admitiu: – Nem todos os gatos estão contentes quanto à chegada deles ao clã. Era o meu caso. Mas não causaram nenhum problema, e são guerreiros fortes, ninguém pode negar.

– Então, talvez, Estrela Tigrada vá ser um grande líder, como reza a profecia – Coração de Fogo miou.

O curandeiro sustentou o olhar. – Parece estranho que o Clã do Trovão tenha aberto mão de um gato tão forte.

Coração de Fogo respirou fundo. Talvez devesse aproveitar e contar-lhe a verdade a respeito de Estrela Tigrada. – É uma longa história... – ele começou.

Nariz Molhado o interrompeu: – Não estou pedindo que traia seus segredos de clã. – Ele se aproximou de Coração de Fogo, riscou o chão e se agachou a seu lado. – Não sei o que aconteceu no Clã do Trovão, mas estou certo de uma coisa – miou baixinho. – O Clã das Estrelas foi quem nos enviou Estrela Tigrada.

– Você se refere à profecia?

– Na verdade há algo mais – disse o curandeiro, olhando de soslaio para Coração de Fogo. – Nosso último líder jamais foi aceito pelo Clã das Estrelas – admitiu. – Quando Manto da Noite tornou-se líder, o Clã das Estrelas não lhe deu nove vidas.

– Como? – Coração de Fogo o olhou, incrédulo. Se Manto da Noite tinha apenas uma vida, isso explicava por que fora tão rapidamente contaminado. Afinal, conseguiu perguntar: – Por que ele não recebeu nove vidas?

– O Clã das Estrelas não me explicou – miou Nariz Molhado. – Imagino que talvez porque Cauda Partida ainda estivesse vivo, e o Clã das Estrelas ainda o reconhecia como líder. Quando soubemos de sua morte, Manto da Noite estava fraco demais para fazer a jornada até a Pedra da Lua para receber as nove vidas. E, com a chegada de Estrela Tigrada, acho que ele foi a escolha do Clã das Estrelas para nós. Manto da Noite não era o gato certo.

– E assim mesmo o clã o aceitou como líder? – Coração de Fogo perguntou.

– O clã jamais soube que ele não recebera nove vidas. Manto da Noite era nobre, leal ao clã. Decidimos manter a rejeição do Clã das Estrelas em segredo. O que podíamos fazer? Não havia um gato que pudesse ser líder. Se disséssemos a verdade, o clã entraria em pânico.

Ele contava a história com certo desafogo na voz. Coração de Fogo imaginou como o curandeiro devia se sentir aliviado em, finalmente, partilhar esse segredo.

– Os gatos do clã acharam que a doença era tão séria que ceifou as nove vidas de Manto da Noite de uma vez. Sentiram muito, muito medo. Jamais tiveram tanta necessidade de um líder de verdade.

"Por isso aceitaram Estrela Tigrada sem discutir", Coração de Fogo acrescentou para si o que o curandeiro não disse. Mas não havia necessidade de Nariz Molhado falar de suas dúvidas quanto ao novo líder. – Estrela Tigrada se referiu a um ataque ao Clã do Trovão? – Coração de Fogo perguntou, hesitante.

Nariz Molhado ronronou, divertido. – Você acha mesmo que vou responder? Se ele *estivesse* planejando alguma coisa, eu estaria traindo meu clã se lhe dissesse. Até onde sei, você não tem com que se preocupar; se quer acreditar em mim, é problema seu.

Coração de Fogo descobriu que acreditava nele, ao menos quanto a planos feitos por Estrela Tigrada. Se o curandeiro estava certo era outra história.

– Coração de Fogo! – Era Manto de Cinza. Estava de pé e olhava o vale além da elevação da charneca. Aquele era o território do Clã do Vento que os curandeiros tinham de atravessar para chegar às Pedras Altas para a cerimônia. – Você e Nariz Molhado vão ficar aí de conversa o dia todo como uma dupla de anciãos?

Suas patas, impacientes, não paravam de se mexer sobre o capim. Nuvenzinha estava a seu lado, a cabeça elevada e os olhos brilhando, ansiosos.

– Certo – Nariz Molhado miou, se aproximando. – Temos o dia todo, afinal. As Pedras Altas não vão sair do lugar.

Os quatro gatos contornaram o alto do vale até chegar à charneca castigada pelo vento. Manto de Cinza fez uma pausa e trocou toques de nariz com Coração de Fogo. – A partir daqui posso ir sozinha – ela miou. – Obrigada por me acompanhar. Voltarei amanhã à noite.

– Cuide-se – disse Coração de Fogo.

Ele já estivera ali uma vez, despedindo-se de Manto de Cinza, quando, pela primeira vez, foi conhecer os mistérios da Pedra da Lua. Um tremor lhe percorreu o pelo, e ele pensou na gata mergulhando nos túneis subterrâneos até chegar ao cristal brilhante para a silenciosa comunhão com o Clã das Estrelas. Ele se calou e se despediu da curandeira com uma rápida lambida em sua orelha, observando-a atravessar, mancando, a charneca com os dois gatos do Clã das Sombras.

CAPÍTULO 6

A FLORESTA ESTAVA ESCURA. NÃO HAVIA LUAR naquela noite e, ao olhar para cima, Coração de Fogo conseguia ver apenas o desenho estampado formado pelos galhos contra o céu. Estava cercado de árvores, que pareciam mais altas do que ele se lembrava. Amoreiras e heras se embaraçavam às suas patas.

– Folha Manchada! – ele miou. – Folha Manchada, onde está você?

Não houve resposta ao chamado, só se ouvia o ruído da água de algum lugar mais adiante. Ele estava com medo de dar um passo à frente e achar apenas o vazio negro sob as patas, quando a violenta torrente o arrastou.

Em algum lugar de sua mente Coração de Fogo sabia que estava dormindo. Deitara-se na toca dos guerreiros na esperança de encontrar a gata em sonhos. Quando chegou ao Clã do Trovão, ela era a curandeira, mas acabou sendo morta por um dos ferozes seguidores de Cauda Partida. Ela o visitava em sonhos e, assim, ele encontrava em sua sabedoria tranquila respostas para muitas dúvidas que o perturbavam.

Mas agora, embora a procurasse desesperadamente na floresta escura, não conseguia encontrá-la. – Folha Manchada! – gritou de novo. Não era a primeira vez que ela ficava invisível em seus sonhos recentes. Da última vez, apenas ouvira sua voz, e lutara contra o receio terrível de que ela estivesse se afastando. – Folha Manchada, não me abandone! – suplicou.

Algo veio de trás e o atingiu. Ele se contorceu no chão da floresta, tentando se libertar. Então o cheiro de outro gato invadiu suas narinas, e ele abriu os olhos; debatia-se na cama de musgo quando Pelagem de Poeira, rosnando, o segurou pelos ombros.

– Qual é o seu problema? Ninguém consegue pregar o olho com você uivando assim.

– Deixe-o em paz – Tempestade de Areia miou e ergueu a cabeça, piscando para afastar o sono dos olhos. – Foi apenas um sonho. Não é culpa dele.

– Você que sabe – Pelagem de Poeira zombou, dando-lhes as costas e saindo em meio aos galhos pendurados.

O representante do clã se levantou e começou a tirar pedaços de musgo do pelo. Em meio aos galhos carbonizados, viu que o sol tinha nascido. Nevasca já devia ter saído com a patrulha do amanhecer, pois não havia outros guerreiros dormindo na toca.

A escuridão do sonho estava desaparecendo, mas ele não conseguia esquecê-lo. Por que a floresta parecia tão negra e assustadora? Por que Folha Manchada não veio ter com ele, nem mesmo como um cheiro ou o som de sua voz?

– Você está bem? – perguntou Tempestade de Areia, a ansiedade espelhada nos olhos verdes.

Coração de Fogo se sacudiu e miou: – Estou bem, vamos caçar.

O dia estava claro, embora o frio da estação das folhas caídas estivesse no ar. Coração de Fogo ficou aliviado ao ver que o capim e as samambaias estavam crescendo espessos de novo, à medida que a floresta se recuperava. Se ao menos o bom tempo durasse! O crescimento poderia continuar e as presas retornariam.

Ele rumou para a ravina, entrando pela floresta na direção de Pinheiros Altos. Desde o incêndio, a maioria dos gatos evitava o trecho do território mais próximo de Ponto de Corte de Árvores, onde a devastação tinha sido pior. O fogo começara lá, e enormes áreas da floresta tinham sido reduzidas a cinzas, pontilhadas com tocos de árvores. Coração de Fogo se perguntava se havia uma chance de encontrar presas lá ainda, mas à medida que ele e Tempestade de Areia se aproximavam da borda de Pinheiros Altos, imaginava que ficaria decepcionado.

Os pinheiros, transformados em troncos cônicos carbonizados, ainda estavam misturados com árvores caídas apoiadas contra as que ainda estavam de pé. Os poucos galhos remanescentes se agitavam inquietos com a brisa. O chão estava negro, e nenhum pássaro cantava.

– Aqui não há recuperação – Tempestade de Areia miou. – Vamos embora e...

A gata se calou quando outro felino surgiu das árvores, uma forma pequena, malhada e branca, andando nervosamente sobre os escombros do incêndio. Com um suspiro de surpresa, o gato de pelagem vermelha reconheceu a irmã, Princesa.

Ela o viu no mesmo momento e correu em sua direção, chamando: – Coração de Fogo! Coração de Fogo!

– Quem é *essa*? – Tempestade de Areia cuspiu. – Ela vai assustar todas as presas daqui a Quatro Árvores.

Antes que ele pudesse responder, a irmã se aproximou. Ronronava como se não fosse mais parar, pressionando seu rosto contra o do irmão, cobrindo-o de lambidas. – Coração de Fogo, você está vivo! Fiquei assustada quando vi o incêndio! Pensei que você e Pata de Nuvem tivessem morrido.

– Sim, bem, estou bem – o representante miou sem jeito, retribuindo a lambida de Princesa e dando um passo para trás, bem consciente do olhar cortante da gata de manchas alaranjadas. – E Pata de Nuvem também está bem.

Percebeu um olhar de desagrado no rosto alaranjado de Tempestade de Areia, cujo pelo estava eriçado. – É um *gatinho de gente* – ela rosnou. – Ela toda cheira a gatinho de gente.

Princesa olhou-a assustada e se aproximou do irmão. – É... é uma das suas amigas, Coração de Fogo? – gaguejou.

– Sim, essa é Tempestade de Areia. Tempestade de Areia, esta é Princesa, minha irmã, mãe de Pata de Nuvem.

A guerreira se afastou um ou dois passos, embora já com o pelo abaixado. – Mãe de Pata de Nuvem? – ela repetiu. – Ela ainda vê vocês, então? – perguntou, lançando um olhar ao guerreiro de pelagem cor de flama, claramente perguntando se ele contara a Princesa sobre a escapulida de Pata de Nuvem com os Duas-Pernas.

– Pata de Nuvem está indo muito bem – Coração de Fogo miou. – Não está? – Ele olhou para a amiga, desejando em silêncio que ela não dissesse nada de inconveniente sobre o rebelde aprendiz.

– Ele caça bem – a gata admitiu. – E tem tudo para ser um bom lutador.

Princesa não percebeu o quanto a guerreira estava deixando por dizer. Seus olhos brilhavam com orgulho e ela miou: – Tendo Coração de Fogo como mentor, sei que ele será um bom guerreiro.

– Mas você não me disse o que está fazendo aqui – miou o representante do Clã do Trovão, ansioso para mudar de assunto. – É muito longe de seu ninho dos Duas-Pernas.

– Estava procurando você. Tinha de saber o que acontecera a você e a Pata de Nuvem – ela explicou. – Vi o fogo do meu jardim, e então você não veio me ver, e pensei...

– Sinto muito. Eu teria ido, mas temos estado muito ocupados desde o incêndio. Temos de reconstruir o acampamento, e não sobraram muitas presas na floresta. E tenho mais obrigações desde que me tornei representante.

– Você é representante agora? De todo o clã? Coração de Fogo, é maravilhoso!

O gato corou de vergonha, ficando sem graça enquanto Princesa o olhava.

Tempestade de Areia deu uma tossida seca. – Temos presas a capturar, Coração de Fogo...

– Sim, você está certa – ele miou, virando-se, depois, para a irmã: – Princesa, você foi muito corajosa de ter vindo tão longe, mas é melhor ir para casa agora. A floresta pode ser perigosa para quem não está acostumado.

– É, eu sei, mas eu...

O rugido de um monstro dos Duas-Pernas a interrompeu; ao mesmo tempo, o cheiro ácido que exalava inundou as narinas do representante do Clã do Trovão. O volume aumentou e, um momento depois, o monstro surgiu das árvores, saltando ao longo da trilha esburacada.

Instintivamente, Coração de Fogo e Tempestade de Areia se agacharam sob o tronco enegrecido de uma árvore, esperando o monstro passar. Princesa ficou apenas olhando com curiosidade.

– *Abaixe-se*! – Tempestade de Areia sibilou.

Embora intrigada, Princesa obedientemente se deitou ao lado do irmão.

Em vez de passar, o monstro parou. O rugido sumiu de repente. Parte do monstro se desenrolou, e três Duas-Pernas saltaram de seu ventre.

Coração de Fogo trocou um olhar com a amiga e achatou-se ainda mais no chão. Princesa talvez se sentisse em casa com os Duas-Pernas e o monstro, mas para o representante eles estavam perto demais, e a vegetação rasteira ainda não estava encorpada o suficiente para lhes oferecer uma proteção razoável. Os instintos do gato vermelho lhe diziam para correr, mas a curiosidade o mantinha preso ao chão.

Os Duas-Pernas usavam peles azul-escuras combinando. Não traziam filhotes de Duas-Pernas, nem cães, ao contrário da maioria dos Duas-Pernas que vinha à floresta. Eles se espalharam entre as árvores queimadas, uivando e batendo tanto os pés no chão que suas patas vomitavam nuvens de cinza e pó. Tempestade de Areia abaixou a cabeça e sufocou um espirro quando um deles passou à distância de uma raposa de onde os três gatos estavam agachados.

– O que eles estão fazendo? – Coração de Fogo murmurou.

– Assustando todas as presas – sussurrou Tempestade de Areia, cuspindo poeira. – Honestamente, quem se importa com o que os Duas-Pernas fazem? Eles não batem bem da bola.

– Não sei... – O guerreiro percebia que aqueles Duas-Pernas estavam ali com um determinado objetivo, mesmo que ele não compreendesse o que era. A forma como apontavam com as patas e uivavam um para o outro parecia sugerir que sabiam para onde estavam indo. Outro Duas-Pernas passou batendo os pés. Tinha apanhado um galho e o usava para cutucar buracos e em pontos sob os tufos queimados de vegetação rasteira. Era quase como se estivesse à procura de presas, exceto pelo ruído que fazia, que teria assustado o mais surdo dos coelhos.

– Você sabe o que está acontecendo? – Coração de Fogo perguntou a Princesa.

– Não tenho certeza. Entendo um pouco a língua dos Duas-Pernas, mas não são as palavras que os meus usam. Acho que estão chamando por alguém, mas não sei quem.

Enquanto Coração de Fogo observava, o Duas-Pernas deixou cair o galho, num movimento que denotava frustração. Ele uivou de novo, e os outros Duas-Pernas surgiram das árvores. Os três voltaram para o monstro e subiram em sua barriga. O rugido recomeçou, e o monstro se pôs em movimento, desaparecendo na floresta.

– Bem! – Tempestade de Areia se sentou e começou a lamber minuciosamente o pelo manchado por causa das cinzas. – Obrigada, Clã das Estrelas, eles se foram!

Coração de Fogo ficou de pé, o olhar fixo no lugar onde o monstro tinha sumido. O som tinha morrido e o cheiro acre estava mais brando. – Não gosto disso – miou.

– Ah, qual é, Coração de Fogo! – Tempestade de Areia se aproximou e lhe deu uma cutucada. – Por que você se preocupa com os Duas-Pernas? Eles são estranhos, é só isso que são.

– Não, acho que *eles* sabem o que estão fazendo, mesmo que nos pareça esquisito. Normalmente trazem seus filhotes ou seus cães à floresta, mas esses Duas-Pernas não. Se Princesa estava certa, eles estavam procurando alguma coisa que não encontraram. Gostaria de saber o que era. – Depois de uma pausa, acrescentou: – Ainda mais, é difícil ver Duas-Pernas nessa parte da floresta. Estão muito perto do acampamento para o meu gosto.

O olhar impaciente da gata se suavizou, e ela pressionou o focinho no ombro do representante para acalmá-lo, aconselhando: – Você pode dizer às patrulhas que continuem a vigiar.

– Sim – Coração de Fogo concordou, pensativo. – Vou fazer isso.

Enquanto dizia adeus a Princesa, lutava para se livrar da crescente ansiedade. Alguma coisa que não compreendia estava acontecendo na floresta, e ele temia que isso significasse perigo para o seu clã.

Atravessando o canto de Pinheiros Altos, os dois felinos rumaram para o rio e para as Rochas Ensolaradas. Não havia sinal de presas entre as árvores queimadas; o barulho feito pelos Duas-Pernas tinha se encarregado de dispersá-las.

– Vamos seguir a fronteira do Clã do Rio em direção a Quatro Árvores – o guerreiro decidiu. – Talvez haja alguma coisa por lá que valha a pena pegar.

Mas, quando as Rochas Ensolaradas já estavam visíveis, o representante do Clã do Trovão parou ao ouvir uma voz familiar que o chamava. Olhou para cima e viu Listra Cinzenta sobre a pedra mais próxima; o guerreiro cinza deslizou e pulou sobre o amigo.

– Coração de Fogo! Estava esperando para pegar você.

– Que bom que uma patrulha não pegou *você* – Tempestade de Areia rosnou. – Para um guerreiro do Clã do Rio, você está muito confortável em nosso território.

– Deixe disso, Tempestade de Areia – o gato miou, dando-lhe um empurrão bem-humorado. – Este sou eu, Listra Cinzenta, lembra?

– Sei muito bem disso. – A gata sentou-se, lambeu a pata e começou a lavar o rosto.

– Qual é o problema? – o gato de pelo flamejante perguntou, preocupado, pois sabia que o velho amigo não se aventuraria no território do Clã do Trovão sem um bom motivo.

– Não é exatamente um problema. Pelo menos espero que não seja. Apenas algo que achei que você deveria saber.

– Então, desembuche! – miou Tempestade de Areia.

Listra Cinzenta movimentou a cauda na direção da gata. – Estrela Torta recebeu uma visita ontem – disse ele a Coração de Fogo, estreitando o olhar cor de âmbar. – Era Estrela Tigrada.

– Como? O que ele queria? – Coração de Fogo gaguejou.

O gato cinza balançou a cabeça. – Não sei. Mas Estrela Torta está muito fraco agora. O clã todo sabe que ele está em sua última vida. Estrela Tigrada passou pouco tempo com ele, mas teve uma longa conversa com Pelo de Leopardo.

A menção à representante do Clã do Rio aumentou os temores de Coração de Fogo. O que ela e Estrela Tigrada teriam para conversar? A visão de uma aliança entre o Clã das Sombras e o Clã do Rio correu por sua mente, o Clã do Trovão preso entre os dois. Em seguida, tentou se convencer de que estava se preocupando à toa. Não tinha razão para pensar que os dois líderes estivessem planejando alguma coisa.

– É comum líderes trocarem visitas – ele observou. – Se Estrela Torta está morrendo, Estrela Tigrada pode querer prestar suas últimas homenagens.

– Pode ser – Listra Cinzenta bufou. – Mas então por que gastar tanto tempo com Pelo de Leopardo? Tentei chegar perto para ouvir, e escutei Estrela Tigrada dizer algo sobre regressar ao nosso acampamento.

– Foi tudo o que ele disse? – Coração de Fogo perguntou.

– Pelo menos foi o que consegui ouvir. – Listra Cinzenta abaixou a cabeça, embaraçado. – Pelo de Leopardo me viu e me disse para deixá-la em paz.

– Talvez Estrela Tigrada quisesse apenas conhecê-la – o representante imaginou. – No final das contas, ela será a líder do clã quando Estrela Torta morrer.

Ele se virou ao ouvir outro gato chamar seu nome; era Pé de Bruma saindo do rio.

– Ó, grande Clã das Estrelas! – exclamou Tempestade de Areia. – Será que vamos ter todo o Clã do Rio aqui?

– Coração de Fogo! – Pé de Bruma ofegava, sacudindo o pelo. Tempestade de Areia pulou para trás, irritada, quando algumas gotas salpicaram suas patas. – Coração de Fogo, você viu Poça Cinzenta por aí?

– Poça Cinzenta? – O gato de pelo rubro repetiu, pensando na anciã mal-humorada que Pé de Bruma acreditava ser sua mãe. Ele ainda se sentia grato pelo fato de a rainha do Clã do Rio ter lhe contado a verdade sobre os dois filhotes do Clã do Trovão que ela criara como seus, mas fazia muito tempo que não a via. – O que ela estaria fazendo aqui?

– Não sei. – Pé de Bruma subiu a encosta do rio, com o rosto vincado de ansiedade.

– Não consigo encontrá-la no acampamento. Está tão fraca e confusa ultimamente, tenho medo que se perca e não saiba o que está fazendo.

– Ela não estaria aqui – Listra Cinzenta objetou. – Não está forte o suficiente para nadar no rio.

– Então, aonde ela foi? – A voz de Pé de Bruma virou um lamento. – Olhei em todos os lugares perto do acampamento, e não a encontrei. Além disso, o rio está baixo agora, e não está tão difícil para nadar.

Coração de Fogo pensou rapidamente. Se de alguma forma Poça Cinzenta tinha atravessado o rio no território do Clã do Trovão, precisava ser localizada o mais rapidamente possível. Seus companheiros de clã já estavam com medo suficiente de uma invasão. Nem queria imaginar o que aconteceria se um gato agressivo como Risca de Carvão a encontrasse primeiro.

– Certo – ele miou. – Vou seguir a fronteira até Quatro Árvores para ver se ela foi por esse caminho. Tempestade de Areia, volte para o acampamento. Conte aos outros o que aconteceu, e avise-os para não atacar Poça Cinzenta se a virem.

A guerreira revirou os olhos. – Tudo bem – ela miou, pondo-se de pé. – Mas vou caçar pelo caminho. Está na hora de alguém pegar uma presa fresca para o clã. – Elevou a cauda e se foi entre as árvores.

Pé de Bruma abaixou a cabeça, agradecida. – Obrigada. Não vou esquecer isso. E, Coração de Fogo, se você precisar atravessar o território do Clã do Rio para trazer Poça Cinzenta para casa, pode dizer a qualquer gato que encontrar que tem minha permissão.

Coração de Fogo acenou, agradecendo. Podia imaginar o que aconteceria se fosse pego do lado errado da fronteira por uma patrulha do Clã do Rio liderada por Pelo de Leopardo.

– Vamos, Pé de Bruma – Listra Cinzenta miou, encorajador. – Vou nadar de volta com você. Vamos verificar o acampamento de novo.

– Obrigada. – A gata pressionou o nariz rapidamente contra o pelo do guerreiro cinza, e a dupla do Clã do Rio desceu a encosta em direção à água.

Listra Cinzenta olhou para trás rapidamente para uivar um adeus, e então lançou-se na água atrás da companheira de clã. Coração de Fogo os observou nadando vigorosamente para a margem mais distante, antes de se dirigir a montante para Quatro Árvores.

Ele seguiu a fronteira, renovando no caminho as marcas de cheiro, até se aproximar de Quatro Árvores. Achava difícil acreditar que a frágil anciã tivesse chegado tão longe. Mas, na encosta rochosa que levava ao rio, avistou uma forma magra e cinza; mancava lentamente na ponte dos Duas-Pernas sobre o rio, na rota que os gatos do Clã do Rio tomaram para Quatro Árvores.

"Poça Cinzenta!"

Coração de Fogo ia chamá-la, mas abriu e fechou a boca sem emitir nenhum som. A velha gata tinha atravessado a ponte e se arrastava pela borda do rio. Ele temia que, ouvindo um estranho chamá-la, Poça Cinzenta escorregasse e caísse para a morte. Resolveu, então, descer a encosta, se arrastando cuidadosamente, encoberto pelas pedras, agachado em posição de caça, para que ela não o visse e se assustasse.

Alguns momentos depois, ele percebeu, aliviado, que Poça Cinzenta tinha se afastado do rio e tentava escalar a encosta íngreme em direção a Quatro Árvores. Raspava suas garras debilmente sobre os pedregulhos, e o gato de pelagem cor de flama se perguntava aonde ela pensava estar indo. Será que imaginava ser lua cheia e que estava a caminho de uma Assembleia?

O representante do Clã do Trovão endireitou-se e voltou a abrir a boca para chamá-la, mas de novo calou-se e deslizou rapidamente para se abrigar na pedra mais próxima. Outro gato tinha aparecido, saltando confiante vindo da direção dos carvalhos. Não havia dúvida quanto àquele corpo enorme e musculoso e a pelagem malhada e escura.

Era Estrela Tigrada!

CAPÍTULO 7

Coração de Fogo espiou por detrás da pedra. Estrela Tigrada vira Poça Cinzenta e mudara de direção para encontrá-la. O gato malhado foi se aproximando e a gata recuou, surpresa; acabou caindo, mas conseguiu, afinal, se levantar e encarar o líder do Clã das Sombras. Ele chegou perto e miou alguma coisa para ela, que Coração de Fogo não conseguiu ouvir.

O representante do Clã do Trovão colou a barriga no chão e rastejou para junto deles, usando suas habilidades de caçador para não ser notado. Felizmente o vento estava a seu favor; era improvável que Estrela Tigrada o percebesse. Não queria encontrar o líder do Clã das Sombras, a não ser que fosse inevitável. Com sorte, Estrela Tigrada estaria indo visitar Pelo de Leopardo novamente, e ajudaria a levar Poça Cinzenta para casa.

Coração de Fogo se aproximou mais ainda, a barriga colada na turfa, até chegar ao abrigo de outra pedra, quase no nível dos dois gatos. Listra Cinzenta dissera que Estrela

Tigrada estivera no Clã do Rio na véspera. Por que já estava de regresso?

– Não finja que não sabe quem eu sou. – O representante do Clã do Trovão mal reconheceu a voz trêmula de Poça Cinzenta. – Sei bem quem você é. Você é Coração de Carvalho.

Coração de Fogo retesou o corpo. Esse era o nome do gato que cuidara de Pé de Bruma e Pelo de Pedra, levando-os para o Clã do Rio quando Estrela Azul os abandonou. Morrera em batalha pouco antes de Coração de Fogo chegar ao Clã do Trovão, mas ele se parecia um pouco com Estrela Tigrada, era grande, de pelo escuro.

Com enorme cuidado, Coração de Fogo espichou a cabeça para olhar sobre a pedra onde se escondia. Viu Poça Cinzenta agachada num estreito pedaço de capim, logo acima de umas pedras. Olhava para Estrela Tigrada, que estava debruçado sobre ela, à distância de poucas caudas encosta acima.

– Há luas que não o vejo – ela continuou. – Onde você tem se escondido?

Estrela Tigrada abaixou o olhar estreitado em fendas para fitá-la. Coração de Fogo esperava que ele dissesse à anciã que estava enganada. Seu sangue gelou quando o enorme felino falou apenas: – Ah... aqui e ali.

"Em nome do Clã das Estrelas, que brincadeira é essa?", pensou Coração de Fogo.

– Você podia ao menos ter me visitado – ela reclamou. – Não quer saber como andam seus filhotes?

As orelhas do enorme gato empinaram, seus olhos cor de âmbar brilharam de interesse. – Que filhotes?

– Ora, que filhotes! – Poça Cinzenta começou a rir, impaciente. – Como se você não soubesse! Os dois filhotes do Clã do Trovão, os que me entregou para cuidar.

Coração de Fogo gelou. A gata acabara de contar o segredo mais bem guardado de Estrela Azul!

Estrela Tigrada tinha os músculos retesados ao olhar diretamente para a gata, claramente interessado em cada linha de seu corpo. Jogou a cabeça para a frente e miou alguma coisa tão baixinho que Coração de Fogo não ouviu.

– Há algumas estações – respondeu Poça Cinzenta, atrapalhada. – Não me diga que esqueceu. Você... Não, Coração de Carvalho não precisaria perguntar isso. – Ela se aproximou com passos hesitantes, para observar o felino mais de perto.

– Você não é Coração de Carvalho!

– Não faz mal. Pode me contar toda a história. Que filhotes do Clã do Trovão? Quem é a verdadeira mãe?

De onde estava, Coração de Fogo conseguiu ver o olhar impressionado de Poça Cinzenta. Ela inclinou a cabeça, fitando, confusa, o líder do Clã das Sombras. – Eram filhotes lindos – ela miou de modo vago. – E agora são ótimos guerreiros.

Ela se calou quando Estrela Tigrada aproximou o focinho de seu rosto. – Diga quem é a mãe, sua carniça velha – ordenou, perdendo a paciência.

Apavorada, ela deu um passo para trás, as patas deslizando sob o corpo. Rolou encosta abaixo, numa confusão de pernas e cauda, parando ao colidir com uma pedra no meio da turfa. Lá ficou e não se mexeu mais.

O gato de pelagem rubra sentiu-se perturbado e furioso. Estrela Tigrada desceu até o corpo imóvel de Poça Cinzenta e o farejou; o representante deu um pulo e atravessou a encosta, mas, antes que chegasse até o líder do Clã das Sombras, este rodopiou, sem ver o antigo inimigo, e saiu na direção de Quatro Árvores e de seu próprio território.

Coração de Fogo se aproximou; um filete de sangue escorria da cabeça da gata, atingida pela pedra. Os olhos arregalados nada viam; estava morta.

Abaixou a cabeça e miou baixinho: – Adeus, Poça Cinzenta. O Clã das Estrelas vai recebê-la com honras.

O guerreiro ficou ali, sofrendo em silêncio, lamentando não ter conhecido a gata melhor. A língua afiada e o nobre coração o faziam lembrar Presa Amarela, e ele sempre seria grato à rainha do Clã do Rio por ter partilhado com ele seu maior segredo, embora ele fosse de outro clã.

Seus tristes pensamentos foram interrompidos pelas vozes de dois felinos; Pé de Bruma e Listra Cinzenta se aproximavam, vindo do rio. Pé de Bruma deu um grito desesperado ao ver a anciã morta e se atirou na turfa, pressionando o nariz contra o corpo da gata.

– O que aconteceu? – perguntou Listra Cinzenta.

Coração de Fogo resolveu não dizer nada sobre Estrela Tigrada, evitando o risco de expor a verdade sobre os filhos de Estrela Azul; ele sabia que Poça Cinzenta jamais admitiria que isso acontecesse; nem entre gatos do próprio clã.

Ele olhou para o corpo cinza e imóvel, e pediu perdão ao Clã das Estrelas pela meia verdade que ia dizer.

– Vi Poça Cinzenta subindo a encosta – respondeu. – Ela escorregou e não consegui chegar a tempo. Lamento...

– Não foi culpa sua, Coração de Fogo – Pé de Bruma lhe disse, os olhos azuis cheios de tristeza. – Bem que temi que algo assim acontecesse.

Ela inclinou a cabeça e voltou a tocar o corpo inerte. Coração de Fogo se encheu de compaixão. Poça Cinzenta cuidou de Pé de Bruma e Pelo de Pedra quando Estrela Azul, sua verdadeira mãe, os abandonara. Sem esses cuidados, teriam morrido. Ela os amamentou e zelou por eles até estarem prontos para se tornar aprendizes. Foi a única mãe que conheceram; nenhum gato teria feito mais.

– Venha, Pé de Bruma – Listra Cinzenta cutucou a amiga com delicadeza. – Vamos levá-la de volta ao acampamento.

– Eu ajudo vocês – Coração de Fogo ofereceu.

Pé de Bruma se levantou. – Não – ela miou. – Você já fez muito. Obrigada, mas isso cabe ao nosso clã.

Com cuidado ela abocanhou o cangote de Poça Cinzenta. Listra Cinzenta segurou o corpo e, juntos, desceram a encosta na direção da ponte dos Duas-Pernas. O corpo ia pendurado entre eles, a cauda arrastando no chão.

Quando chegaram ao outro lado do rio, Coração de Fogo voltou para o território do Clã do Trovão, rumo ao acampamento. Tinha a cabeça embaralhada. Estrela Tigrada descobrira que dois guerreiros do Clã do Rio tinham como origem o Clã do Trovão! Não tinha ideia de como o novo líder usaria essa informação, mas sabia que, tão certo quanto o sol nasceria na manhã seguinte, ele usaria de algum modo, e tinha um pressentimento ruim de que o resultado seria desastroso para Estrela Azul e todo o Clã do Trovão.

Coração de Fogo, voltando para casa, parou para caçar e chegou ao alto da ravina com um coelho firmemente preso entre os dentes. Olhando do alto a entrada do acampamento, viu que Flor Dourada levara seus filhotes para a base da ravina; os dois estavam brincando de pega entre as pedras, fingindo atacar Pata Brilhante, que agitava a cauda deles e pulava quando se aproximavam, escapando. Coração de Fogo desceu a ravina e colocou o coelho no chão, observando a cena por um momento; Amora Doce foi até ele, depositando um camundongo em suas patas.

– Veja, Coração de Fogo! – ele miou, triunfante. – Peguei sozinho!

– Sua primeira presa! – Flor Dourada acrescentou, olhando o filho com admiração.

Os olhos do jovem brilhavam, empolgados. – Minha mãe diz que serei um caçador tão bom quanto meu pai – ele contou ao guerreiro.

O gato de pelo cor de chama sentiu uma pancada desagradável na barriga, seus olhos se estreitaram, e ele fitou a rainha de modo cáustico. A gata manteve o olhar fixo no filho, mas o representante percebeu, pelo movimento que ela fazia com a ponta de cauda, que sabia estar sendo observada.

– Coração de Fogo? – Amora Doce chamou, confuso. – Posso dar meu camundongo para os anciãos?

O representante se sacudiu, furioso. O jovem fora muito hábil em capturar um camundongo ainda tão novo, merecia um elogio. Como Coração de Fogo não conseguia se esquecer de Estrela Tigrada debruçado sobre o corpo sem vida de Poça Cinzenta, esforçou-se para não despejar sua raiva no jovem inocente.

– Sim, claro – ele miou. – E parabéns pela presa. Caolha vai gostar. Vai achar até que vale uma história!

Os olhos de Amora Doce brilharam. – Boa ideia! – ele uivou, agarrando o camundongo e descendo pela ravina até a entrada do acampamento. Sua irmã, Açafrão, correu atrás dele.

Flor Dourada olhava com hostilidade para Coração de Fogo; ela vira muito bem como o elogio saíra forçado. Fria, ela lhe disse: – Eu já avisei que não vou dizer aos filhotes nada de ruim sobre o pai deles. Somos leais ao clã – *todos* nós.

Ela rodopiou, chicoteando a cauda no rosto do representante, e voltou ao acampamento com o corpo empertigado.

Coração de Fogo apanhou o coelho e foi levar a presa para Manto de Cinza, aproveitando para falar sobre Amora Doce. Talvez ela tivesse algumas ideias sobre a melhor forma de lidar com o filhote. A gata cinza regressara ao acampamento muito tarde na noite seguinte à reunião dos curandeiros nas Pedras Altas; estava exausta, mas parecia que a luz da Pedra da Lua ainda lhe refletia nos olhos.

Ele foi para a clareira passando pelo túnel de tojo agora renovado, e viu que Manto de Cinza estava com Cauda Sarapintada do lado de fora do berçário. A curandeira examinava Bolinha de Neve, que brincava com alguma coisa no chão, a algumas caudas de distância da mãe.

"Ótimo", o representante pensou. "Agora poderemos descobrir se há algo errado com Bolinha de Neve." Ele se aproximou das gatas e colocou o coelho ao lado de Manto de Cinza, miando: – É para você. Como se sente após a jornada?

A curandeira se virou e mostrou tranquilos olhos azuis. – Estou bem – ronronou. – Obrigada pelo coelho. Cauda Sarapintada e eu estávamos conversando sobre Bolinha de Neve.

– Não há sobre o que conversar – murmurou a rainha, dando de ombros. A voz era mal-humorada, mas havia uma nova noção de autoridade em relação a Manto de Cinza, e Coração de Fogo imaginou que a gata mais velha imediatamente concordara em falar sobre o assunto.

A curandeira abaixou a cabeça. – Chame-o, faça-o vir até você. Pode ser? – ela perguntou.

Cauda Sarapintada resfolegou e chamou: – Bolinha de Neve! Bolinha de Neve, venha cá!

Ao chamar o filho, acenou com a cauda. O jovem se levantou, abandonando a bola de musgo com que brincava, e foi até a mãe, que se inclinou e lambeu-lhe a orelha.

– Muito bem – miou Manto de Cinza. – Agora, Coração de Fogo, vá ali adiante e o chame. – Ela indicou com a cabeça um ponto a algumas raposas de distância. Falando mais baixo, acrescentou: – Não se mova; use apenas a voz.

Confuso, Coração de Fogo atendeu ao pedido. Dessa vez, Bolinha de Neve não se mexeu, embora olhasse diretamente para o representante. Não houve nenhuma resposta, mesmo Coração de Fogo o chamando três ou quatro vezes.

Alguns outros gatos pararam no caminho rumo à pilha de presas frescas para ver o que estava acontecendo. Estrela Azul (acordada pelo som de vozes, Coração de Fogo imaginou) saiu da toca e se colocou perto da base da Pedra Grande. Cauda Mosqueada, que voltava à toca dos anciãos, parou ao lado de Cauda Sarapintada, a quem disse alguma coisa. A gata cuspiu-lhe uma resposta irritada, mas Coração de Fogo, de longe, não conseguiu ouvir. Cauda Mosqueada ignorou a má-criação e se pôs ao lado de Manto de Cinza, para observar de perto.

Coração de Fogo continuou chamando Bolinha de Neve até que a mãe deu um empurrão no filhote, apontando-lhe a direção; foi quando ele tomou o rumo certo.

– Muito bem – o representante miou, e repetiu o elogio quando o filhote o olhou, confuso.

Após uma pausa, Bolinha de Neve miou: – Está certo. – Mas as palavras saíram tão distorcidas que Coração de Fogo mal as compreendeu.

Ele levou o garoto até a mãe e Manto de Cinza, já suspeitando qual era o problema; assim, não se surpreendeu quando a curandeira falou com Cauda Sarapintada: – Sinto muito, mas Bolinha de Neve é surdo.

A gata arranhou o chão na sua frente, com uma expressão de dor e raiva. – Eu sei que ele é surdo! – ela finalmente gritou. – Sou a mãe dele. Você achou que eu não soubesse?

– Isso é comum entre gatos brancos de olhos azuis – Cauda Mosqueada explicou ao representante. – Lembro-me de um de minha primeira ninhada... – ela suspirou.

– O que aconteceu? – o representante perguntou, aliviado porque Pata de Nuvem, embora branco de olhos azuis, tinha audição perfeita.

– Não se sabe – ela disse, triste. – Desapareceu com três luas de idade. Pensamos que pode ter sido levado por uma raposa.

Cauda Sarapintada abraçou o filho, de forma ostensivamente protetora. – Bem, esse a raposa não vai levar – ela prometeu. – Posso cuidar dele.

– Estou certa disso – Estrela Azul miou, acercando-se do grupo. – Mas receio que ele jamais se torne um guerreiro.

A líder estava num dia bom. A voz soava condescendente, mas determinada; os olhos estavam límpidos.

– Por que não? – a mãe do jovem perguntou. – Não há mais nada de errado com ele, que é bom e forte. Se você sinaliza o que fazer, ele entende e faz.

– Isso não basta – disse-lhe Estrela Azul. – Um mentor não poderia usar sinais para ensiná-lo a caçar ou a lutar. Não ouviria comandos numa batalha, e como iria pegar uma presa sem perceber ou ouvir os próprios passos?

Cauda Sarapintada se ergueu nas patas, o pelo arrepiado e, por alguns momentos, Coração de Fogo pensou que ia saltar sobre a líder. Mas ela rodopiou, cutucou Bolinha de Neve para que ficasse de pé e sumiram os dois no berçário.

– Ela não está encarando bem o problema – Cauda Mosqueada observou.

– O que você esperava? – perguntou Manto de Cinza. – Ela está envelhecendo; esse deve ser seu último filhote, e agora fica sabendo que ele jamais será um guerreiro.

– Manto de Cinza, fale com ela – Estrela Azul ordenou. – Faça-a ver que as necessidades do clã vêm em primeiro lugar.

– Sim, claro – a curandeira miou com um aceno respeitoso à líder. – Mas acho que é melhor que agora fique um tempo sozinha com Bolinha de Neve, para se acostumar com a ideia de que o resto do clã sabe da surdez do filho.

Estrela Azul concordou com um resmungo e foi na direção de sua toca. Coração de Fogo era puro desapontamento. Não fazia muito que a líder falara com Cauda Sarapintada, talvez considerando opções quanto ao futuro de Bolinha de Neve no clã. "Onde foram parar a compaixão e a compreensão?", o representante se perguntou. Sua pelagem se eriçou, e ele entendeu que a líder parecia não ligar para o filhote surdo nem para a mãe dele.

CAPÍTULO 8

O SOL SE ELEVAVA SOBRE AS ÁRVORES quando Coração de Fogo e sua patrulha chegaram às Rochas das Cobras, no lado oposto do território, indo para o rio. O fogo não tinha chegado tão longe; a vegetação rasteira ainda estava exuberante e verde, embora as folhas tivessem começado a cair.

– Espere – Coração de Fogo miou para Pata de Espinho, que se precipitou em direção às pedras. – Não se esqueça de que há víboras por aqui.

Pata de Espinho derrapou até parar. – Desculpe, Coração de Fogo.

Desde que Estrela Azul se recusara a nomeá-los guerreiros, Coração de Fogo passava algum tempo com os aprendizes, um por vez, incluindo ao menos um deles em cada patrulha, em uma tentativa de lhes mostrar que o clã ainda os valorizava. A carranca de Pata Ligeira mostrava seu ressentimento, mas Pata de Espinho não parecia se importar de esperar para se tornar um guerreiro pleno.

A mentora do jovem, Pelo de Rato, foi até ele. – Diga-me que odores você consegue sentir.

Pata de Espinho levantou a cabeça, abriu a boca, aspirando o ar. – Camundongo! – ele miou quase imediatamente, passando a língua em torno da boca.

– Sim, mas não estamos caçando agora. O que mais?

– O Caminho do Trovão, lá adiante. – O aprendiz fez um gesto com a cauda. – E cachorro.

Coração de Fogo, que bebia água de um buraco no chão, empinou as orelhas. Farejando o ar, percebeu que Pata de Espinho estava certo. Havia um forte cheiro de cachorro, e era recente.

– Estranho – ele comentou. – A menos que os Duas-Pernas tenham acordado muito cedo, esse cheiro deveria estar rançoso. De ontem à noite, o mais tardar.

Lembrou-se do relato de Nevasca dizendo ter encontrado pegadas na vegetação rasteira e penas de pombo espalhadas perto das Rochas das Cobras. Naquela ocasião o lugar cheirava a cachorro, mas o odor não teria durado tanto tempo.

– É melhor darmos uma boa olhada – ele miou.

Coração de Fogo mandou o jovem não se afastar da mentora; ordenou aos outros gatos que se embrenhassem entre as árvores, enquanto ele rastejava para mais perto das pedras. Antes de ali chegar, Pelo de Rato o chamou.

– Venha ver isso!

Contornando uma espessa moita de amoreiras, Coração de Fogo juntou-se à guerreira marrom e olhou para baixo, na direção de uma pequena clareira rodeada de encostas íngremes. Havia uma poça de água estagnada esverdeada no fundo, entupida de folhas caídas. O forte cheiro de samambaias esmagadas atingiu as glândulas de cheiro do representante do Clã do Trovão, mas era pouco perceptível sob o fedor insuportável de cachorro. Havia penas de pombos espalhadas por todo lado, pedaços de pelo que poderiam ser de esquilo ou coelho. Um pouco mais abaixo da encosta, Pata de Espinho farejou em uma pilha de esterco de cachorro, e recuou com um grunhido de nojo.

Coração de Fogo se forçou a examinar cada detalhe da cena. Os cães dos Duas-Pernas não costumam ficar na floresta o suficiente para deixar tantos vestígios, pisoteando a vegetação rasteira e largando restos de presas até a floresta cheirar mal como uma toca de raposa. Ver a cena com os próprios olhos o fez perceber que algo estava definitivamente errado.

– O que você acha? – perguntou Pelo de Rato.

– Não sei. – O guerreiro rubro relutava em expressar suas preocupações. – Acho que pode haver um cão solto na floresta, livre dos Duas-Pernas.

"Era *aquilo* que aqueles Duas-Pernas estavam procurando?", se perguntou, lembrando-se de repente dos três que tinham chegado no monstro, quando ele caçava em Pinheiros Altos com Tempestade de Areia. Mas era muito longe dali, do outro lado do território do Clã do Trovão.

– O que vamos fazer? – Pata de Espinho falou em voz alta, sério como não costumava ser.

– Vou expor a situação a Estrela Azul – Coração de Fogo decidiu. – Se há um cachorro solto em nosso território, precisamos fazer algo a respeito. Talvez haja um jeito de expulsá-lo.

O cão estava claramente pegando a caça essencial ao Clã do Trovão, e Coração de Fogo nem queria imaginar o que poderia acontecer se o cachorro desse de cara com guerreiros do clã.

Afastou-se da clareira para voltar ao acampamento; constatou que a floresta ao redor se tornara estranhamente hostil. Conhecia cada árvore e cada pedra, mas ainda assim havia algo em suas profundezas; não exatamente um cheiro nem um som, mais como um eco bem distante, que ele não entendia. Seria apenas um cão? Ou os temores de Estrela Azul estavam prestes a se tornar realidade, afinal? Será que o Clã das Estrelas tinha algum outro desastre em mente para o Clã do Trovão?

A patrulha já estava bem perto do acampamento quando ele farejou gatos do Clã do Trovão. Virou-se e viu Nevasca, Pata Brilhante e Pata de Nuvem procurando passar em meio aos escombros enegrecidos que havia no chão da floresta. Todos carregavam presas frescas.

– A caçada foi boa? – Coração de Fogo perguntou ao alcançá-los.

Nevasca soltou o coelho que carregava e respondeu: – Nada mal. Mas tivemos que fazer todo o caminho até Quatro Árvores para conseguir alguma coisa.

– Ainda assim, parecem presas boas e gordinhas – Coração de Fogo aprovou com um miado. – Muito bem – acrescentou para Pata Brilhante e Pata de Nuvem, que arrastavam esquilos.

– Vimos algo que eu acho que você devia saber – miou Nevasca. – Vamos retornar ao acampamento.

O guerreiro branco pegou seu coelho e seguiu Coração de Fogo, que saiu na frente, descendo a ravina. Depositaram as presas frescas na pilha e o representante mandou os aprendizes alimentarem os mais velhos; ele pegou uma peça para si e se agachou ao lado de Nevasca para comer. Pelo de Rato escolheu um melro da pilha e se juntou à dupla.

– Então, o que você viu? – Coração de Fogo perguntou, depois de acalmar a barriga com algumas bocadas de rato silvestre. A expressão de Nevasca se anuviou e o representante adivinhou a resposta, antes de o guerreiro falar: – Mais presas espalhadas. Pedaços de pelo de coelho. E mais cheiro de cachorro. Dessa vez, não muito longe de Quatro Árvores, perto da fronteira com o Clã do Rio.

– Cheiro recente?

– De ontem, eu diria.

Coração de Fogo acenou com a cabeça, a ansiedade formigava em suas patas. Era claro que o cão tinha se aventurado muito mais longe do que ele pensara. Engolindo o último pedaço do rato silvestre, contou a Nevasca o que a patrulha do amanhecer tinha encontrado naquela manhã.

– O lugar todo fedia – Pelo de Rato acrescentou, levantando os olhos da comida. – Há um cachorro em nosso território matando as nossas presas, não é?

– É, acho que sim. – O gato de pelo flamejante voltou-se para Nevasca. – Quando você me contou a respeito da primeira vez que sentiu o cheiro, eu esperava que o cão já tivesse ido para casa com seu Duas-Pernas. Mas obviamente não foi.

– Vamos ter que nos livrar dele de alguma forma – Nevasca miou, implacável.

– Eu sei. Vou relatar a Estrela Azul. Ela provavelmente vai querer convocar uma reunião do clã.

Deixando Nevasca e Pelo de Rato, Coração de Fogo atravessou o acampamento em direção à Pedra Grande. Com o sol alto se aproximando, a vida do acampamento transcorria pacificamente. Pata Gris e Pata Ligeira, do lado de fora da toca dos aprendizes, brincavam de brigar. Perto da toca dos guerreiros, Pele de Geada e Cara Rajada trocavam lambidas, ambos meio adormecidos depois de montar guarda na noite anterior. No centro da clareira, Cauda Sarapintada fazia sinais com as patas e com a cauda para seu filhote, observados por Pelo de Musgo Renda. Uma pontada de medo atingiu profundamente Coração de Fogo ao imaginar o estrago que o cão vadio criaria se descobrisse o acampamento.

Já estava bem perto da toca de Estrela Azul quando Pelo de Musgo Renda veio ter com ele e o fez parar. – Coração de Fogo, posso ter uma palavrinha com você?

– Se for rápido. Tenho que falar com Estrela Azul.

– É sobre Cauda Sarapintada. Estou preocupado. Ela acha que Bolinha de Neve deve ser aprendiz, e está tentando orientá-lo sozinha. Pensa que, se Estrela Azul vir que ele consegue aprender, vai ter que fazer dele um guerreiro.

Agora que observava mãe e filho mais de perto, Coração de Fogo via que não estavam apenas brincando, pelo menos não a rainha. Ela mostrava a Bolinha de Neve o agachamento de caça. O jovem parecia se divertir, rolando e dando tapinhas na mãe, mas não conseguia imitar seus movimentos com precisão.

Observou-os com tristeza. – Talvez seja melhor – ele suspirou pouco depois. – Se Cauda Sarapintada se der conta de que o filho não consegue aprender, poderá se conformar de ele jamais se tornar um guerreiro.

– Talvez. – Pelo de Musgo Renda não parecia convencido. – De todo modo, gostaria de observá-los um pouco mais, e ver se há algo que eu possa fazer para ajudar.

Coração de Fogo aprovou com o olhar. Embora Pelo de Musgo Renda fosse guerreiro há poucas luas, tinha o ar grave de um gato muito mais velho. Estava pronto para ter um aprendiz, e certamente daria um ótimo mentor, paciente e responsável. Mas não para Bolinha de Neve. O filhote surdo não poderia ter um mentor, viajar para a Assembleia ou conhecer a alegria feroz de ser um guerreiro a serviço de seu clã.

No entanto, já que não havia outros filhotes precisando de mentores, não faria mal deixar Pelo de Musgo Renda se interessar por Bolinha de Neve. – Tudo bem, desde que não interfira com seus deveres de guerreiro – o representante miou. – Se pensar em alguma coisa, me avise. Vou falar com Manto de Cinza de novo.

– Obrigado – miou o gato marrom-dourado, que se sentou no chão, as patas arrumadinhas sob o peito, observando mãe e filho.

Coração de Fogo hesitou, sentindo-se triste pelo filhote surdo e por sua mãe, e também por Pelo de Musgo Renda, cujas esperanças de se tornar mentor seriam frustradas dessa vez. Foi, então, encontrar Estrela Azul.

A líder estava sobre a cama, no fundo da toca. A luz do sol não a alcançava, e ela parecia uma sombra cinza. Mas as sobras de um esquilo mostravam que ela comera, e, quando Coração de Fogo parou na soleira, estava virada, pronta para lavar as costas. O gato se sentiu encorajado por esses sinais de rotina. Arranhou o chão para chamar a atenção da líder e, quando a gata se voltou, ele disse: – Estrela Azul, posso entrar? Tenho algo a lhe comunicar.

– Nada de bom, suponho – miou, amarga. O representante se encolheu por causa do tom, e ela pareceu ceder. – Tudo bem, Coração de Fogo, entre e me diga o que lhe vai pela cabeça.

– Achamos que há um cão solto na floresta. – O gato rubro descreveu a primeira vez que Nevasca descobriu pedaços de presa espalhados perto das Rochas das Cobras, o que a patrulha tinha visto naquela manhã, e os restos de coelho que o gatão branco tinha encontrado perto de Quatro Árvores.

Estrela Azul ficou em silêncio, olhando para a parede, até o fim do relato. Virou a cabeça e encarou o guerreiro. – Perto de Quatro Árvores? Onde?

– Nevasca disse que foi na fronteira do Clã do Rio.

Estrela Azul soltou um grunhido e cravou as garras no chão. – Sim, estou entendendo tudo! – ela cuspiu. – O Clã do Vento está caçando em nosso território!

Coração de Fogo olhou-a fixamente. – Sinto muito, Estrela Azul. Não estou entendendo.

– Então você é um tolo! – ela rosnou. De repente, pareceu se acalmar. – Não, Coração de Fogo, você é um bom e nobre guerreiro. Não é sua culpa se não consegue imaginar uma traição.

"O que ela quer dizer?", ele pensou. "Será que esqueceu que fui eu quem lhe contou sobre Estrela Tigrada?"

Sua mente girava; percebeu que a líder não estava num bom dia. Tinha os olhos fixos, o pelo eriçado, como se houvesse fileiras de inimigos na sua frente. Talvez, em sua confusão, ela pensasse que fosse assim.

– Mas, Estrela Azul – ele protestou –, em todos os lugares onde encontramos restos de presa, sentimos cheiro de cachorro. Não há razão para pensar que os outros clãs são responsáveis.

– Seu cérebro de camundongo! – Estrela Azul sibilou, a cauda chicoteando de um lado para o outro. – Cães não se comportam assim. Eles vêm aqui com seus Duas-Pernas, que depois os levam embora de novo. Quem já ouviu falar de um cachorro vagando livremente na floresta?

– Não ter acontecido antes não significa que não pode acontecer agora – Coração de Fogo miou, desesperado. – Por que você acha que foi o Clã do Vento?

– Você não percebe? – a voz da líder estava tensa, furiosa. – Os guerreiros do Clã do Vento estavam caçando coelhos, e os coelhos devem ter cruzado a fronteira do Clã do Rio perto de Quatro Árvores, onde o território do Clã do

Rio é estreito. Os gatos do Clã do Vento perseguiram as presas em ambas as fronteiras, na direção do nosso território, antes de pegá-las e matá-las. – Ela falava com absoluta certeza, como se tivesse testemunhado – É tão óbvio, um filhote entenderia. – Suas patas voltaram a se movimentar. – Bem, o Clã do Vento que se cuide!

O peito de Coração de Fogo doeu. Parecia que a líder estava planejando atacar o Clã do Vento. "Não podemos suportar mais problemas!", ele pensou, desesperado. Uma imagem lhe veio à cabeça, a de Estrela Tigrada indo visitar Estrela Torta e Pelo de Leopardo. Com uma possível aliança entre o Clã do Rio e o Clã das Sombras no ar, a última coisa de que precisavam agora era uma guerra com o Clã do Vento.

– Você talvez esteja certa, Estrela Azul – ele admitiu diplomaticamente –, mas não devemos culpar o Clã do Vento, sem uma prova real. Poderia ter sido o Clã do Rio, não poderia?

– Que besteira! – ela debochou. – Os gatos do Clã do Rio nunca atravessariam a fronteira em busca de presas. Conhecem bem o Código dos Guerreiros para fazer isso. Esqueceu-se de como nos ajudaram no incêndio? Teríamos todos morrido queimados ou afogados, não fosse pelos felinos do Clã do Rio.

"Sim, e Pelo de Leopardo não vai nos deixar esquecer isso tão depressa", Coração de Fogo acrescentou em silêncio. Era inevitável pensar que o Clã do Rio considerasse alguns coelhos apenas o início do pagamento por sua ajuda.

Coração de Fogo sacudiu a cabeça para arrumar os pensamentos. Não havia sentido tentar culpar o Clã do Rio. Conhecia os cheiros que tinha farejado. Um cão era o responsável pelas presas espalhadas, e ele tinha de fazer a líder ver isso. – Estrela Azul, eu realmente acho... – ele começou.

A gata rejeitou suas palavras com um movimento da cauda. – Não! Foi você, Coração de Fogo, que veio a mim depois da última Assembleia e me contou como Estrela Alta saudou Estrela Tigrada como líder do Clã das Sombras – ela insistiu.

– Mal o cumprimentou! – o representante tentou protestar, mas Estrela Azul o ignorou.

– Você esqueceu como os guerreiros do Clã do Vento me impediram de chegar às Pedras Altas? E como o atacaram quando você trouxe Pata de Nuvem para casa? Eles não demonstram gratidão alguma pelo que o Clã do Trovão fez por eles; afinal, você e Listra Cinzenta os guiaram para casa do exílio! Estrela Alta está trabalhando com o Clã das Estrelas contra mim! Aliou-se ao meu maior inimigo e, agora, ele e seus guerreiros invadem meu território. Ele é uma vergonha para a honra dos guerreiros, ele... – Os olhos da líder se enfureceram, ela parecia sufocar, mal conseguindo articular as palavras. Profundamente alarmado, Coração de Fogo já estava indo embora, mas ainda implorou: – Estrela Azul, não. Você tem estado doente, isso é ruim para você. Vou buscar Manto de Cinza.

Mas, antes que ele saísse, um grito lancinante irrompeu da clareira. Vozes diversas se elevavam em um grito terrível de medo. Coração de Fogo rodopiou e deixou a toca correndo.

O centro da clareira estava quase deserto, banhado em uma luz brilhante que iluminava o lugar onde, antes do incêndio, havia uma cobertura de folhas. Os felinos estavam agachados nas bordas dos poucos abrigos existentes nos muros de samambaia carbonizados. Coração de Fogo viu Flor Dourada e Pata de Salgueiro empurrando seus filhotes para o berçário. Pelo de Musgo Renda usava o cotovelo para, com delicadeza, fazer os anciãos se dirigirem para suas tocas, pedindo que se apressassem.

Os gatos nas bordas da clareira fitavam o céu, olhos arregalados de medo. Coração de Fogo elevou a cabeça ao ouvir um bater de asas; era um falcão voando em círculos acima das árvores, seu grito estridente cortando o ar. Nesse momento percebeu que um gato não procurara abrigo; Bolinha de Neve ainda pulava e brincava no meio do espaço aberto.

– Bolinha de Neve! – Cauda Sarapintada gritou, desesperada.

Ela saiu de trás do berçário, onde as rainhas faziam suas necessidades, e correu na direção do filhote, logo que percebeu o que estava acontecendo. No mesmo tique-taque de coração o falcão mergulhou em direção à clareira. Bolinha de Neve gritou quando as garras cruéis se cravaram em suas costas. As grandes asas batiam. Coração de Fogo se adiantou às pressas, mas Cauda Sarapintada foi ainda mais rápida. Quando o falcão alçou voo, ela deu um salto e cravou as garras no pelo do filhote branco.

Por alguns segundos de agonia os dois gatos ficaram pendurados nas garras do falcão. Coração de Fogo lançou-se no ar, mas eles estavam muito alto. Em seguida, o falcão soltou o filhote com um dos pés e riscou o rosto da rainha com as garras. Ela perdeu o controle e caiu para trás, estatelando-se pesadamente no chão. Sem seu peso, o falcão ganhou altura rapidamente e voou em direção a Quatro Árvores. O choro apavorado de Bolinha de Neve desvaneceu.

– Não! – Cauda Sarapintada jogou a cabeça para trás e soltou um berro de puro desespero. – Meu filhotinho! Ah, meu filhotinho!

Pelo de Musgo Renda passou correndo por Coração de Fogo, saltando por cima do muro do acampamento em um lugar onde a reconstrução mal tinha começado, e desapareceu na floresta. Embora o representante soubesse que a busca era inútil, chamou o gato mais próximo. – Pata Ligeira, vá com ele.

O felino chegou a ensaiar um protesto, consciente de que a busca seria em vão, mas desistiu e correu atrás de Pelo de Musgo Renda. Os demais, atordoados pelo choque, aos poucos começaram a sair para a clareira e se amontoaram em torno de Cauda Sarapintada.

– Ele não ouviu – Tempestade de Areia murmurou, tocando com o nariz a bochecha do representante do Clã do Trovão. – Ele não ouviu o falcão; nem a nós, quando tentamos avisá-lo.

– A culpa é minha! – a mãe lamentou. – Eu o deixei... e agora ele se foi. O falcão devia ter levado a mim, não a ele!

Tempestade de Areia aproximou-se da rainha malhada, encostando-se em seu corpo, confortando-a. Manto de Cinza deu-lhe uma lambida carinhosa na orelha, convidando com delicadeza: – Venha à minha toca. Vamos cuidar de você. Não vamos abandoná-la.

Mas a gata recusava o apoio, choramingando: – Ele se foi, e é minha culpa.

– Não é culpa sua – miou Estrela Azul.

Coração de Fogo virou-se e viu a líder se aproximar. Parecia forte e determinada, mais guerreira do que qualquer dos outros gatos, pois estavam todos arrasados pela tragédia ocorrida com Bolinha de Neve.

– Não é sua culpa – ela repetiu. – Quem já ouviu falar de um falcão que se atreveu a mergulhar e roubar um filhote do meio de um acampamento, com tantos gatos por perto? É um sinal do Clã das Estrelas. Não posso negar a verdade por mais tempo. – Estrela Azul olhou para o clã em choque, reunido à sua volta, e sua voz vibrou com raiva. – O Clã das Estrelas está em guerra com o Clã do Trovão!

CAPÍTULO 9

Os felinos do clã olharam Estrela Azul fixamente, horrorizados. Ela rodopiou e entrou empertigada em sua toca. Coração de Fogo a seguiu, mas, sem virar a cabeça, a líder gritou: – Me deixe sozinha! – O tom era tão amargo que o gato parou onde estava.

"E agora, o que faço?", ele pensou. Via que o clã estava à beira do pânico. O choque do ataque do falcão e a interpretação que a líder deu ao fato estavam transformando os gatos em filhotes assustados. Ele mesmo sentia as pernas tremerem, mas tratou de espantar o medo e correu na direção da Pedra Grande.

– Atenção!– ele gritou. – Reúnam-se todos aqui!

Os felinos obedeceram e foram chegando, arrastando-se e se amontoando na base da pedra. Vários deles olhavam para cima, temerosos, como se esperassem o retorno do falcão. Coração de Fogo percebeu que Pata de Avenca estava colada em Pelagem de Poeira, e que Rabo Longo estava agachado, como se o Clã das Estrelas fosse fazer chover fogo aqui e ali.

E então o representante viu Pata de Nuvem, que olhava ao redor, impressionado. – Que confusão é essa? – ele miou para Pata Brilhante. – Todo gato sabe que essa história de Clã das Estrelas é uma lenda feita para os filhotes. Na verdade, nada podem fazer contra nós!

A gata, em choque, exclamou: – Pata de Nuvem, isso não é verdade!

– Que ideia! – o jovem acenou-lhe carinhosamente com a cauda. – Você não acredita nessa conversa fiada, acredita? – Ele mostrou sua indiferença sentando-se e lavando as patas cuidadosamente.

Coração de Fogo fitou o aprendiz, o pavor lhe gelando o sangue nas veias. Há muito ele sabia que o sobrinho não tinha respeito pelo Código dos Guerreiros, mas não percebera que não acreditava no Clã das Estrelas.

Do outro lado da clareira, Manto de Cinza e Cara Rajada guiavam, com cuidado, Cauda Sarapintada na direção da toca da curandeira. Manto de Cinza parou, disse algo brevemente a Cara Rajada e, com seu andar claudicante, voltou na direção da pedra.

– Talvez você precise de mim, Coração de Fogo – ela miou. – Mas que seja rápido, pois tenho de cuidar de Cauda Sarapintada.

O representante fez que sim, elevando a voz para convocar o clã. – Gatos do Clã do Trovão; acabamos de ver algo terrível. Não se pode negar. Mas precisamos ter cuidado quanto ao significado que dermos a essa tragédia. Manto de Cinza, Estrela Azul está certa. Isso significa que o Clã das Estrelas nos abandonou?

A curandeira, da base da pedra, falou em voz alta e clara: – Não, o Clã das Estrelas não me mostrou nada que sugerisse isso. O acampamento está mais exposto desde o incêndio; assim, foi fácil o falcão localizar sua presa.

– Então, foi só um acidente a perda de Bolinha de Neve? – o representante cobrou.

– Apenas um acidente – Manto de Cinza repetiu. – Nada a ver com o Clã das Estrelas.

Coração de Fogo viu o clã começar a se acalmar e percebeu que a atitude de Manto de Cinza lhes dera segurança. Os gatos ainda pareciam abalados e sentidos pela morte de Bolinha de Neve, mas os olhares de pavor estavam desaparecendo.

Mas junto com o alívio veio a preocupação de que, uma vez recuperados do choque, os gatos começassem a se perguntar por que Estrela Azul tinha chegado ao ponto de declarar guerra aos guerreiros ancestrais do Clã das Estrelas. – Obrigado, Manto de Cinza – Coração de Fogo miou.

A curandeira agitou a cauda e foi para sua toca.

O representante deu um passo à frente e subiu na pedra, fitando de lá os rostos que se viraram. – Há algo que preciso lhes dizer – ele começou. Não tinha muita certeza se devia fazê-lo, uma vez que Estrela Azul insistira que o Clã do Vento era o responsável pela morte dos coelhos, mas, com a segurança do clã em risco, não podia se calar. – Achamos que há um cachorro solto no território do Clã do Trovão. Não o vimos, mas sentimos seu cheiro nas Rochas das Cobras e perto de Quatro Árvores.

Um murmúrio de ansiedade se elevou entre os gatos, e Tempestade de Areia falou: – Não pode ser um dos cachorros da fazenda que fica além do território do Clã do Vento? Pode ser um deles.

– Talvez – Coração de Fogo concordou, lembrando como as selvagens criaturas tinham perseguido a ele e Tempestade de Areia quando procuravam Pata de Nuvem. – Até que ele desapareça novamente precisamos ter muito cuidado. Os aprendizes não devem sair sem a companhia de um guerreiro. E todos os gatos que saírem do acampamento têm uma tarefa extra, procurar rastros do cachorro: odor, marcas de patas, pedaços largados de presa...

– E cocô – Pelo de Rato acrescentou. – Que essas criaturas sem educação nunca se dão ao trabalho de enterrar.

– Certo. Caso deparem com algo desse gênero, venham me contar imediatamente. Precisamos descobrir onde o cachorro fez sua toca.

Enquanto dava as ordens, esforçou-se ao máximo para esconder seu medo crescente. Não se livrava da sensação de que a floresta o vigiava, escondendo um inimigo mortal em algum lugar entre as árvores. Ao menos a ameaça de Estrela Tigrada era o medo de um ataque direto de um inimigo conhecido. Esse cachorro entocado era outro assunto, pois era invisível e imprevisível.

O representante dispensou o clã e pulou da Pedra Grande, indo na direção da toca de Manto de Cinza. No caminho encontrou Pelo de Musgo Renda, que voltava ao acampamento mancando, seguido de perto por Pata Ligeira. Ao guerreiro alaranjado faltavam tufos de pelo, arrancados por espinheiros e pela vegetação rasteira quando ele perseguiu o falcão. Só de olhar para sua cabeça baixa e sua expressão desanimada, o representante já entendeu tudo, mas esperou que o gato se aproximasse e fizesse seu relato.

– Lamento, Coração de Fogo. Tentamos acompanhá-lo, mas o perdemos.

– Vocês deram o melhor de si – o representante respondeu, encostando a cabeça no ombro do guerreiro mais jovem. – Não havia mesmo muita esperança.

– Um desperdício de tempo e um esforço à toa, desde o início – Pata Ligeira rosnou, embora seus olhos traíssem sua frustração por não ter salvado o filhote.

– Onde está Cauda Sarapintada? – perguntou Pelo de Musgo Renda.

– Com Manto de Cinza. Vou ver como ela está. Vocês se sirvam de presa fresca e depois descansem um pouco.

Ele esperou para ver se os dois felinos obedeciam às suas ordens antes de ir para a toca de Manto de Cinza. Tempestade de Areia colocou-se a seu lado. Quando chegaram à clareira da toca, viram Cauda Sarapintada ali deitada, Cara Rajada agachada a seu lado, confortando-a com lambidas.

Manto de Cinza saiu da fenda da pedra; tinha na boca uma folha dobrada, que colocou no chão, ao lado de Cauda Sarapintada, miando: – Coma essas sementes de papoula. Vão fazê-la dormir.

De início Coração de Fogo pensou que a rainha não ouvira; então ela elevou o corpo, virou a cabeça e devagar lambeu as sementes da folha.

– Nunca mais vou ter filhotes – ela miou, com a voz fraca. Vou juntar-me aos anciãos agora.

– Que vão recebê-la muito bem – Tempestade de Areia murmurou, agachando-se ao seu lado, enquanto as sementes de papoula faziam efeito, sua cabeça tombando lentamente. Coração de Fogo olhou a gata alaranjada com admiração; era uma guerreira inteligente, e ele bem conhecia sua língua afiada; mas ela também sabia ser delicada.

Seus pensamentos foram interrompidos quando a curandeira limpou a garganta; percebeu que ela estava a seu lado. Pelo seu jeito de olhar, entendeu que ela devia ter lhe dirigido a palavra e esperava uma resposta.

– Desculpe; o que foi? – ele miou.

– *Se* você não estiver ocupado demais para me ouvir – a curandeira falou, seca. – Eu disse que vou fazer Cauda Sarapintada passar a noite aqui comigo.

– Boa ideia, obrigado. – Coração de Fogo lembrou que Manto de Cinza estava com Cauda Sarapintada enquanto ele falava ao clã a respeito do cachorro solto. – Há algo a mais que você deve saber; quero que volte a examinar Estrela Azul.

– Mesmo? O que há de errado com ela?

Falando baixo para Tempestade de Areia não ouvir, Coração de Fogo contou à curandeira sobre o cachorro que devia estar solto na floresta, e como a líder estava convencida de que o Clã do Vento estava invadindo o território do Clã Trovão para roubar presas. – Ela está muito confusa – ele explicou, por fim. – Só pode ser, para ter declarado guerra ao Clã das Estrelas como fez. E haverá uma Assembleia daqui a algumas noites. O que vai acontecer se ela começar a acusar o Clã do Vento na frente dos outros felinos?

– Alto lá! – Manto de Cinza miou. – Você está falando da líder de seu clã. Você deve respeitar suas opiniões, mesmo sem concordar com elas.

– Não se trata apenas de discordar! – Coração de Fogo protestou. – Não há nenhum indício do que ela sugere. – Sua voz fez Tempestade de Areia, deitada ao lado de Cauda Sarapintada, empinar as orelhas. O representante voltou a abaixar o tom ao acrescentar: – Estrela Azul foi grande. Todo gato sabe. Mas agora... não posso confiar no seu discernimento, Manto de Cinza. Não quando não diz coisa com coisa.

– Mesmo assim, tente compreendê-la. Mostre, ao menos, alguma compaixão, que ela merece de todos os felinos.

Por alguns tique-taques de coração o gato de pelagem flamejante ficou indignado pelo jeito como Manto de Cinza, sua ex-aprendiz, estava se dirigindo a ele. Não cabia à curandeira defender as decisões da líder e tentar esconder seu estado de confusão mental para que o clã continuasse a confiar nela. Sem falar das desculpas inventadas aos outros clãs para que não descobrissem seus problemas de coração.

– Você acha que não tentei? – ele disparou. – Se eu for mais solidário do que já sou, minha pelagem vai cair!

– Sua pelagem me parece ótima – Manto de Cinza observou.

– Olhe... – Coração de Fogo fez mais uma tentativa de esquecer o aborrecimento. – Estrela Azul faltou à última

Assembleia. Se não for à próxima, todos os gatos da floresta vão saber que algo está errado. Você não pode lhe dar alguma coisa que a torne um pouco mais sensata?

– Vou tentar. Mas há um limite do que minhas ervas podem fazer. Isso vai além do problema do incêndio, você sabe. Esse problema começou há muito, desde que ela descobriu a respeito de Estrela Tigrada. Está velha e cansada, e pensa que está perdendo tudo em que acreditava, mesmo o Clã das Estrelas.

– Especialmente o Clã das Estrelas – o guerreiro concordou. – E se ela...

Ele parou de falar, vendo que Tempestade de Areia se afastara de Cauda Sarapintada e vinha em sua direção. – Acabaram de trocar os segredinhos? – a gata alaranjada miou, com a voz aguda. Apontando Cauda Sarapintada com a cauda, acrescentou: – Ela dormiu. Cuide dela, Manto de Cinza.

– Obrigada pela ajuda, Tempestade de Areia.

As duas gatas se trataram gentilmente, mas, de alguma forma, o representante viu que faltava pouco para desembainharem as garras. Imaginou por quê, mas afinal decidiu que não tinha tempo para se preocupar com picuinhas.

– Vamos comer, então – ele falou.

– E depois você precisa descansar – disse-lhe Tempestade de Areia. – Está de pé desde o amanhecer.

Ela o cutucou, fazendo-o tomar o rumo da clareira principal. Antes de darem dois passos, Manto de Cinza o chamou: – Mande algumas presas frescas, para mim e para Cauda Sarapintada. Se tiver tempo, claro.

– Claro que tenho tempo – Coração de Fogo se sentia totalmente pressionado pela tensão que pairava no ar. – Vou providenciar imediatamente.

– Ótimo. – Manto de Cinza fez um pequeno gesto com a cabeça e o representante do Clã do Trovão sentiu seu olhar azul acompanhá-lo enquanto atravessava a clareira.

CAPÍTULO 10

As estrelas do Tule de Prata resplandeciam em um céu claro e a lua cheia ia alta. Coração de Fogo se agachou no topo do vale que levava a Quatro Árvores. Abaixo dos quatro carvalhos grandes, o chão estava forrado de folhas, brilhando à primeira geada da estação das folhas caídas. Formas negras de gatos se moviam para lá e para cá contra a luz pálida.

Dessa vez, Estrela Azul insistira em conduzir o clã à Assembleia. O representante não conseguia decidir se aquilo era bom ou não. Ao menos não precisaria inventar desculpas para sua ausência, mas se preocupava com o que ela poderia dizer. Com os problemas do Clã do Trovão aumentando, ficava cada vez mais difícil se mostrar forte para os rivais; ainda por cima, causava-lhe apreensão ter de admitir não ser mais possível confiar no discernimento de Estrela Azul.

Aproximou-se da gata, longe dos ouvidos de Pata de Nuvem e Pelo de Rato, que estavam a seu lado, e murmurou: – Estrela Azul, o que você vai...

Como se não o tivesse escutado, a líder acenou com a cauda e os gatos do Clã do Trovão puseram-se de pé, correndo por entre os arbustos no vale. A Coração de Fogo só restava segui-la. Antes de deixarem o acampamento, ela se recusara a falar sobre a Assembleia, e agora se fora a última chance de discutirem o assunto.

Lá embaixo, no vale, havia menos felinos do que Coração de Fogo esperava, e ele percebeu que eram todos do Clã do Vento e do Clã das Sombras. Viu Estrela Alta e Estrela Tigrada lado a lado na base da Pedra do Conselho. Estrela Azul passou direto por eles, a cauda empinada como se a líder avançasse sobre um inimigo. Sem lhes conceder mais do que um cumprimento com os bigodes, ela saltou para a Pedra do Conselho e lá ficou, o pelo azul-acinzentado brilhando ao luar.

Coração de Fogo respirou fundo, tentando dominar os temores que brotavam em seu peito. Estrela Azul se convencera de que Estrela Alta era o inimigo; ver o líder do Clã do Vento falar em particular com Estrela Tigrada, o traidor que sua líder mais temia, deixava-a mais segura do que dizia.

Enquanto observava, ele viu Estrela Azul inclinar-se para Estrela Tigrada e miar qualquer coisa; Estrela Tigrada mexeu a cauda com desdém. Coração de Fogo se perguntava se devia chegar de mansinho para ouvir a conversa, mas, antes que pudesse se mover, sentiu uma cutucada amigável no ombro; era Bigode Ralo, guerreiro do Clã do Vento.

– E então? Sabe quem é esse? – ele miou.

Ele empurrou um jovem na direção do representante do Clã do Trovão; era um gato malhado, de olhos brilhantes e orelhas empinadas de empolgação. – É o filhote de Flor da Manhã – Bigode Ralo explicou. – É meu aprendiz agora, Pata de Tojo. Não está crescido?

– É claro, o filhote de Flor da Manhã! Vi você na Assembleia passada. – Era difícil acreditar que aquele aprendiz musculoso era o mesmo pedacinho de pelo que ele carregara por todo o Caminho do Trovão quando Listra Cinzenta e ele levaram o Clã do Vento de volta para casa.

– Mamãe me falou de você, Coração de Fogo – Pata de Tojo miou, tímido. – Como você me carregou e tudo o mais.

– Bem, estou feliz por não ter de carregá-lo agora. Se você crescer mais, vai ter de se juntar ao Clã do Leão!

O aprendiz ronronou, alegre. O representante do Clã do Trovão tinha consciência da calorosa amizade que sentia por aqueles gatos, sentimento que sobrevivera a todas as discordâncias e escaramuças desde a viagem, tempos atrás.

– Deveríamos estar começando a reunião – Bigode Ralo continuou. – Mas não há sinal do Clã do Rio.

Mal ele acabou de falar, houve um tumulto entre os arbustos do outro lado da clareira. Um grupo do Clã do Rio apareceu, os gatos caminhando juntos em campo aberto. À frente, orgulhosa, vinha Pelo de Leopardo.

– Onde está Estrela Torta? – Bigode Ralo se perguntou em voz alta.

– Ouvi dizer que está doente – Coração de Fogo miou, constatando não estar surpreso de ver Pelo de Leopardo no lugar do líder. Listra Cinzenta já lhe dissera no rio, meia lua atrás, que o líder do Clã do Rio certamente não estaria bem para participar da Assembleia.

Pelo de Leopardo foi direto para a base da Pedra do Conselho, onde já estavam Estrela Alta e Estrela Tigrada. Ela abaixou a cabeça educadamente e se instalou ao lado deles.

Coração de Fogo não conseguia ouvir o que diziam e, um segundo depois, teve a atenção desviada para um guerreiro cinzento e familiar que cruzou a clareira num pulo e se colocou a seu lado.

– Listra Cinzenta! – Coração de Fogo deu um miado acolhedor. – Pensei que não estivesse autorizado a vir às Assembleias.

– E não estava – respondeu o gato cinza, trocando toques de nariz com o amigo. – Mas Pelo de Pedra disse que eu deveria ter uma chance de provar minha lealdade.

– Pelo de Pedra? – Coração de Fogo repetiu. Ele notara os dois filhotes de Estrela Azul, Pelo de Pedra e a irmã, Pé de Bruma, entre os gatos que seguiam Pelo de Leopardo. – O que tem isso a ver com ele?

– É o nosso novo representante – miou Listra Cinzenta, franzindo o cenho. – Ah, é claro, você não sabe. Estrela Torta morreu há duas noites. Estrela Leopardus é a nova líder.

Coração de Fogo fez silêncio por um momento, lembrando-se do gato honrado que tinha ajudado o Clã do Trovão durante o incêndio. A notícia da morte não foi novidade, mas ainda assim o deixou ansioso. A gata de pelo dourado seria uma líder poderosa, boa para o Clã do Rio, mas não tinha simpatia pelo Clã do Trovão.

– Ela já começou a reorganizar o clã, embora só faça um dia desde que foi à Pedra da Lua falar com o Clã das Estrelas – Listra Cinzenta continuou, fazendo uma careta. – Supervisiona o treinamento dos aprendizes, ordena mais patrulhas. E... – Ele parou de falar, as patas arranhando o chão na sua frente.

– Listra Cinzenta! – Coração de Fogo exclamou, alarmado com a evidente agitação do amigo. – Qual é o problema?

Listra Cinzenta o encarou com seus angustiados olhos amarelos. – Há uma coisa que você deveria saber. – Ele olhou em volta rapidamente para garantir que nenhum gato do Clã do Rio estivesse ao alcance de sua voz. – Desde o incêndio, Pelo de Leopardo tem planejado recuperar as Rochas Ensolaradas.

– Eu... eu acho que você não deveria estar me dizendo isso – Coração de Fogo gaguejou, olhando desanimado para o amigo. As Rochas Ensolaradas eram um território há muito cobiçado na fronteira entre o Clã do Trovão e o Clã do Rio. Coração de Carvalho e o antigo representante do Clã do Trovão, Rabo Vermelho, tinham morrido na batalha pelo território. Contar ao amigo a respeito das intenções da nova líder era um ato de traição, uma infração ao Código dos Guerreiros.

– Sei disso. – Listra Cinzenta não conseguia encará-lo, e sua voz tremia pela gravidade do que estava fazendo. – Tentei ser um guerreiro leal do Clã do Rio; nenhum gato teria tentado tanto! – Seu tom se elevou, tal seu desespero; foi grande o esforço para se controlar e abaixar a voz. – Mas não posso ficar sentado sem fazer nada enquanto Estrela Leopardus faz planos para atacar o Clã do Trovão. Se houver uma batalha, não sei o que vou fazer.

Coração de Fogo se aproximou, tentando confortar Listra Cinzenta. Sempre soube, desde que o amigo atravessara o rio, que, mais cedo ou mais tarde, ele teria de enfrentar a provação de lutar contra seu clã de origem. Parecia, agora, que esse dia estava bem próximo.

– Quando será o ataque? – ele perguntou.

Listra Cinzenta balançou a cabeça. – Não tenho a menor pista. Mesmo que Estrela Leopardus tenha decidido, não me diria. Só sei dos planos pelo que ouvi dos outros guerreiros. Mas vou ver o que descubro, se você quiser.

Por um momento Coração de Fogo ficou animado com a ideia de ter um espião no acampamento do Clã do Rio. Então percebeu que o amigo estaria em risco, e não podia colocá-lo em perigo; nem piorar sua dor pela lealdade dividida. A menos que o Clã do Trovão atacasse primeiro, sem esperar o ataque do clã inimigo (o que Coração de Fogo não queria fazer), teriam que lidar com a ameaça quando ela surgisse.

– Não, é perigoso demais. Sou grato pelo aviso, mas pense no que Estrela Leopardus faria com você se descobrisse. Ela não é exatamente sua fã. Vou dizer a todas as patrulhas de caça que sempre verifiquem se há cheiro do Clã do Rio nas Rochas Ensolaradas, e que acentuem nossas marcas de cheiro ali.

Um uivo que veio do topo da Pedra do Conselho o interrompeu. Os outros três líderes se juntaram a Estrela Azul, que ainda se recusava a olhar para Estrela Tigrada, e estavam esperando para começar a reunião. Quando os gatos fizeram silêncio, Estrela Tigrada indicou com a cabeça que Estrela Leopardus falasse primeiro. A gata malhada em tons dourados postou-se na frente da pedra e olhou para a audiência.

– Nosso antigo líder, Estrela Torta, foi ao encontro do Clã das Estrelas – ela anunciou. – Era um nobre líder, e todos os seus guerreiros lamentam seu falecimento. Agora sou eu a líder do Clã do Rio, e Pelo de Pedra é o meu representante. Na noite passada viajei até as Pedras Altas e recebi minhas nove vidas do Clã das Estrelas.

– Parabéns – miou Estrela Tigrada. – Estrela Torta fará falta a todos os clãs. Mas que o Clã das Estrelas conceda que o Clã do Rio prospere sob sua liderança.

Estrela Leopardus agradeceu e olhou com expectativa para Estrela Azul, mas a líder do Clã do Trovão fitava o vale, com uma expressão de orgulho; Coração de Fogo seguiu seu olhar e viu que era dirigido a Pelo de Pedra. A evidente admiração pelo filho o chocou, e seu coração gelou ao pensar que Estrela Tigrada sabia que um par de filhotes do Clã do Trovão fora adotado pelo Clã do Rio. Coração de Fogo notou que Estrela Tigrada, pensativo, não tirava os olhos de Estrela Azul. Quanto faltava para ele adivinhar quem era a mãe dos filhotes?

– Tenho mais uma notícia do clã – Estrela Leopardus miou, obviamente decidindo que já tinha dado tempo suficiente a Estrela Azul para se manifestar. – Uma das nossas anciãs, Poça Cinzenta, morreu.

As orelhas de Coração de Fogo se empinaram e ele se perguntava o que Pé de Bruma e Listra Cinzenta tinham dito sobre a morte de Poça Cinzenta à líder, e se deixara o próprio cheiro no corpo da anciã. Estrela Leopardus poderia usar isso para acusar o Clã do Trovão de matar a velha gata, dando ao Clã do Rio uma desculpa para atacar.

Mas ela disse apenas: – Ela era uma guerreira corajosa e mãe de muitos filhotes. – Fez uma pausa para lançar um olhar solidário para Pé de Bruma e Pelo de Pedra. – O clã está de luto por ela – terminou.

Coração de Fogo se acalmou, mas voltou a ficar tenso quando Estrela Tigrada se adiantou. Será que o líder anunciaria o segredo sobre dois dos filhotes de Poça Cinzenta?

Para seu alívio, não mencinou o fato. Limitou-se a dar notícias dos filhotes do Clã das Sombras que se tornaram aprendizes e do nascimento de uma nova ninhada, detalhes que mostravam que o Clã das Sombras começava a recuperar as forças, mas nada que sugerisse hostilidade a qualquer outro clã.

A esperança brotou novamente em Coração de Fogo. Talvez realmente não devesse continuar a se preocupar com a ameaça de Estrela Tigrada. Seria um alívio esquecê-lo e concentrar-se no cachorro, uma ameaça que os espreitava na floresta. Então se lembrou do tratamento brutal que o líder do Clã das Sombras dispensara a Poça Cinzenta, o que a levara à morte, e suas suspeitas voltaram.

Quando Estrela Tigrada acabou de falar, Estrela Alta fez um movimento para tomar a palavra, mas Estrela Azul passou-lhe a frente. – *Eu* vou ser a próxima a falar – ela rosnou, olhando duro para Estrela Alta.

Ela foi até a frente da pedra e miou, a voz friamente irritada: – Gatos de todos os clãs, trago notícias de roubo. Os guerreiros do Clã do Vento foram caçar em nosso território.

Coração de Fogo sentiu o peito apertar quando um uivo zangado eclodiu por todo o vale. Os gatos do Clã do Vento, de um pulo, puseram-se de pé, furiosamente negando a acusação.

Pata de Nuvem, perto de dois guerreiros maiores, derrapou até parar ao lado de Coração de Fogo, os olhos azuis arregalados de emoção e choque. – *Clã do Vento*! – ele miou. – O que ela está dizendo?

– Cale a boca! – Coração de Fogo disparou. Olhou para Bigode Ralo, com medo de que ele tivesse ouvido a explosão do jovem, mas o guerreiro malhado estava de pé, e uivava em desafio a Estrela Azul.

– Prove! – gritou, com o pelo eriçado. – Prove que o Clã do Vento roubou ainda que seja um só camundongo!

– Eu tenho provas. – Os olhos de Estrela Azul brilhavam com uma fúria gélida. – Nossas patrulhas encontraram restos de coelho espalhados não muito longe daqui.

– Você chama isso de prova? – Estrela Alta colocou-se frente a frente com Estrela Azul. – Você viu meus gatos em seu território? As suas patrulhas farejaram o cheiro do Clã do Vento?

– Não preciso ver ou farejar ladrões para saber que roubaram. Todos os gatos sabem que somente o Clã do Vento caça coelhos.

Coração de Fogo retesou os músculos e, instintivamente, desembainhou as garras.

– Tudo isso é um monte de cocô de camundongo – Estrela Alta insistiu, com o pelo preto e branco arrepiado, e a boca arreganhada em um rosnado. – O Clã do Vento perdeu presas, também. *Nós* encontramos restos de coelho em nosso território, também. E há, de longe, muito menos coelhos do que o habitual nessa época. Acuso *você*, Estrela Azul, de deixar seus guerreiros caçarem na nossa terra e de fazer acusações falsas para acobertar o roubo!

– Isso parece muito mais provável – Estrela Tigrada acrescentou, com os olhos cor de âmbar brilhando. – Todos os gatos sabem que, desde o incêndio, as presas estão escassas no território do Clã do Trovão. Seu clã está faminto, Estrela Azul, e *alguns* de seus guerreiros conhecem muito bem o território do Clã do Vento.

Coração de Fogo sentiu o olhar do líder do Clã das Sombras pousar nele, e sabia que se referia a ele e Listra Cinzenta.

Estrela Azul encarou o líder do Clã das Sombras. – Cale-se! – ela sibilou. – Fique longe de mim e de meu clã. Esse assunto não é da sua conta.

– É da conta de todos os gatos da floresta – Estrela Tigrada respondeu calmamente. – Espera-se que a Assembleia seja um momento de paz. Se o Clã das Estrelas se irritar, todos sofreremos.

– O Clã das Estrelas! – Estrela Azul cuspiu de volta. – O Clã das Estrelas se afastou de nós, e eu lutarei contra ele se necessário. Importa-me apenas alimentar meu clã, e não vou ficar parada enquanto outros gatos roubam nossas presas.

Seu discurso quase foi abafado pelos arquejos da audiência em choque. Coração de Fogo se viu forçado a olhar para cima para ver se o Clã das Estrelas iria mostrar sua fúria enviando uma nuvem para cobrir a lua e terminar a Assembleia, como fizera antes. Mas o céu permanecia claro. Será que isso significava que o Clã das Estrelas aceitara a declaração de guerra de Estrela Azul?

Listra Cinzenta cutucou o amigo. – Qual é o problema de Estrela Azul? Ela *quer* comprar briga com o Clã do Vento? E que história é essa de lutar com o Clã das Estrelas?

– Não sei o que ela quer – Coração de Fogo murmurou.

– Acho que ela está certa sobre os coelhos, e quem se importa com o que uma tradição estúpida e velha diz sobre manter a paz nas Assembleias? – miou Pata de Nuvem. – Vamos encarar o fato, o Clã das Estrelas foi inventado por algum líder para assustar os outros gatos e torná-los obedientes.

Coração de Fogo lançou um olhar de desaprovação ao aprendiz, mas não havia tempo para discutir sua atitude para com os guerreiros ancestrais. Seu coração batia como se estivesse prestes a saltar para batalha. Agora não havia como esconder dos demais clãs a loucura de Estrela Azul e a vulnerabilidade do Clã do Trovão. Estrela Alta estava arrepiado, enfurecido. Até então, Estrela Leopardus não se juntara à discussão, mas sua expressão era de um gato prestes a afundar os dentes em uma suculenta presa fresca.

Quando o burburinho no vale arrefeceu, Estrela Alta se fez ouvir. – Estrela Azul, juro pelo Clã das Estrelas que nenhum gato do Clã do Vento caçou em seu território. – Mexia a cauda de um lado para o outro. – Mas, se você insistir em lutar conosco, estaremos prontos. – Ele se afastou da beira da pedra e deu as costas a Estrela Azul, claramente se recusando a continuar a se defender.

Antes que a gata pudesse retaliar, Estrela Leopardus se adiantou, miando: – O incêndio foi uma desgraça terrível. Todos os gatos da floresta sabem disso, mas o seu não foi o único clã a sofrer recentemente. Sua floresta vai se recuperar tão rica em presas quanto sempre foi. Mas os Duas-Pernas invadiram o nosso território e não dão sinal de ir embora. Na última estação sem folhas, o rio foi envenenado e os gatos que comeram peixe adoeceram. Quem pode garantir que não vai acontecer de novo? Não posso falar pelas necessidades do Clã do Vento, mas o Clã do Rio precisa até mais do que o Clã do Trovão de um território de caça melhor.

Uns poucos gatos do Clã do Rio uivaram concordando; apreensivo, Coração de Fogo se arrepiou. Lançou um olhar a Listra Cinzenta, lembrando-se do aviso sobre as Rochas Ensolaradas. A nova líder do Clã do Rio queria expandir seu território, e a direção lógica era cruzar o rio rumo às terras do Clã do Trovão. O desfiladeiro separava-a do território do Clã do Vento, e todas as outras fronteiras eram delimitadas por fazendas dos Duas-Pernas.

Mas Estrela Azul não se deu conta da ameaça velada. Quando a líder do Clã do Rio se calou, ela abaixou a cabeça graciosamente e miou: – Você está certa, Estrela Leopardus. O Clã do Rio passou por tempos difíceis. No entanto, seus gatos são tão fortes e nobres que tenho certeza de que vocês vão sobreviver.

Estrela Leopardus foi pega de surpresa – "na medida do possível", Coração de Fogo pensou. A antiga Estrela Azul teria percebido a promessa ameaçadora naquelas palavras.

Estrela Tigrada deu um passo em direção à líder do Clã do Trovão e alertou: – Pense bem antes de ameaçar o Clã do Vento, Estrela Azul. Nunca haverá paz na floresta se...

Estrela Azul arreganhou os dentes rosnando para ele, o pelo eriçado de fúria, e sibilou: – Não me fale de paz! Eu lhe disse para ficar fora disso. A menos que você esteja se aliando àquele ladrão lá.

Coração de Fogo viu Estrela Alta avançar para Estrela Azul, e sentiu que o líder do Clã do Vento se segurava para não pular na garganta da gata de focinho cor de prata. – Se você quer uma briga, terá – ele rosnou, descendo da pedra sem esperar resposta.

Estrela Tigrada e Estrela Leopardus trocaram olhares e seguiram Estrela Alta, deixando Estrela Azul sozinha. Coração de Fogo olhou para o céu de novo, quase sem acreditar que o Clã das Estrelas não dera um sinal para mostrar que tinha visto a Assembleia se transformar em hostilidade. Será que significava que o Clã das Estrelas *desejava* uma guerra entre os clãs?

Enquanto Estrela Azul descia da pedra aos trambolhões, Coração de Fogo procurou em volta os companheiros de clã. – Pata de Nuvem – ele instruiu com urgência –, reúna os nossos guerreiros, tantos quanto conseguir encontrar, e mande-os para a base da Pedra do Conselho. Estrela Azul vai precisar de escolta.

O aprendiz fez que sim e escapuliu no meio da multidão. Coração de Fogo viu Pelo de Pedra abrir caminho em direção a Listra Cinzenta.

– Você está pronto? – o representante do Clã do Rio miou. – Estrela Leopardus quer sair rapidamente.

– Estou indo – Listra Cinzenta respondeu, ficando de pé. Sua voz tremia quando acrescentou: – Adeus, Coração de Fogo.

– Adeus. – Havia muito mais coisas que ele queria dizer; no entanto, mais uma vez precisava encarar o fato de que seu melhor amigo pertencia a outro clã; o próximo encontro poderia ser num campo de batalha.

Antes que os dois gatos do Clã do Rio se fossem, ele procurou desesperadamente as palavras certas para dizer a Pelo de Pedra. – Parabéns – gaguejou, afinal. – Fiquei contente de saber que Estrela Leopardus o escolheu como representante. O Clã do Trovão não quer problemas, você sabe.

Pelo de Pedra o encarou e disse: – Nem eu. Mas, às vezes, o problema vem assim mesmo.

Coração de Fogo os observou enquanto se dirigiam para a borda da clareira, e percebeu, com um tremelique, que outro gato tinha o olhar fixo sobre o representante do Clã do Rio. Era Estrela Tigrada!

Coração de Fogo se perguntou o significado daquele olhar pensativo. Estaria o líder do Clã das Sombras considerando um futuro aliado? Ou suspeitava ser aquele gato um dos filhotes do qual Poça Cinzenta falara, um dos que vieram do Clã do Trovão? Afinal, todos sabiam que Poça Cinzenta criara Pelo de Pedra e Pé de Bruma. Não demoraria muito para Estrela Tigrada perceber quem era a verdadeira mãe deles. Ambos se pareciam muito com Estrela Azul.

De tão preocupado, Coração de Fogo demorou a perceber que o gato sentado na sombra ao lado de Estrela Tigrada era Risca de Carvão. Achou natural que o procurasse na Assembleia, pois era seu amigo mais antigo, mas aquilo o incomodou. Ainda não tinha certeza da sua lealdade.

Deu um pulo e abriu caminho entre os gatos para se aproximar. Foi quando ouviu Estrela Tigrada perguntar ao amigo: – Como estão meus filhos?

– Muito bem – respondeu, caloroso, o guerreiro do Clã do Trovão. – Crescendo fortes e saudáveis, especialmente o jovem Amora Doce.

– Risca de Carvão! – Coração de Fogo o interrompeu. – A Assembleia acabou, ou você não percebeu? Estrela Azul logo vai querer ir embora.

– Fique frio – o gato respondeu com um tom insolente. – Estou indo.

– Vá lá, Risca de Carvão, não faça seu representante esperar – miou Estrela Tigrada, com um aceno de cabeça na direção do guerreiro de pelo avermelhado; seu olhar cor de âmbar era cuidadosamente neutro.

Coração de Fogo atravessou a clareira para se juntar a Estrela Azul, com Risca de Carvão logo atrás. Os demais guerreiros a rodearam, protegendo-a dos olhares e dos murmúrios hostis do Clã do Vento. Os olhos azuis da líder ainda brilhavam desafiadores, e Coração de Fogo se deu conta, com o peito apertado, de que a guerra entre os dois clãs poderia estar bem próxima.

CAPÍTULO 11

O SOL SE ELEVAVA ENTRE AS ÁRVORES quando Coração de Fogo saiu da toca dos guerreiros. Sacudindo um pedaço de folha da pelagem, ele respirou fundo, aspirando o ar fresco, e estendeu as pernas dianteiras num longo movimento.

Depois da Assembleia da véspera, ele se surpreendeu ao ver o acampamento num ritmo normal: Pata Gris e Pata de Nuvem diligentemente remendavam o muro da fronteira com gravetos; Flor Dourada e Pata de Salgueiro cuidavam de seus filhotes do lado de fora do berçário, onde Pata Brilhante parou para brincar com eles; e Nevasca caminhava pela clareira, com diversas presas frescas penduradas entre os dentes. Coração de Fogo sentia que o ar estava tenso, mas até então seu medo em relação a um ataque parecia não se justificar.

Olhou ao redor, procurando Tempestade de Areia, que comandara a patrulha do amanhecer, mas ela, pelo jeito, não tinha voltado. Ela não fora convocada à Assembleia, e o guerreiro de pelo vermelho queria desesperadamente contar-lhe como tudo se passara.

– Coração de Fogo!

Era a voz de Estrela Azul. O gato se virou e a viu sair da toca e cruzar a clareira.

– Sim, o que foi?

Ela fez um movimento de cabeça e disse: – Venha à minha toca; precisamos conversar.

O guerreiro, ao segui-la, notou o caminhar titubeante e a cauda trêmula. Parecia prestes a entrar numa batalha, embora não houvesse inimigo à vista.

Chegando à toca, a gata cinza-azulada instalou-se na cama, de frente para o representante. – Você ouviu como Estrela Alta foi hipócrita ontem – ela sibilou. – Recusou-se a admitir que seus gatos estão roubando nossas presas. Só temos uma opção. Atacar!

Coração de Fogo olhou-a fixamente, com a boca aberta, e gaguejou: – Mas não podemos fazer isso. Não temos força para lutar! – Lembrou que teriam mais quatro guerreiros agora se a líder tivesse concordado com a promoção dos aprendizes, mas não ousou mencionar o fato. – Não temos como lidar com guerreiros feridos ou mortos.

Estrela Azul fixou nele um olhar intenso e hostil. – Você está dizendo que o Clã do Trovão é fraco demais para se defender?

– Defender-se é muito diferente de começar um ataque – Coração de Fogo miou, desesperado. – Além disso, não há uma prova cabal de que o Clã do Vento tenha roubado…

Estrela Azul arreganhou os dentes. Tinha o pelo arrepiado quando se ergueu nas patas e foi, ameaçadora, na direção de Coração de Fogo. – Você está me afrontando? – ela rosnou.

O representante teve de fazer um esforço, mas não abriu mão de seu ponto de vista: – Não quero um banho de sangue inútil – ele disse, com calma. – Todos os sinais indicam que há um cachorro solto na floresta, e é ele que nos rouba os coelhos.

– E eu afirmo que cachorros não andam por aí sozinhos! Eles vêm e vão com seus Duas-Pernas.

– Então de onde vem esse cheiro de cachorro?

– *Cale-se!* – Estrela Azul levantou a pata no ar, quase atingindo o nariz de Coração de Fogo, que se esforçou para não cair. – Vamos partir esta noite e atacar o Clã do Vento ao amanhecer.

O peito de Coração de Fogo apertou. Era uma honra para um guerreiro lutar por seu clã, mas ele jamais deparara com uma batalha tão injusta. Não queria fazer verter o sangue do Clã do Trovão ou do Clã do Vento sem uma boa razão.

– Você me ouviu? – Estrela Azul perguntou. – Escolha os guerreiros e lhes passe as ordens. Devem estar prontos no poente da lua. – Os olhos da gata eram chamas azuis; o representante teve a impressão de que poderiam transformá-lo em cinzas, como o fogo fizera com a floresta.

Ele tentou argumentar: – Sim, Estrela Azul, mas...

– Você está com medo do Clã do Vento? – cuspiu a líder. – Ou está tão acostumado a tremer ante o Clã das Estrelas que não vai desafiá-lo e lutar pelos direitos de seu clã? – Ela foi até um canto da toca, rodopiou e voltou a caminhar, lançando o focinho na direção do representante. – Você é uma decepção. Logo você, entre todos os meus guerreiros. Como vou acreditar que vai lutar com toda sua força quando questiona minha ordem assim? – ela sibilou. – Você não me deixa escolha, Coração de Fogo. Eu mesma vou liderar o ataque.

O representante pensou em fazer objeções. A líder estava envelhecendo, perdendo as forças; estava em sua última vida; não pensava mais claramente. Mas, ante sua fúria, não podia falar das restrições que lhe passaram na cabeça. Limitou-se a abaixar a cabeça com respeito: – Se você quer assim, Estrela Azul.

– Então vá e cumpra minhas ordens. – Ela manteve o olhar feroz sobre o representante enquanto ele saía. – Você irá conosco, mas lembre que estarei de olho! – ela rosnou.

Já na clareira, Coração de Fogo tremia como se tivesse saído da água gelada. Seu dever era escolher os guerreiros para atacar o Clã do Vento e passar as ordens de Estrela Azul, para que estivessem prontos após a lua se pôr; isso embora sob o protesto de todos os seus pelos. Um cachorro roubara os coelhos, não o Clã do Vento. *Não* podia ser desejo do Clã das Estrelas atacar um clã inocente. A líder simplesmente estava errada.

Coração de Fogo descobriu que suas patas o estavam levando para a toca de Manto de Cinza. Talvez ela pudesse orientá-lo. Sua sabedoria e o elo especial com o Clã das Estrelas poderiam fazê-la olhar o futuro de modo mais claro do que ele. Mas, quando chegou à clareira e chamou a curandeira, não houve resposta. Enfiou a cabeça na fenda da pedra e viu que a toca estava vazia; só havia pilhas benfeitas de ervas arrumadas em uma lateral.

Saiu do túnel de samambaias, sem saber bem o que fazer, e viu Pata de Espinho passar com um fardo de musgo para preparar o ninho dos anciãos. O gato deixou cair a carga ao vê-lo e miou: – Manto de Cinza está lá fora, colhendo ervas, Coração de Fogo.

– Onde? – Coração de Fogo quis saber. – Se estiver perto do acampamento, será fácil encontrá-la.

Mas Pata de Espinho deu de ombros. – Não sei, desculpe. – Ele pegou o musgo e se foi.

Coração de Fogo ficou imóvel por alguns momentos, a cabeça rodando, de medo e confusão. Não tinha como se aconselhar com outro felino, pois um representante jamais questiona as ordens de seu líder. Sequer podia falar com Tempestade de Areia, por mais que quisesse, porque ela acatava o Código dos Guerreiros, que reza a obediência ao líder. Só havia uma esperança.

Devagar ele voltou à toca dos guerreiros, encontrando Cara Rajada de saída. – Vou dormir um pouco – explicou ante o olhar inquiridor da gata. – Quero estar bem para a patrulha da noite. – Não podia dizer quais eram os verdadeiros planos para mais tarde.

O olhar de Cara Rajada se suavizou, solidário. – Você está mesmo com o ar cansado – ela miou. – Você tem trabalhado demais, Coração de Fogo.

Ela deu-lhe uma lambida na orelha e foi na direção da pilha de presas frescas. Para alívio do representante, não havia outros gatos na toca, e ele não tinha de responder a mais perguntas; tratou de se enroscar entre o musgo e as samambaias. Se ao menos dormisse um pouco, poderia se encontrar com Folha Manchada e pedir que o orientasse.

Então se lembrou do sonho anterior, quando a tinha procurado em vão na floresta escura e tenebrosa.

– Ó Folha Manchada, venha me ver agora – murmurou. – Preciso de você. Preciso saber o que o Clã das Estrelas quer que eu faça.

Coração de Fogo se viu na fronteira do território Clã do Vento e olhou para um trecho da charneca despida de folhas. Uma brisa intensa ondulava o capim e agitava sua pelagem. A charneca estava limitada por uma luz tenebrosa, que escondia o horizonte e as terras que ficavam atrás do representante do Clã do Trovão; ele virou a cabeça, esperando ver os carvalhos de Quatro Árvores, embora não se lembrasse de como era andar pela floresta, mas lá havia apenas um brilho pálido. Nada de gatos à vista.

– Folha Manchada – ele miou, inseguro.

Não houve resposta, mas ele percebeu uma réstia do cheiro adocicado que sempre anunciava a presença da gata. Ele se empertigou, levantando a cabeça e abrindo a boca, para sorver o cheiro adorado.

– Folha Manchada! Por favor, venha. Preciso tanto de você.

De repente, ele sentiu um calor súbito e ouviu uma voz suave, que murmurou: – Estou aqui, Coração de Fogo. – O som vinha de trás; virou a cabeça e viu a gata. Mas não conseguia se mexer. Era como se maxilares gelados o prendessem, obrigando-o a manter o olhar na charneca castigada pelo vento.

Permaneceu rígido e percebeu que a gata não estava sozinha. Havia outro odor pairando, dolorosamente familiar.

– Presa Amarela? – ele falou baixinho. – É você?

Uma respiração fraca agitou seu pelo, e ele teve a impressão de ouvir a curandeira ronronar baixinho. – Ah, Presa Amarela! – ele exclamou. – Sinto tanto a sua falta. Como vai? Viu como Manto de Cinza está se saindo bem?

Na alegria em se reunir com a velha amiga, ele falou aos borbotões, mas não obteve resposta, embora lhe parecesse que o ronronar estava mais forte.

Então Folha Manchada se fez ouvir suavemente: – Trouxe-o aqui por um motivo. Olhe em volta; você se lembra deste lugar? É onde a batalha não acontecerá; onde o sangue não será derramado.

– Então me diga como evitar – Coração de Fogo pediu, sabendo que falava do ataque planejado por Estrela Azul ao acampamento do Clã do Vento.

Mas nada mais se ouviu, apenas um suspiro suave, que enfraqueceu e se mesclou ao vento. A paralisia que tomara o representante do Clã do Trovão se foi, e ele rodopiou; no entanto, as duas gatas tinham desaparecido. Ele sorveu o ar, desesperado pelo último traço de odor delas; mas foi inútil.

– Folha Manchada! – ele uivou. – Presa Amarela! Não vão embora!

A luz começou a mudar, tornando-se a luz comum das manhãs da estação das folhas caídas e, no lugar da charneca, Coração de Fogo viu acima dele galhos contra o céu, a cobertura chamuscada da toca dos guerreiros. Deitou de lado sobre o musgo, arfando.

– Coração de Fogo? – bem ao seu lado, uma voz ansiosa o chamava. Ele virou a cabeça e viu Tempestade de Areia. Ela lambeu a pelagem à volta de sua orelha e perguntou: – Você está bem?

– Estou, sim, estou bem – ele respondeu, esforçando-se para sentar. Agitou as orelhas para sacudir o musgo agarrado no pelo. – Foi apenas um sonho, só isso.

– Andei procurando por você – Tempestade de Areia disse. – Não vimos nada suspeito na patrulha do amanhecer. Pelo de Rato me contou sobre o que aconteceu na Assembleia. E a pilha de presas frescas praticamente se acabou. Pensei que poderíamos sair para caçar.

– Não posso, não agora. Tenho coisas a fazer. Mas seria ótimo se você pudesse levar a patrulha.

A gata alaranjada fitou Coração de Fogo, já se desvanecendo seu olhar condescendente. – Bem, está certo. Já que você está tão ocupado... – Ela parecia ofendida, mas o representante não tinha como explicar o que estava acontecendo. – Vou levar Cara Rajada e Pelo de Musgo Renda. – Ela se levantou e saiu, sem sequer olhar para trás.

Coração de Fogo lambeu a pata, esfregou o rosto, embalado pela preciosa lembrança do sonho. "A batalha não acontecerá; o sangue não será derramado", ele repetia para si. Será que Folha Manchada estava tentando falar que não se preocupasse, que o Clã das Estrelas daria um jeito de evitar a luta? Ou quis dizer que caberia a ele evitar o derramamento de sangue?

Coração de Fogo sentiu-se tentado a deixar tudo nas patas do Clã das Estrelas. O que ele *poderia* fazer quando a líder lhe passara aquelas ordens? Se obedecesse a Estrela Azul, iria contra a vontade do Clã das Estrelas? E ainda mais, contra seus instintos quanto ao que estava certo para o clã?

Coração de Fogo decidiu. Faria o que fosse preciso, mas o Clã do Trovão não lutaria contra o Clã do Vento.

CAPÍTULO 12

Coração de Fogo caminhou rapidamente e saiu do acampamento, esperando que os outros gatos não o vissem e lhe perguntassem aonde estava indo. Pelo Código dos Guerreiros, as ordens do líder deviam ser obedecidas sem questionamentos, o que, até aquele instante, ele sempre aceitara. Nunca imaginou que desobedeceria a Estrela Azul; no entanto, chegara a hora de escolher entre desafiar suas ordens ou assistir à destruição de seu clã. A única maneira que via de evitar a batalha era que Estrela Alta e Estrela Azul se reunissem e falassem sobre as evidências de furto de presas nos dois territórios. Se a gata compreendesse que o Clã do Vento estava sofrendo da mesma forma que o Clã do Trovão, Coração de Fogo tinha certeza de que ela cancelaria o ataque.

Não sabia o que a líder faria com ele depois, quando percebesse que fora ver Estrela Alta sem sua permissão. Esperava apenas que entendesse que era para o bem do clã.

Na entrada do túnel de tojo, Coração de Fogo deu uma última olhada no acampamento. Por alguns instantes observou Pata Brilhante praticando a posição de agachamento de caça sozinha, fora da toca dos aprendizes. Ela rastejou com leveza até uma folha morta e lançou o corpo, prendendo-a com as patas estendidas.

– Muito bem! – Coração de Fogo gritou.

Pata Brilhante levantou a cabeça, os olhos faiscando. – Obrigada, Coração de Fogo!

O representante acenou para a jovem e seguiu pelo túnel de tojo. O breve encontro tinha fortalecido sua determinação, pois a ávida aprendiz representava tudo o que era importante dentro do clã. Ele sabia que não podia deixar isso ser destruído.

Com o sol alto, já estava perto do riacho que ficava no caminho para Quatro Árvores. Parou por um momento para descansar. Em sua ansiedade e confusão, não tivera tempo de comer antes de deixar o acampamento, e o farfalhar na vegetação rasteira o lembrou como estava faminto. Colocou-se em posição de caça, mas, depois de um tique-taque de coração, percebeu que os sons não eram produzidos por uma presa. Vislumbrou uma pelagem escura e familiar, e farejou o cheiro de gatos do Clã do Trovão.

Intrigado, colou o corpo no chão atrás de uma moita de samambaia. Por que os gatos de seu clã estavam ali se ele não ordenou nenhuma patrulha naquela direção? Foi quando da vegetação rasteira surgiu Risca de Carvão, miando forte por cima do ombro. – Sigam-me. Tentem me acompanhar, vocês conseguem?

Duas formas pequenas surgiram das samambaias. Os olhos de Coração de Fogo se arregalaram de surpresa ao reconhecer os filhotes de Flor Dourada. Amora Doce saltou no ar, golpeando uma folha caída, enquanto Açafrão o seguia mais devagar.

– Estou cansada. Minhas patas estão doendo – a pequena gata malhada reclamou.

– O quê? Uma jovem forte como você? – Risca de Carvão retorquiu. – Não seja boba. Já estamos perto agora.

"O que está perto?", Coração de Fogo se perguntou alarmado. "O que você está fazendo aqui, e aonde está levando esses filhotes?" Esperava ver Flor Dourada com eles; com certeza, os filhotes jamais tinham estado tão longe do berçário; mas ela não apareceu.

Amora Doce correu para a irmã e lhe deu uma cutucada. – Vamos lá, vai valer a pena! – ele a animou.

Os filhotes correram atrás de Risca de Carvão para uma parte rasa, onde atravessaram o riacho, gritando de emoção e medo enquanto a água girava em torno de suas patas. Do outro lado do riacho, Risca de Carvão desviou-se do caminho que levava a Quatro Árvores, tomando uma trilha muito mais estreita, que passava sob as árvores. Uma explosão de indignação sacudiu Coração de Fogo. Sabia exatamente aonde esse caminho conduzia. O guerreiro estava levando os filhotes em direção à fronteira com o Clã das Sombras.

Coração de Fogo teve de esperar que tivessem subido a encosta além do riacho, antes de se atrever a sair das samambaias e segui-los. Quando os alcançou, já estavam perto da fronteira. Sentiu o odor forte do Clã das Sombras e viu que os filhotes pararam e começaram a cheirar o ar.

– Eca! O que é isso? – Açafrão guinchou.

– É uma raposa? – perguntou Amora Doce.

– Não, é o cheiro do Clã das Sombras – Risca de Carvão respondeu. – Vamos, estamos quase lá. – Atravessou os filhotes para o outro lado da fronteira, Açafrão reclamando do fedor que grudava em suas patas.

Mais irritado ainda, Coração de Fogo deslizou e abrigou-se sob um arbusto de cratego ainda no lado do Clã do Trovão, de onde poderia observar sem ser visto.

Ali perto, Risca de Carvão parou. Os filhotes se jogaram no capim, exaustos, logo se levantando, quando uma moita de samambaia farfalhou e dela saiu outro gato.

O recém-chegado era Estrela Tigrada. O representante do Clã do Trovão congelou, embora quase não tivesse se surpreendido. Adivinhara que Risca de Carvão esperava obter favores do líder do Clã das Sombras trazendo seus filhotes para vê-lo, mas a súbita aparição do enorme gato sugeria que o encontro fora marcado há algum tempo.

Coração de Fogo se perguntava se Flor Dourada sabia disso. Ela não estava ali com os filhotes, então talvez nem soubesse que Risca de Carvão os pegara. A gata podia imaginá-los desaparecidos. "Ela deve estar desesperada", o guerreiro pensou. Retesou os músculos, pronto para saltar e enfrentar o gato malhado, mas permaneceu no esconderijo e se concentrou no que estava acontecendo na sua frente.

Estrela Tigrada avançou, os músculos visíveis sob o pelo malhado escuro, até ficar na frente dos filhotes. Por um momento, ele os examinou, e então inclinou a cabeça para trocar toques de nariz, primeiro com Amora Doce, depois com Açafrão. Embora nunca tivessem visto um gato tão grande, os jovens se portaram bravamente, encarando o líder sem vacilar.

– Vocês sabem quem sou eu? – miou Estrela Tigrada.

– Risca de Carvão disse que iria nos levar para conhecer nosso pai – respondeu Amora Doce.

– Você é nosso pai? – Açafrão acrescentou. – Você cheira um pouco como nós.

Estrela Tigrada assentiu. – Sou.

Os filhotes trocaram um olhar de hesitação quando Risca de Carvão miou: – Esse é Estrela Tigrada, o líder do Clã das Sombras.

Os olhos dos filhotes se arregalaram, e Amora Doce exclamou: – Caramba! Uau! Você é realmente um líder de clã?

Quando Estrela Tigrada fez que sim, Açafrão miou empolgado. – Por que não podemos viver com você no seu clã? Você deve ter uma toca realmente legal.

– O lugar de vocês é com sua mãe por enquanto – ele respondeu, balançando a cabeça. – Mas não significa que eu não esteja orgulhoso de vocês. Eles parecem bem, são filhotes fortes – miou para Risca de Carvão. – Quando vão se tornar aprendizes?

– Daqui a mais ou menos uma lua. É uma pena eu já ter um aprendiz, ou poderia ser mentor de um deles.

As garras de Coração de Fogo se cravaram no chão, num tremelique de raiva. “Estrela Azul e eu é que decidimos quem serão os mentores, e não você, Risca de Carvão!” Ele quase sibilou em voz alta. "E você é o último gato que escolheríamos", acrescentou em silêncio.

Estrela Tigrada voltou seu olhar para os filhotes e perguntou: – Você sabem caçar? Sabem lutar? Querem ser bons guerreiros?

Eles assentiram com a cabeça, vigorosamente. – Eu vou ser o melhor guerreiro do clã! – Amora Doce se vangloriou.

Açafrão não quis ficar para trás. – E eu vou ser a melhor caçadora!

– Bom, muito bom. – Estrela Tigrada deu uma lambida rápida na cabeça de cada um.

Inevitavelmente Coração de Fogo lembrou-se de Listra Cinzenta, de como seu amigo tinha deixado o clã de nascimento para poder ficar com os filhotes que amava. Seria possível que Estrela Tigrada sofresse tanto quanto ele por ter sido separado de Amora Doce e Açafrão?

Foi quando o sangue de Coração de Fogo gelou ao ouvir Amora Doce perguntar: – Por favor, Estrela Tigrada, por que você é o líder do Clã das Sombras e nossa mãe é uma gata do Clã do Trovão?

– Eles não sabem? – o líder perguntou a Risca de Carvão, que fez que não. – Bom, então – o líder miou, voltando-se para os filhotes. – É uma longa história. Sentem-se, vou contar.

Coração de Fogo percebeu que era o momento de interromper. A última coisa que queria era que Estrela Tigrada contasse aos filhotes sua versão tendenciosa de sua saída do Clã do Trovão. Uma coisa era certa: Estrela Tigrada nunca admitiria ser assassino e traidor.

O gato saiu do abrigo no arbusto de cratego e dirigiu-se ao líder do Clã das Sombras: – Bom-dia, Estrela Tigrada. Você está bem longe de seu acampamento. E você também, Risca de Carvão. – O tom ficou mais afiado. – O que estão fazendo aqui com esses filhotes?

Ao se aproximar, percebeu, satisfeito, que sua aparição deixara sem palavras tanto Estrela Tigrada quanto Risca de Carvão. Por um tique-taque de coração, ambos permaneceram boquiabertos, enquanto os filhotes atravessavam aos pulos o capim para ir ao encontro do representante.

– Esse é o nosso pai! – Açafrão anunciou, empolgada. – Percorremos todo o caminho desde o acampamento para vê-lo.

– Por que ninguém nos disse que ele era líder de clã? – Amora Doce quis saber.

Coração de Fogo não desejava responder e, por isso, confrontou Risca de Carvão com olhos em fendas. – Então?

– Como você sabia que estávamos aqui? – Risca de Carvão disparou.

– Vi vocês atravessando o riacho. Fizeram barulho suficiente para acordar a floresta inteira.

– Coração de Fogo. – Estrela Tigrada abaixou a cabeça, a saudação cortês de um líder para o representante de outro clã. Não havia hostilidade em seu tom. – Culpe a mim, e não a Risca de Carvão. Queria ver meus filhotes. Com certeza, você não me negaria isso.

– Está tudo muito bem – respondeu Coração de Fogo, confuso. – Mas Risca de Carvão não deveria tê-los apanhado sem permissão. É perigoso deixar filhotes vagando tão longe do acampamento. – "Especialmente com aquele cachorro solto na floresta", pensou.

– Eles não estão vagando, estão comigo – Risca de Carvão assinalou.

– E se um falcão atacasse? Ainda há poucos esconderijos em algumas partes da floresta. Você esqueceu Bolinha de Neve? – Um dos filhotes deixou escapar um gemido e Coração de Fogo parou; não queria assustá-los. – Leve-os de volta ao acampamento, Risca de Carvão. Agora.

O gato malhado de preto e cinza trocou um olhar com Estrela Tigrada e deu de ombros. Miou para os filhotes: – Vamos lá. Coração de Fogo mandou, e devemos obedecer.

Os dois filhotes se afastaram do pai e seguiram o guerreiro, rumo ao acampamento.

– Despeçam-se do pai de vocês antes de partir – Coração de Fogo miou, obrigando-se a falar em tom amigável. – Vocês vão vê-lo de novo quando forem aprendizes e puderem ir às Assembleias.

Os filhotes se viraram para miar um adeus.

– Adeus. Sejam aplicados e ficarei orgulhoso de vocês – disse o enorme felino.

Ele e Coração de Fogo ficaram lado a lado enquanto Risca de Carvão guiava os jovens descendo a encosta e atravessando o riacho. Quando desapareceram no mato, Estrela Tigrada miou: – Cuide desses filhotes, Coração de Fogo. Estarei de olho neles.

O coração do gato de pelo rubro estava aos pulos. Quando expusera a traição do antigo representante, Estrela Tigrada tinha ameaçado matá-lo. Agora, estavam sozinhos mais uma vez, e, se o líder do Clã das Sombras resolvesse atacá-lo, não haveria nenhuma ajuda por perto. Os músculos de Coração de Fogo se retesaram, mas Estrela Tigrada não fez nenhum movimento em sua direção.

– Vou cuidar que sejam bem tratados – Coração de Fogo miou finalmente. – Tenho certeza de que eles serão leais ao clã. O Clã do Trovão cuida de todos os seus filhotes.

– É mesmo? – Estrela Tigrada estreitou os olhos cor de âmbar. – Fico feliz em saber.

Coração de Fogo lembrou com um tremelique que ele conhecia a história dos dois filhotes levados para Poça Cinzenta. Esperou que o líder do Clã das Sombras o desafiasse falando no assunto, mas isso não aconteceu, embora sua expressão de quem sabe de tudo o tivesse gelado. Era como se ele tivesse certeza de que o gato rubro poderia contar-lhe muito mais.

Mas Estrela Tigrada apenas abaixou a cabeça de novo e miou antes de partir: – Vamos nos ver na próxima Assembleia. Devo voltar para o meu clã agora.

Coração de Fogo certificou-se de que o líder do Clã das Sombras tinha realmente partido antes de se afastar também, seguindo a fronteira em direção a Quatro Árvores. Mesmo odiando admitir, não achava que Risca de Carvão tivesse causado qualquer dano real ao tirar os filhotes do berçário. O representante deveria lhes dizer, finalmente, que seu pai era o líder do Clã das Sombras, e, na verdade, tinha se comportado com mais moderação do que ele acreditava possível.

Com firmeza, tirou o episódio da mente. O tempo estava acabando. Antes do pôr do sol, sabia, precisava falar com Estrela Alta e encontrar outro jeito de resolver a disputa sobre as presas roubadas.

CAPÍTULO 13

Coração de Fogo zuniu de uma moita de tojo para a seguinte, atravessando a charneca na direção do acampamento do Clã do Vento. Ele correu com a barriga colada na turfa, tentando não ser visto e louco para chegar à densa vegetação rasteira de seu território. Da última vez que visitara o acampamento, quando o Clã do Trovão ajudou o Clã do Vento numa batalha contra os dois outros clãs, não houve necessidade de se esconder. Agora ele não ousava aparecer, até encontrar Estrela Alta ou ao menos um dos gatos que considerava amigos; se é que algum deles ainda agiria como amigo depois da desastrosa Assembleia. As patrulhas do Clã do Vento já o tinham atacado no território delas; agora seriam ainda mais hostis.

O odor do Clã do Vento impregnava o lugar, mas ele ainda não vira nenhum felino. O sol já terminava de cruzar o céu. Coração de Fogo tentava não pensar a respeito. Quase surtou ao lembrar que faltava pouco para Estrela Azul iniciar o ataque.

Estava atravessando um dos riachos rasos da charneca, pulando de pedra em pedra, quando sentiu um odor mais forte do Clã do Vento, junto com cheiro de coelho. Sua barriga rosnou, mas era necessário ignorar a reclamação. Não havia como tomar uma presa do Clã do Vento agora; ainda mais que o cheiro indicava uma patrulha de caça bem próxima. Mergulhando numa moita de samambaias na beira da água, ele olhou com cuidado para localizar de onde vinha o odor.

Três gatos subiam o rio na direção dele. À frente da patrulha, seu velho amigo Bigode Ralo; o coração de Coração de Fogo ficou aliviado. Pata de Tojo estava com seu mentor; ambos carregavam coelhos. Mas, para seu desânimo, o terceiro gato era Garra de Lama, o guerreiro malhado de marrom-escuro que impedira a passagem de Estrela Azul pelo território do Clã do Vento para chegar às Pedras Altas. Ele jamais lhe permitiria levar uma mensagem a Estrela Alta.

Mas parecia que a sorte – ou a boa vontade do Clã das Estrelas – estava do lado dele. Com a boca cheia de presas, os gatos do Clã do Vento não conseguiam perceber seu cheiro do Clã do Trovão, e passaram a duas caudas de distância. Foi quando Pata de Tojo, que lutava com um coelho quase tão grande quanto ele, parou para ajeitar a pegada e ficou para trás. Coração de Fogo viu surgir sua chance. – Pata de Tojo!

O jovem elevou a cabeça, as orelhas pinicando.

– Aqui, nas samambaias!

O gato virou e seus olhos se arregalaram ao ver a cabeça de Coração de Fogo sair do meio das folhas avermelhadas. Abriu a boca, mas o representante logo sinalizou que se calasse.

– Ouça, Pata de Tojo – ele miou. – Quero que diga a Bigode Ralo que estou aqui, mas não deixe Garra de Lama saber, certo? – O aprendiz hesitou, atrapalhado, e Coração de Fogo insistiu: – Preciso falar com ele. É importante para nossos clãs. Você *precisa* confiar em mim.

O desespero de sua voz tocou Pata de Tojo, que parou por um instante e concordou: – Certo, espere aqui.

Ele voltou a pegar seu coelho e foi atrás dos outros guerreiros. O gato avermelhado afundou mais ainda nas samambaias e lá ficou agachado, esperando. Logo depois ouviu bem perto do esconderijo uma voz murmurar: – Coração de Fogo, é você?

Aliviado, reconheceu a voz de Bigode Ralo. Cauteloso, olhou do meio do abrigo de samambaias e se empertigou ao ver que o amigo estava sozinho.

– Obrigado, Clã das Estrelas! – ele exclamou. – Pensei que você não vinha.

– É bom que seja por um bom motivo – Bigode Ralo miou, olhando sério para Coração de Fogo, sem traço do seu costumeiro jeito amigável. – Foi difícil me livrar de Garra de Lama. Você sabe que teria virado carniça se ele soubesse que você está em nosso território. – Ele se aproximou e grunhiu: – Estou arriscando meu pescoço. Espero que valha a pena.

– Vale, sim, prometo. Vim para falar com você. Preciso me encontrar com Estrela Alta, é muito importante – ele acrescentou. Bigode Ralo não tirava os olhos do representante do Clã do Trovão.

Por alguns tique-taques de coração, Coração de Fogo teve medo que o amigo recusasse, ou até o atacasse e o expulsasse do território do Clã do Vento.

Mas ficou aliviado quando, enfim, Bigode Ralo falou de forma menos hostil, como se começasse a perceber a urgência do pedido. – Do que se trata? Estrela Alta vai arrancar meu pelo se eu levar um felino do Clã do Trovão ao acampamento sem uma boa razão.

– Não posso lhe dizer. Só posso contar a Estrela Alta. Mas, acredite, é para o bem dos dois clãs.

Bigode Ralo ainda hesitou: – Não faria isso por outro gato, só por você – ele miou finalmente; rodopiou, elevou a cauda e atravessou a charneca.

Coração de Fogo correu atrás. Bigode Ralo parou no alto da encosta, olhando seu acampamento do alto. Os raios do sol poente lançavam sombras sobre os arbustos de tojo, que ladeavam o vale. Os dois gatos estavam ali quando uma patrulha passou. Coração de Fogo sentia os olhares do grupo, de curiosidade mesclada com rivalidade.

– Vamos – miou Bigode Ralo, abrindo caminho entre o tojo, até chegarem a uma clareira arenosa no meio dos arbustos.

Ao sair numa passagem estreita no meio dos espinhos, Coração de Fogo viu Estrela Alta agachado de um lado da clareira, perto de uma pilha de presas frescas. Mais guerreiros do Clã do Vento o rodeavam. O primeiro a elevar o olhar foi o representante do clã, Pé Morto, que cutucou o líder, miando algo rapidamente em sua orelha.

Estrela Alta se levantou e atravessou a clareira, onde Coração de Fogo e Bigode Ralo esperavam. Pé Morto se pendurou em seu ombro, outros gatos vinham logo atrás. Coração de Fogo reconheceu Casca de Árvore, o curandeiro do Clã do Vento, e Garra de Lama, com os dentes expostos num esgar.

– Bem, Bigode Ralo – disse Estrela Alta com a voz neutra, sem nada transparecer. – Por que você trouxe Coração de Fogo aqui?

O gato marrom abaixou a cabeça. – Ele diz que precisa lhe falar.

– E isso quer dizer que ele simplesmente foi entrando no nosso acampamento? – Garra de Lama cuspiu. – Ele pertence a um clã inimigo!

Estrela Alta balançou a cauda num sinal para que o guerreiro se calasse, e olhou direto nos olhos de Coração de Fogo, miando apenas: – Estou aqui. Fale.

Aumentou o número de gatos que ladeavam o líder, pois outros felinos do Clã do Vento souberam a respeito do invasor e foram ver o que estava acontecendo. – Mas o que tenho a dizer não é para ser ouvido por todos, Estrela Alta – ele gaguejou.

Por um tique-taque de coração, pensou ouvir um leve rosnado na garganta de Estrela Alta, que finalmente meneou a cabeça e disse: – Certo, vamos para minha toca. Pé Morto, venha conosco; você também, Bigode Ralo. – Tomaram todos a direção da pedra no extremo da clareira, o líder à frente, com a longa cauda empinada, seguido pelos dois guerreiros, que escoltavam Coração de Fogo.

A toca do líder do Clã do Vento se abrigava sob uma parte projetada da pedra, do outro lado do acampamento. Estrela Alta entrou e se instalou confortavelmente em um ninho de urze, encarando Coração de Fogo. – E então?

Havia sombras na toca, e o representante do Clã do Trovão mais sentia do que via as formas dos felinos que o vigiavam. O ambiente era tenso, como se os guardas esperassem o menor pretexto para atacá-lo. Atravessara a charneca pensando o que falaria, mas ainda não sabia como convencer Estrela Alta de que havia um modo de evitar o ataque.

– Você sabe que Estrela Azul está insatisfeita com a perda de presas – Coração de Fogo começou.

Imediatamente a pelagem dos ombros do líder do Clã do Vento começou a se arrepiar. – O Clã do Vento *não* roubou as presas do Clã do Trovão! – ele disparou.

– Também achamos restos espalhados – Pé Morto afirmou, dando um passo à frente com seu andar manco, ficando focinho com focinho com Coração de Fogo. – Você tem certeza de que o *Clã do Trovão* não está roubando *nossas* presas?

Coração de Fogo se esforçou para não se intimidar. – Claro! – ele protestou. – Isso não é coisa de gato.

– Então o que aconteceu? – Bigode Ralo perguntou.

– Acho que há um cachorro vivendo na floresta. Sentimos o cheiro, e descobrimos um monte de cocô.

– Um cachorro! – Bigode Ralo repetiu, os olhos estreitados em fendas, pensativos. – Como assim? Perdeu-se do Duas-Pernas?

– Certamente – Coração de Fogo miou.

– Pode ser... – miou Estrela Alta, novamente com a pelagem do ombro abaixada, para alívio do representante do Clã do Trovão. – Nós também sentimos cheiro de cachorro em nosso território recentemente, mas eles sempre estão com os Duas-Pernas. – Mais confiante, prosseguiu: – Sim, pode ser que um cachorro esteja matando os coelhos. Vou mandar nossas patrulhas prestarem atenção.

– Mas você não veio até aqui para nos dizer isso? – Pé Morto miou. – O que você tem em mente, Coração de Fogo?

O gato de pelo cor de flama respirou fundo. Não queria trair sua líder contando a Estrela Alta sobre seus planos de ataque, mas sim sugerir ao líder do Clã do Vento que a batalha poderia ser evitada se ele conversasse com Estrela Azul sobre o roubo das presas.

– Não consigo convencê-la sobre o cachorro – explicou. – Ela se sente ameaçada pelo Clã do Vento e, mais cedo ou mais tarde, isso vai acabar em luta, a não ser que façamos alguma coisa. – Não podia contar aos guerreiros inimigos que a batalha aconteceria muito antes, se ele falhasse agora. – Pode haver gatos feridos, mortos até, por nada.

– E o que você espera que eu faça? – Estrela Alta perguntou, impaciente. – Ela é sua líder; o problema é seu.

Coração de Fogo ousou dar dois passos na direção do líder do Clã do Vento. – Vim pedir que se encontre com ela. Se discutirem em particular, podem selar a paz.

– Estrela Azul quer marcar um encontro? – Pé Morto perguntou, descrente. – A última vez que a vimos, parecia que ela ia pular em nosso pescoço.

– Essa ideia não é dela; é minha – Coração de Fogo confessou.

Os três gatos do Clã do Vento o fitaram. Finalmente Bigode Ralo quebrou o silêncio: – Isso quer dizer que você está agindo por trás de sua líder?

– É pelo bem de ambos os clãs – ele insistiu.

O guerreiro achou que ia ser posto para correr, mas, para seu alívio, Estrela Alta estava pensativo e miou. – Certamente prefiro conversar a lutar; mas como vamos acertar o encontro? Ela estará disposta a ouvir, mesmo sabendo que você falou conosco sem seu conhecimento? – Sem esperar resposta, ele continuou: – Talvez seja melhor eu enviar um mensageiro propondo um encontro em Quatro Árvores. Mas você pode garantir a segurança de um gato do Clã do Vento no seu território?

Coração de Fogo não disse nada, o que equivalia a uma resposta.

Estrela Alta deu de ombros. – Lamento, não vou pôr em risco nenhum dos meus guerreiros. Se Estrela Azul decidir conversar, sabe onde nos encontrar. Bigode Ralo, é melhor levar Coração de Fogo novamente a Quatro Árvores.

– Espere! – o gato de pelagem vermelha protestou. Teve uma ideia repentina, talvez enviada pelo Clã das Estrelas. – Sei o que você pode fazer.

Os olhos de Estrela Alta brilharam na escuridão reinante. – O quê?

– Você conhece Pata Negra? Vive isolado numa fazenda à beira do nosso território, perto das Pedras Altas. Ele nos deu abrigo na jornada para trazer vocês para casa, lembra?

– Eu o conheço – miou Bigode Ralo. – É um gato decente, embora não seja um guerreiro. O que tem ele?

Coração de Fogo voltou-se para ele, ansioso. – Ele pode levar a mensagem, pois tem a permissão de Estrela Azul para entrar em nosso território, pois antes pertencia ao Clã do Trovão.

Estrela Alta se mexeu no ninho de urze. – Parece que pode funcionar. O que acha, Pé Morto?

O representante concordou com um grunhido relutante.

– Vá, então! – Coração de Fogo apressou Bigode Ralo, ao constatar que o tempo era curto. – Vá agora. Diga-lhe que peça a Estrela Azul para encontrar Estrela Alta ao amanhecer, em Quatro Árvores. – Havia pouco tempo para Bigode Ralo encontrar Pata Negra, e para Pata Negra levar a mensagem ao acampamento do Clã do Trovão antes de Estrela Azul sair para o ataque planejado. Coração de Fogo fez uma prece silenciosa ao Clã das Estrelas, pedindo que Bigode Ralo logo encontrasse o isolado na fazenda dos Duas-Pernas.

Bigode Ralo olhou para seu líder, que fez que sim. Imediatamente o gato saiu da toca e desapareceu na escuridão.

Estrela Alta fitou Coração de Fogo com olhos em fendas. – Por que acho que há alguma coisa que você não me contou? – ele miou. Para alívio do gato de pelagem rubra, ele não o pressionou exigindo mais respostas. – Está na hora de você ir – continuou. – Pé Morto, escolte-o até a saída do nosso território. E, Coração de Fogo, estarei em Quatro Árvores ao amanhecer, mas é o máximo que posso fazer. Se Estrela Azul quer paz, ela que esteja lá.

– Em Quatro Árvores ao amanhecer – Coração de Fogo repetiu, e seguiu o representante até a saída.

Coração de Fogo foi rápido no retorno a Quatro Árvores e a seu próprio território. Ele não comia desde a véspera, desde antes da Assembleia; a barriga doía de fome e as patas começavam a tremer; assim, foi obrigado a parar e caçar.

Parou quando chegou ao riacho; captou o som de um rato silvestre se agitando entre os juncos na beira da água. O felino elevou a cabeça para farejar o ar e localizou a criatura mais pelo olfato que pela visão. Pulou e afundou as garras na presa. Assim que a engoliu, sentiu a força retornar, e então rumou para seu acampamento com velocidade renovada. A lua se elevara acima das árvores quando ele deslizou ravina abaixo, lembrando-o de que ainda tinha tempo, até a lua se pôr, para escolher os guerreiros que seguiriam para o planejado ataque de Estrela Azul. Ele voltou a ser otimista. Estrela Alta concordara em conversar; certamente a líder perceberia que aquela guerra era desnecessária.

Quase chegando à entrada para a clareira, virou-se ao ouvir seu nome. Era Nevasca que o seguira pela ravina, à frente da patrulha noturna. Estavam com ele Pata Brilhante, Pata de Nuvem e Pele de Geada.

– Tudo tranquilo? – Coração de Fogo perguntou, quando o gatão branco se aproximou.

– Tranquilo como o sono dos filhotes. Nenhum sinal de cachorro. Talvez, finalmente, tenha sido encontrado pelo seu dono Duas-Pernas.

– Talvez – Coração de Fogo miou. De repente ele decidiu contar a Nevasca onde estivera. Queria ao menos partilhar com outro guerreiro a esperança de não começar uma batalha com o Clã do Vento. – Na verdade, Nevasca, tenho um assunto para conversarmos. Você tem um minuto?

– Claro, se você não se importar de eu comer enquanto o ouço...

Nevasca mandou os dois aprendizes irem até a pilha e se servirem; eles correram até lá e iniciaram uma briga de mentira por causa de um pica-pau. Pele de Geada rumou para a toca dos guerreiros com um rato silvestre, enquanto Nevasca escolheu um esquilo, levando-o para um canto sossegado perto do trecho de urtiga que acabara de nascer.

Coração de Fogo o seguiu. – Nevasca, Estrela Azul me mandou esta manhã... – Calmamente contou ao guerreiro veterano toda a história da crença obsessiva da líder de que o Clã do Vento estava roubando presas e sua ordem de atacar, até a decisão que ele tomara, de promover um encontro entre os dois líderes.

– O quê? – Nevasca, incrédulo, encarou o representante. – Você fez isso pelas costas de Estrela Azul? – Sua voz chegou a falhar, e ele, confuso, balançou a cabeça.

Coração de Fogo se pôs na defensiva de imediato: – Que mais eu podia fazer?

– Podia ter me consultado – respondeu, zangado, o gatão branco, com a pelagem arrepiada – Ou a outro veterano. Teríamos ajudado a encontrar uma solução.

– Lamento – respondeu o representante, com o coração aos pulos. – Não queria envolver outros gatos no problema. Fiz o que achei melhor. – Ele agiu sozinho por causa do Código dos Guerreiros, sabendo que não podia pedir que outros felinos desafiassem as ordens da líder.

Nevasca tinha o olhar pensativo. – Acho que precisamos contar o fato aos demais guerreiros – ele miou, afinal. – Precisarão estar prontos para o ataque planejado por Estrela Azul, no caso de Pata Negra não vir; e, mesmo que ela concorde com o encontro, pode querer levar uma patrulha. Aposto o valor de uma lua da patrulha do amanhecer que Estrela Alta imagina que algo está para acontecer. Não podemos ter certeza de que ele não vai nos preparar uma emboscada.

Coração de Fogo concordou com a cabeça, respeitoso. – Você está certo, Nevasca. Acredito neles, mas devemos estar preparados.

– Vou procurar alguns aprendizes para tomarem conta do acampamento. Reúna os guerreiros.

Coração de Fogo atravessou a clareira correndo, até a toca dos guerreiros. A maioria estava lá, os gatos enroscados, dormindo em seus ninhos. Cutucou Tempestade de Areia para acordá-la. A jovem piscou para ele: – O que foi?

– Acorde os outros, por favor. Nevasca e eu temos algo importante a dizer a todos. – Tempestade de Areia se levantou desajeitadamente. – O que você quer dizer com "algo importante"? Estamos no meio da noite!

Coração de Fogo não respondeu e voltou a sair, para procurar os outros guerreiros. Encontrou Cara Rajada em visita às rainhas no berçário, e Pelo de Rato chegando ao acampamento com a boca cheia de presas frescas depois de uma patrulha das altas horas. Coração de Fogo ficou pensando se devia chamar Manto de Cinza, mas ponderou que seria melhor explicar-lhe a situação a sós.

Quando voltou à toca dos guerreiros, os outros felinos já estavam despertos. Um minuto depois, Nevasca passou sob a coberta de galhos e pôs-se ao seu lado.

– O que está acontecendo? – Risca de Carvão perguntou, mal-humorado, sacudindo o musgo grudado na orelha. – Acho bom ser uma coisa que preste.

Coração de Fogo, nervoso, sentiu o estômago se agitar, imaginando como os companheiros de clã iriam reagir ao saber o que fizera. Nevasca fez-lhe um sinal, cutucando-o para falar.

Coração de Fogo começou a contar, depois de respirar fundo. Explicou o plano de ataque da líder e como ele tentara costurar uma solução pacífica para o problema. Os companheiros ouviram num silêncio de estupefação. O representante sentia perfeitamente que os gatos tinham os olhos fixos em sua figura, brilhando ao luar que atravessava as falhas do telhado. Estava particularmente ciente do olhar verde-claro de Tempestade de Areia, agachada perto dos galhos do lado de fora, mas não conseguia fitá-la. Apenas esperava que os guerreiros compreendessem que agira na melhor das intenções, para evitar a batalha e salvar vidas.

– Estrela Alta concordou com o encontro em Quatro Árvores – ele concluiu. – Pata Negra logo chegará para falar com Estrela Azul sobre isso.

Preparou-se para uma explosão dos outros guerreiros, mas nenhum deles parecia saber o que dizer. Apenas se olhavam, atônitos.

Finalmente, Pelo de Rato perguntou: – Nevasca, você está de acordo com a atitude de Coração de Fogo?

O representante esperou a resposta, com os olhos fixos nas patas. Precisava desesperadamente do apoio do guerreiro branco, por causa do respeito de que gozava junto dos demais, mas sabia que Nevasca não aprovava de todo os seus atos, apesar da boa intenção.

– Eu não teria feito isso – falou com a usual e serena autoridade. – Mas acho que ele está certo quanto a não atacar o Clã do Vento. Não acredito que eles tenham roubado nossas presas. Há um cachorro solto; eu mesmo senti o cheiro.

– Eu também, perto das Rochas das Cobras – confirmou Pelo de Rato.

– Em Quatro Árvores também – miou Pelo de Musgo Renda. – Não podemos culpar o Clã do Vento.

– Mas você está pedindo que escondamos segredos de Estrela Azul! – Tempestade de Areia pôs-se de pé; e finalmente Coração de Fogo teve de enfrentar seu olhar verde e desafiador.

O representante teve um tremelique de decepção. Não esperava que a primeira objeção viesse de Tempestade de Areia. – Lamento – ele miou. – Não tive escolha.

– Exatamente o que eu esperaria de um gatinho de gente – rosnou Risca de Carvão. – Tem ideia do significado do Código dos Guerreiros?

– Sei muito bem o que ele significa – Coração de Fogo se defendeu. – É pela minha lealdade ao clã que não quero que haja uma batalha desnecessária. E, tanto quanto qualquer gato, respeito o Clã das Estrelas. Não acredito que deseje que ataquemos esta noite.

Risca de Carvão movimentou as orelhas num ato de deboche, mas não disse mais nada. Coração de Fogo olhou em volta, para ver se tinha o apoio dos guerreiros. Quando Estrela Azul abrir mão de sua última vida e for juntar-se ao Clã das Estrelas, ele percebeu, desconfortável, que podia ter de liderar o clã e, se não conseguisse contar com a lealdade e o respeito dos felinos, a tarefa seria impossível.

– É isso que tem importância – ele continuou, em desespero. – O Clã do Vento não fez nada de errado. E temos muito a fazer, reconstruindo o acampamento e mantendo as patrulhas, sem nos envolvermos numa batalha perigosa e desnecessária. Como vamos nos alimentar e nos preparar para a estação sem folhas se nossos guerreiros estiverem feridos, ou até mortos?

– Ele tem razão – Cara Rajada falou, e os demais se viraram para olhá-la. – Nossos filhos estariam na luta – ela continuou, calma. – Não queremos que sejam feridos por nada.

Pele de Geada concordou, mas os outros guerreiros ainda discutiam em murmúrios. Novamente ele percebeu a angústia dos olhos pálidos e verdes de Tempestade de Areia. Compreendia como ela se sentia, dividida entre a lealdade a Estrela Azul e seu compromisso com ele. Tudo que o representante queria agora era encostar-se no corpo da gata alaranjada, esquecendo os problemas no doce cheiro de sua pelagem, mas ele precisava continuar ali, na frente dos guerreiros, esperando pela decisão de apoiá-lo.

– Então, o que você quer que façamos? – Rabo Longo miou, finalmente.

– Vou precisar de um grupo de guerreiros dispostos a seguir com Estrela Azul a Quatro Árvores. Se Pata Negra não vier, ou se Estrela Azul não concordar com o encontro, ela será nossa comandante na batalha. E se acontecer de... – Sua voz falhou; ele engoliu em seco.

– Sim, e aí? – Tempestade de Areia perguntou. – Quer que desobedeçamos às ordens diretas de Estrela Azul? Que voltemos as costas e fujamos? Pelagem de Poeira, diga a Coração de Fogo que essa ideia é digna de um cérebro de camundongo!

As orelhas de Pelagem de Poeira se retesaram de surpresa. Coração de Fogo sabia muito bem que parte da rivalidade em relação a ele se devia à clara preferência que Tempestade de Areia lhe demonstrava agora. Preparou-se para mais críticas, mas Pelagem de Poeira foi hesitante: – Não sei. Coração de Fogo tem razão quanto a ser uma hora ruim para uma batalha e, além disso, nenhum gato acredita seriamente que o Clã do Vento esteja roubando nossas presas. Se Estrela Azul pensa assim, então... bem... – Ele se calou, arranhando o chão.

– É compreensível que Estrela Azul não confie no Clã do Vento – Coração de Fogo miou, instintivamente defendendo a líder. – Não desde que a impediram de ir até as Pedras Altas. E nunca soubemos de cães soltos na floresta antes. Mas não há nenhuma evidência de que o Clã do Vento tenha apanhado esses coelhos, e há muitas que mostram que foi um cachorro.

– O que, então, você sugere, no caso de haver luta? – perguntou Pelo de Rato. – Voltar ao acampamento quando Estrela Azul der a ordem de atacar?

– Não. Estrela Alta parecia disposto a encontrar Estrela Azul em paz e, se dermos sorte, ele estará acompanhado de apenas um ou dois guerreiros. Não vai acontecer uma luta.

– Isso tudo é um grande *se* – miou Pelo de Rato, cética, balançando a cauda. – E se o Clã do Vento achar o mesmo e nos preparar uma emboscada? Viramos carniça. – O representante do Clã do Trovão se encolheu porque ela, assim como Nevasca, não confiava em Estrela Alta.

– Eu não vou – Rabo Longo anunciou em voz alta. – Deixar que o Clã do Vento acabe conosco? Não tenho cérebro de camundongo!

Pelagem de Poeira, que estava perto, virou a cabeça e o olhou de forma cáustica e debochada, miando: – Não, *você é* um covarde.

– Não sou! – o gato protestou num grito agudo. – Sou leal ao Clã do Trovão!

– Certo, Rabo Longo – Coração de Fogo o cortou. – Não precisamos de todos os guerreiros. Você pode ficar de guarda no acampamento. – E acrescentou: – Isso serve para todos vocês. Se não querem participar, fiquem. – Tenso, ele esperou pelas respostas, examinando os rostos contraídos na luz sombria da toca.

– Eu vou – miou Nevasca, finalmente. – Acho que podemos confiar que Estrela Alta vai preferir não lutar, se houver uma alternativa.

Coração de Fogo deu-lhe um olhar agradecido, já que os outros guerreiros hesitavam, murmurando entre si ou se mexendo, incomodados, na cama de musgo.

– Também vou – Pelo de Musgo Renda disse, nervoso, por ser o primeiro a se manifestar entre tantos guerreiros mais velhos.

– Conte comigo – miou Pelagem de Poeira. – Sua cauda chicoteou na direção de Coração de Fogo. – Mas, se o Clã do Vento atacar, vou lutar. Não vou me deixar rasgar por garras de gato nenhum.

Os demais também se dispuseram a ir, para surpresa de Coração de Fogo. Risca de Carvão também, mas Pelo de Rato se recusou.

– Lamento, Coração de Fogo – ela miou. – Acho que tem sentido o que você diz, mas não é essa a questão. O

Código dos Guerreiros não é algo a que se obedeça quando convém. Não me sinto capaz de desobedecer à minha líder se ela me der ordem de atacar.

– Bem, eu *vou* – afirmou Cara Rajada. – Não quero ver meus filhos feitos em pedacinhos numa batalha que não precisamos lutar.

– Estou dentro! – miou Pele de Geada. Seu olhar percorreu os guerreiros à sua volta quando acrescentou: – Não criamos filhotes para lutarem em batalhas injustas.

Finalmente Coração de Fogo teve de encarar Tempestade de Areia, até então calada. Não imaginava o que faria se ela lhe recusasse apoio. – Tempestade de Areia? – ele miou, hesitante.

A gata se agachou, com a cabeça baixa, sem enfrentar seu olhar. – Vou com você. Sei que você está certo quanto aos cachorros, mas ainda detesto mentir para Estrela Azul.

O representante se aproximou e lambeu-lhe rapidamente a orelha, querendo agradecer, mas ela se afastou, sem olhá-lo.

– E os aprendizes? – Risca de Carvão perguntou. – Você quer que eles venham conosco? Pata de Avenca é jovem demais para se envolver.

– Concordo – Pelagem de Poeira miou rapidamente.

Com tanta tensão, Coração de Fogo nem deu um ronronar de prazer ao ouvir Pelagem de Poeira traindo a quedinha que sentia pelo aprendiz de Risca de Carvão.

– Preferia manter Pata Brilhante fora disso – miou Nevasca.

– Mas Estrela Azul não acharia estranho não levarmos nenhum aprendiz? – perguntou Pelo de Musgo Renda.

– É uma boa questão. – Coração de Fogo fez um gesto com a cabeça para o jovem guerreiro. – Certo, então. Levaremos Pata Ligeira e Pata de Nuvem. Mas só se Estrela Azul quiser levar muitos gatos; vamos contar a eles o que está acontecendo *depois* de partirmos. Se não, a notícia se espalha pelo acampamento.

Surpreso, Coração de Fogo percebeu que mais guerreiros do que precisava o apoiavam. Se Pata Negra chegasse a tempo e Estrela Azul concordasse com o encontro, ficaria estranho chegar com uma patrulha inteira de guerreiros. Além disso, não queria deixar o acampamento vulnerável a ataques, sobretudo agora. – Por que Pele de Geada e Pelo de Musgo Renda não ficam para ajudar a proteger o acampamento? – ele sugeriu. – Agradeço o apoio, mas vocês podem ser necessários aqui.

Os dois felinos trocaram olhares e concordaram com um aceno.

– Agora é melhor os demais irem dormir um pouco. Vamos partir quando a lua se deitar.

Coração de Fogo observou os guerreiros se instalarem em suas camas, mas não foi deitar. Sabia que não ia conseguir dormir, e queria contar ele mesmo a Manto de Cinza o que estava acontecendo, antes que ela soubesse por outro gato. Se não fosse por sua fé em Folha Manchada, teria começado a duvidar há muito tempo de que conseguisse impedir a batalha. Parecia haver tanta coisa que poderia dar errado: Pata Negra não trazer a mensagem a tempo; Estrela Azul se recusar a falar com Estrela Alta; o Clã do Vento lhes preparar uma emboscada em Quatro Árvores...

Coração de Fogo se sacudiu e entrou pela clareira. Olhou em volta, atrás de algum sinal de Pata Negra, mas o acampamento era só silêncio, banhado pelo luar. Um par de olhos brilhava na entrada para o túnel de tojo e, chegando mais perto, ele distinguiu a forma pálida de Pata Gris, em posição de guarda.

– Você conhece Pata Negra? – ele perguntou; depois de o aprendiz ter confirmado, ele continuou: – Ele esteve aqui esta noite?

Confuso, o jovem fez que não.

– Se ele aparecer, deixe-o entrar e o leve diretamente para falar com Estrela Azul, certo?

– Certo, Coração de Fogo. – Pata Gris estava claramente morto de curiosidade, mas não fez perguntas.

O representante fez um gesto com a cabeça e foi atrás de Manto de Cinza. Ao chegar à toca da curandeira, viu-a do lado de fora, conversando com Pelo de Rato.

As duas gatas olharam ao redor quando ele se aproximou.

– Coração de Fogo? – Manto de Cinza miou, pondo-se de pé devagar. – O que é isso que Pelo de Rato está me contando? Por que não me chamaram para a reunião? – Seus olhos azuis faiscavam, aborrecidos.

– Era um encontro de guerreiros – o gato avermelhado explicou, embora ele mesmo achasse fraca a desculpa.

– Certo – ela disse, seca. – Você achou que eu não estaria interessada em guardar segredos de Estrela Azul?

– Não se trata disso! – ele protestou. – Vim aqui para lhe contar agora. Pelo de Rato – ele acrescentou, olhando-a de forma hostil. – Você não devia estar descansando?

A gata devolveu o olhar, rodopiou e sumiu na escuridão.

– E então? – cobrou Manto de Cinza.

– Parece que Pelo de Rato já lhe contou. Também não gosto dessa situação, mas qual é a opção? Você acha mesmo que o Clã das Estrelas deseja que haja uma guerra na floresta, principalmente uma guerra injusta?

– O Clã das Estrelas não me mostrou nada sobre qualquer batalha – ela admitiu. – Eu não quero um banho de sangue, mas essa é a única forma de impedi-lo?

– Se tiver uma ideia melhor, me diga.

A curandeira balançou a cabeça. O luar brilhava em sua pelagem cinza, dando-lhe um ar fantasmagórico, como se ela estivesse a meio caminho do mundo do Clã das Estrelas. – O que quer que você faça, seja cuidadoso com Estrela Azul. Seja gentil. Ela foi uma grande líder, e pode voltar a sê-lo.

Coração de Fogo queria muito acreditar na curandeira. Mas, a cada dia, a líder parecia mais mergulhada na confusão mental. A sábia mentora que ele respeitava quando chegou ao Clã do Trovão parecia muito longe.

– Vou fazer o possível – ele prometeu. – Não *quero* enganá-la. Mas foi por isso que organizei o encontro com Estrela Alta. Quero que ela entenda que não é preciso lutar. E ela não vai me ouvir. – Tenso, ele acrescentou: – Você acha que estou errado?

– Não me cabe dizer. – Manto de Cinza encarou-o firmemente. – A decisão é sua. Nenhum gato pode decidir em seu lugar.

CAPÍTULO 14

QUANDO CORAÇÃO DE FOGO RETORNOU À CLAREIRA, ainda não havia sinal de Pata Negra. Sua barriga estava agitada. A lua ia alta no céu. Em pouco tempo, Estrela Azul levaria os guerreiros à batalha contra o Clã do Vento, e toda a esperança de uma solução pacífica estaria perdida.

Onde estava Pata Negra? Talvez Bigode Ralo não tivesse conseguido encontrá-lo. Ou talvez ele não pudesse vir, ou estava a caminho, mas chegaria tarde demais. Coração de Fogo queria correr até a floresta e procurá-lo, mas sabia que seria inútil.

Então viu um lampejo de movimento na entrada do acampamento, e ouviu um miado de alerta vindo de Pata Gris. Outro gato respondeu, e o representante estremeceu de alívio ao reconhecer a voz de Pata Negra. De um salto, Coração de Fogo atravessou toda a clareira.

– Tudo bem, Pata Gris – ele miou para o jovem. – Eu cuido de Pata Negra, você fica de guarda. – Trocou toques de nariz com o gato elegante que emergiu do túnel de tojo. – Que bom vê-lo, Pata Negra. Como você está?

Ele perguntou, mas era evidente que o antigo aprendiz parecia bem. Sua pelagem negra brilhava ao luar e seus músculos fortes ondulavam sob o pelo.

– Estou bem – Pata Negra respondeu, passando os olhos cor de âmbar arregalados ao redor da clareira. – Parece estranho estar aqui de novo. Lamento saber que você está tendo problemas com o Clã do Vento. Bigode Ralo me contou tudo, e jurou que eles não estão roubando presas.

– Pois tente convencer Estrela Azul – Coração de Fogo miou com um ar severo. – Olhe, odeio apressá-lo, sei que você deve ter corrido como o vento para chegar aqui tão rápido, mas não temos muito tempo. Venha comigo.

Ele guiou o caminho até a toca de Estrela Azul. A líder estava enroscada em seu ninho, mas, quando o guerreiro se aproximou, viu o brilho do luar refletido nos olhos que a gata estreitara. Não estava dormindo.

– Qual é o problema, Coração de Fogo? – ela perguntou, parecendo irritada. – Ainda não é hora de ir. E quem é que está com você?

– Sou Pata Negra, Estrela Azul – miou o isolado, dando um passo em direção à gata. – Trago uma mensagem do Clã do Vento.

– *Clã do Vento*! – a líder ficou de pé de um salto. – O que o clã dos ladrões tem a me dizer?

Diga-se em favor de Pata Negra que ele não se intimidou, embora Coração de Fogo soubesse que o gato negro devia se lembrar dos dias de aprendiz, quando a ira de Estrela Azul era algo a ser temido. – Estrela Alta quer se encontrar com você, para discutir a perda de presas – ele lhe disse.

– Ele *quer*? – Estrela Azul olhou rapidamente para seu representante, os olhos ardiam como um fogo azul. Por um tique-taque de coração, Coração de Fogo teve certeza de que a líder adivinhara o que ele tinha feito. Houve uma pausa ameaçadora.

– Estrela Azul, com certeza não seria melhor conversar do que lutar? – ele arriscou.

– Não me diga o que fazer – ela replicou, agitando a cauda, irritada. – Saia daqui. Pata Negra e eu vamos discutir o assunto.

Coração de Fogo não teve escolha. Ficou postado do lado de fora, ouvindo o murmúrio de vozes, mas incapaz de entender o que os dois felinos conversavam.

Passado algum tempo, Nevasca saiu da toca dos guerreiros, foi ao encontro do representante e miou: – A lua está baixando. Estrela Azul vai querer sair logo. Pata Negra ainda está aqui?

– Sim, está. Mas não sei se...

Coração de Fogo parou de falar ao sentir um movimento dentro da toca. Um tique-taque de coração mais tarde, Estrela Azul saiu empertigada, seguida por Pata Negra. Ela caminhou até Coração de Fogo, chicoteando a cauda de um lado para o outro. – Reúna uma patrulha – ordenou. – Vamos para Quatro Árvores.

– Quer dizer que você vai conversar com Estrela Alta? – Coração de Fogo perguntou, cheio de coragem.

A cauda da líder se moveu de novo e ela miou: – Vou conversar. Mas, se não houver acordo, vamos lutar.

Ainda era noite fechada quando Estrela Azul seguiu com os guerreiros para o vale onde ficavam os quatro grandes carvalhos. Coração de Fogo caminhava ao lado da líder, um leve farfalhar lhe indicava que os outros gatos vinham atrás. Seu peito se agitou quando uma coruja piou ao longe. Mal tivera a chance de agradecer a Pata Negra por trazer a mensagem de Estrela Alta antes que o gato preto se afastasse dos guerreiros do Clã do Trovão. O isolado retornaria para a fazenda por um caminho diferente, bem afastado de Quatro Árvores.

Estrela Azul parou no topo da encosta. Quando os guerreiros a alcançaram, a luz das estrelas lançava um brilho pálido sobre sua pelagem, tocando suas orelhas empinadas e refletindo em seus olhos arregalados. Coração de Fogo quase podia sentir o gosto da expectativa.

Quando olhou além do território do Clã do Vento, pensou primeiro que o terreno da charneca estivesse vazio, se estendendo até o céu noturno. O vento que soprava ondulava os carvalhos no vale às suas costas. Então, percebeu um movimento à frente, e viu que se tratava de uma fileira de gatos, Estrela Alta ao centro. O estômago do representante se contraiu ao se dar conta de que ele também trouxera seus guerreiros.

– O que é isso? – Estrela Azul sibilou, virando-se para encará-lo. – Tantos gatos do Clã do Vento? Pensei que eu estivesse aqui para conversar. – Ela olhou furiosamente para Coração de Fogo, o instinto aguçado refletido em sua expressão, que demonstrava que ela entendera tudo. – Parece mais uma emboscada do que um encontro de líderes.

A um movimento de sua cauda, os guerreiros do Clã do Trovão fizeram um silêncio proposital para formar uma fileira compacta ladeando a gata, de frente para os felinos do Clã do Vento. Coração de Fogo sentiu o ar estalando de tensão, e percebeu que seria fácil demais começar uma luta, mesmo sem que o Clã do Vento atacasse primeiro. Estrela Alta manteria sua palavra, e tentaria conversar com Estrela Azul, em vez de lutar?

– Estrela Alta? – a líder de focinho cor de prata miou friamente. – O que você tem para me dizer?

Esperando a resposta do líder do Clã do Vento, Coração de Fogo, nervoso, embainhava e desembainhava as garras. Não sabia se a barreira aguentaria. Bastaria que um gato desse um passo à frente para a batalha se generalizar. Viu Pelagem de Poeira trocar um olhar tenso com Cara Rajada, como se ambos estivessem pensando o mesmo que ele. A seu lado, Tempestade de Areia mantinha o olhar fixo nos gatos do Clã do Vento, as orelhas coladas na cabeça. Pata Ligeira olhava nervosamente para a líder, mas ocupava seu lugar na barreira. Pata de Nuvem, do outro lado de Coração de Fogo, estava agachado em posição de caça, agitado como se estivesse prestes a pular.

– *Parado*! – Coração de Fogo sussurrou.

A poucas raposas de distância, Estrela Alta estava um ou dois passos à frente de seus próprios guerreiros. Quando a primeira luz pálida da aurora surgiu no céu, Coração de Fogo conseguiu vê-lo mais claramente. O pelo preto e branco estava eriçado, e a cauda ereta. Atrás dele, estavam

Bigode Ralo e Flor da Manhã, e o jovem aprendiz Pata de Tojo. "Não quero lutar contra esses gatos", pensou. Ele esperou, sentindo seu coração esmagado como o de um pássaro preso numa armadilha.

– Nenhum gato deve se mover – Estrela Alta ordenou a seus guerreiros por fim, a voz soando claramente no ar parado.

– Você deve estar louco! – Garra de Lama falou, indo para perto de Estrela Alta. – O que ela trouxe foi um pelotão de combate. Temos de atacar!

– Não. – Estrela Alta deu mais um passo à frente, mexendo com a cauda para seu representante, Pé Morto, se aproximar. Olhando diretamente para Estrela Azul, ele abaixou a cabeça. – Nenhuma batalha será travada aqui hoje. Eu disse que viria para conversar, e é o que pretendo fazer.

Estrela Azul não respondeu. Agachou-se, o pelo eriçado e os dentes arreganhados em um rosnado de desafio. Coração de Fogo teve um medo súbito de que ela tivesse mudado de ideia, e imaginava o que aconteceria se a gata se lançasse sobre o líder do Clã do Vento. Ele fez uma prece fervorosa ao Clã das Estrelas para que a líder não desse aos guerreiros ordem de atacar.

Enquanto isso, Bigode Ralo foi até Garra de Lama e cutucou-o para que voltasse à fileira. Por um momento que pareceu a Coração de Fogo durar diversas luas, as duas fileiras de gatos se encararam, pelos ao vento, olhos brilhando com uma tensão prestes a explodir numa raiva violenta e furiosa.

– Estrela Azul – Estrela Alta voltou a falar. – Você pode vir até aqui, entre os nossos guerreiros? Traga o seu representante, vamos ver se conseguimos fazer as pazes.

– As pazes? – a gata cuspiu. – Como posso fazer as pazes com ladrões de presas e vilões?

Urros de protesto ergueram-se dos gatos do Clã do Vento. Garra de Lama pulou para a frente, mas Bigode Ralo pulou também, rolando sobre ele, segurando o gato que se contorcia no chão. Coração de Fogo viu a cauda de Risca de Carvão chicotear; se Garra de Lama atacasse, ele rebateria, e toda a esperança de paz estaria perdida.

– Faça o que Estrela Alta disse – Coração de Fogo miou, desesperado, para Estrela Azul. – É por isso que estamos aqui. O Clã do Vento, assim como nós, tem sofrido roubo de presas.

A líder o rodeou, um ódio venenoso ardendo nos olhos azuis. – Parece que não temos escolha – ela sibilou. – Mas isso não vai ficar barato. Pode ter certeza.

Empertigada, o pelo eriçado, ela avançou até ficar na frente de Estrela Alta, bem na fronteira do território do Clã do Vento. Coração de Fogo a seguiu, murmurando para Tempestade de Areia ao sair da fila de guerreiros: – Fique de olho em Risca de Carvão.

Estrela Alta calmamente observou Estrela Azul quando ela se aproximou. O líder do Clã do Vento nunca a perdoara, e Coração de Fogo sabia disso, por abrigar o seu velho inimigo Cauda Partida, mas tinha a sabedoria de não deixar seu rancor influenciá-lo agora. – Estrela Azul, juro pelo

Clã das Estrelas que o Clã do Vento não caçou no território de vocês.

– Clã das Estrelas! – ela zombou. – Que valor tem jurar pelo Clã das Estrelas?

O gato preto e branco pareceu surpreso, dirigindo o olhar cintilante para Coração de Fogo como se pedisse uma explicação. – Então juro pelo que você considera de mais sagrado – ele prosseguiu. – Por nossos filhotes, por nossas esperanças para o nosso clã, por nossa honra como líderes. O Clã do Vento é inocente das acusações que nos fazem.

Pela primeira vez suas palavras pareceram afetar Estrela Azul. Coração de Fogo viu o pelo da líder começar a abaixar. – Como posso acreditar em você? – ela disse asperamente.

– Nós perdemos presas também. Talvez sejam cães ou vilões. Não gatos do Clã do Vento.

– É o que você diz – miou Estrela Azul, que agora parecia insegura. Coração de Fogo pensou que talvez Estrela Alta estivesse começando a convencê-la, mas ela não sabia como voltar atrás sem perder a dignidade.

– Estrela Azul – Coração de Fogo miou, insistente –, um líder nobre não leva seus guerreiros para a luta sem necessidade. Se houver a menor dúvida de que…

– Você acha que sabe melhor do que eu como governar um clã? – ela o interrompeu. Seu pelo voltou a se arrepiar, mas agora o alvo de sua ira era Coração de Fogo. Ele teve um vislumbre da antiga e formidável líder do Clã do Trovão, e por isso não demonstrou medo algum.

– Os jovens pensam que sabem tudo – Estrela Alta miou, com uma pitada de solidariedade bem-humorada em sua voz; Coração de Fogo sentiu um lampejo de gratidão pela sensibilidade do gato aos receios de Estrela Azul. – Mas, às vezes, temos de ouvi-los. Não há necessidade de luta.

A gata, irritada, movimentou as orelhas. – Muito bem – ela miou, relutante –, aceito a sua palavra; por enquanto. Mas se minhas patrulhas sentirem o cheiro do Clã do Vento a uma cauda da nossa fronteira... – Ela se virou e chamou os gatos do Clã do Trovão. – Vamos voltar ao acampamento! – ordenou, saltando à frente deles.

Quando Coração de Fogo se virou para segui-la, Estrela Alta cumprimentou-o com um gesto de cabeça. – Obrigado. Você fez bem, e meu clã honra a sua coragem em evitar esta batalha, mas não o invejo agora.

Coração de Fogo deu de ombros, e seguiu o resto do seu clã. Pouco antes de mergulhar no vale em Quatro Árvores, olhou para trás e viu os gatos do Clã do Vento correndo pela charneca aberta de volta ao acampamento. A turfa pálida brilhava à luz suave do amanhecer, sem manchas de sangue de qualquer gato.

– Muito obrigado, Folha Manchada – Coração de Fogo murmurou ao ir embora.

Estrela Azul levou os guerreiros de volta ao acampamento num silêncio tenso. Na entrada da clareira, Coração de Fogo adiantou-se para falar com Pelo de Rato, que estava do lado de fora da toca dos guerreiros.

– Algum problema? – ele perguntou.

Pelo de Rato fez que não. – Absolutamente nenhum – ela disse. – Pele de Geada saiu com a patrulha da madrugada com Pelo de Musgo Renda e alguns aprendizes. – Olhando-o com atenção, acrescentou: – Pelo jeito, você não perdeu um só pelo. Acho que a conversa de paz funcionou.

– Sim, funcionou. Obrigado por cuidar das coisas aqui, Pelo de Rato.

A gata abaixou a cabeça e miou: – Vou dormir um pouco. Você vai ter de enviar alguns gatos à caça. Quase não sobrou presa fresca.

– Vou levar uma patrulha de caça – ele prometeu.

– Não, não vai. – Estrela Azul aproximou-se por trás dele. Seus olhos eram discos de gelo azul. – Quero ver você na minha toca, Coração de Fogo. Agora. – Ela atravessou a clareira sem olhar para trás para conferir se ele a estava seguindo.

O pelo avermelhado do guerreiro se eriçou de medo. Esperara algum tipo de recriminação por parte da líder, mas agora que estava prestes a acontecer não parecia mais fácil.

– Vou providenciar uma patrulha de caça – Nevasca miou, dando-lhe um olhar solidário ao surgir com Tempestade de Areia e Pelagem de Poeira.

Coração de Fogo agradeceu com um aceno de cabeça e foi para a toca de Estrela Azul. Encontrou-a sentada na cama, as patas sob o peito. A ponta da cauda se mexia de um lado para o outro.

– Coração de Fogo – sua voz era calma; ele teria menos medo se ela tivesse gritado. – Mesmo que o próprio Clã das Estrelas tivesse indicado, Estrela Alta não conseguiria escolher um momento mais conveniente do que aquele para falar comigo sobre o roubo de presas. Foi armação sua, não foi? Você era o único que sabia que eu planejava atacar o Clã do Vento. Só você poderia ter nos traído.

Ela falava como se sua mente estivesse mais clara do que nos últimos tempos, como se o instinto que aguçara seus sentidos na charneca tivessem se transformado em firme certeza. Comportava-se como a nobre líder que ele outrora respeitara, dando ao gato um sentido ainda mais angustiante do que tinham perdido. Ele ainda acreditava não ter traído seu clã, mas perdera o elemento surpresa, pois Estrela Alta, esperto, percebera que a batalha devia estar próxima. Estrela Azul o mandaria para o exílio? Estremeceu com a ideia de ser forçado a viver como um vilão, roubando presas, sem ter seu próprio clã.

Ele se pôs diante de Estrela Azul e abaixou a cabeça. – Achei que era a coisa certa a fazer – miou, calmo. – Nenhum dos clãs precisava daquela batalha.

– Confiei em você, Coração de Fogo – a gata disse com aspereza. – Em você, dentre todos os meus guerreiros.

O gato forçou-se a encarar o olhar pétreo da líder. – Fiz isso para o bem do clã, Estrela Azul. E não contei sobre o ataque. Apenas lhe pedi para tentar fazer as pazes. Pensei...

– *Cale-se*! – a gata de focinho prateado sibilou, mexendo a cauda. – Isso não é desculpa. E por que eu deveria me importar se o clã inteiro tivesse sido abatido? Por que me importar com o que acontece a traidores?

Um brilho selvagem voltou a crescer em seus olhos, e Coração de Fogo percebeu que o discernimento de antes tinha desaparecido.

– Se ao menos eu tivesse ficado com meus filhotes! – sussurrou. – Pé de Bruma e Pelo de Pedra são gatos nobres. Muito mais nobres do que qualquer um desse bando de miseráveis do Clã do Trovão. Meus filhos nunca me trairiam.

– Estrela Azul... – o guerreiro tentou interromper, mas ela o ignorou.

– Desisti deles para me tornar representante, e agora o Clã das Estrelas está me punindo. Ah, o Clã das Estrelas é inteligente, e sabe a maneira mais cruel de me punir! Fizeram-me líder e, em seguida, deixaram que os meus gatos me traíssem! De que vale, agora, ser líder do Clã do Trovão? Nada! Está tudo vazio, tudo... – Suas patas se moviam furiosamente no meio do musgo. Os olhos estavam vidrados, fitando o nada; e sua boca se abriu em um gemido silencioso.

Coração de Fogo estremeceu de desânimo e miou: – Vou buscar Manto de Cinza.

– Fique... onde... está. – As palavras saíram uma a uma. – Preciso punir você. Diga-me qual seria um bom castigo para um traidor.

Quase vomitando de choque e medo, ele se forçou a responder. – Não sei, Estrela Azul.

– Mas eu sei. – Agora sua voz era um ronronar baixo, com uma nota estranha de diversão. Seu olhar encontrou o de Coração de Fogo. – Sei qual é a melhor das punições. Não vou fazer nada. Vou deixar você continuar a ser representante, e líder quando eu me for. Ah, isso deve agradar ao Clã das Estrelas, um traidor liderando um clã de traidores! Que lhe concedam essa alegria, Coração de Fogo. Agora saia da minha frente!

As últimas palavras foram cuspidas. O gato se afastou e foi para a clareira. No fim das contas, sentia-se como se tivesse participado de uma batalha. O desespero de Estrela Azul o traspassara como garras afiadas. Mas no fundo também sentia que ela o decepcionara, por não ter sequer tentado compreender seus motivos; ela o rotulara de traidor, sem ao menos considerar o que teria acontecido se tivessem lutado com o Clã do Vento.

Com a cabeça baixa, Coração de Fogo atravessou a clareira, só se dando conta da proximidade de outro gato ao ouvir a voz de Tempestade de Areia.

– O que aconteceu? Ela mandou você embora?

Ele olhou para a guerreira, cujos olhos verdes estavam ansiosos; mas ela não se aproximou o suficiente para confortá-lo com seu toque.

– Não. Ela não fez nada.

– Então, está tudo bem – a gata disse, como que forçando certo otimismo na voz. – Por que você está assim?

– Ela está... doente. – O representante não conseguia começar a descrever o que acabara de presenciar. – Vou pedir a Manto de Cinza para ir vê-la. Aí, talvez possamos comer juntos.

– Não, eu… eu disse que ia caçar com Pata de Nuvem e Cara Rajada. – Tempestade de Areia usava as garras para riscar o chão, sem olhar para ele. – Não se preocupe com Estrela Azul. Ela vai ficar bem.

– Não sei. – O guerreiro não pôde reprimir um arrepio. – Pensei que a faria entender, mas ela acha que eu a traí.

A gata não disse nada. Coração de Fogo percebeu que ela o mirou rapidamente, depois desviou o olhar. Havia saudade em seus olhos, mas misturada com inquietação, e ele lembrou como ela se sentira mal por ter enganado Estrela Azul.

"Será que Tempestade de Areia também me considera um traidor?", pensou, desesperado.

Depois de ter enviado Manto de Cinza para examinar Estrela Azul, Coração de Fogo se dirigiu para a toca dos guerreiros. Tinha a impressão de que as pernas não o sustentavam, e só conseguia pensar em se afundar na escuridão suave do sono. Seu peito se apertou ao ver Rabo Longo atravessar a clareira em sua direção.

– Quero dar uma palavrinha com você, Coração de Fogo – ele rosnou.

– O que foi?

– Você mandou *meu* aprendiz ir com você esta manhã.

– Sim, e eu lhe disse por quê.

– Ele não gostou, mas fez seu dever – Rabo Longo miou asperamente.

Era verdade, Coração de Fogo pensou. Tinha admirado a coragem do aprendiz em uma situação difícil, mas não sabia muito bem por que Rabo Longo estava fazendo tamanho barulho agora.

– Acho que já é hora de torná-lo guerreiro. Na verdade, já deveria ter sido nomeado há muito tempo.

– Sim, eu sei. Você está certo, deveria sim.

O gato de pelo desbotado pareceu surpreso pela rápida anuência. – Então o que você vai fazer a respeito? – ele vociferou.

– Agora, nada. E não me faça cara feia. Apenas pense, sim? Estrela Azul está fora de si nesse momento. Ela não gostou do que aconteceu esta manhã e não vai querer pensar sobre a promoção de aprendizes. Não, espere. – Ele fez um movimento com a cauda para silenciar o protesto do guerreiro. – Deixe comigo. Mais cedo ou mais tarde ela vai ter de perceber que o que aconteceu foi o melhor. Aí, então, falo com ela sobre a nomeação de Pata Ligeira como guerreiro, prometo.

Rabo Longo fungou. Ficou claro que não estava satisfeito, mas não tinha como objetar. – Tudo bem. Mas é bom que não demore.

Ele se afastou de novo, deixando Coração de Fogo no ninho. Enquanto se enroscava no musgo macio, estreitando os olhos contra a luz da manhã, o gato rubro se preocupava com os quatro aprendizes mais velhos. Pata de Nuvem, Pata Brilhante e Pata de Espinho, todos mereciam ser guerreiros, bem como Pata Ligeira. E o clã precisava desesperadamente que assumissem todos os deveres de um guerreiro pleno. Mas, em seu atual estado de espírito, convencida de estar cercada por traidores, Estrela Azul jamais concordaria em dar-lhes *status* de guerreiro.

Coração de Fogo dormiu e teve sonhos sombrios e confusos; acordou com uma cutucada: – Acorde, Coração de Fogo!

Piscando, ele focou os olhos no rosto de Manto de Cinza, que tinha o pelo ondulado e os olhos arregalados de ansiedade; o guerreiro avermelhado acordou num tique-taque de coração.

– Qual é o problema?

– É Estrela Azul. Não consigo encontrá-la em parte alguma!

CAPÍTULO 15

Coração de Fogo se ergueu nas patas. – Diga-me o que houve.

– Quando a vi hoje cedo, dei-lhe sementes de papoula para acalmá-la – Manto de Cinza explicou. – Mas estive há pouco em sua toca e ela não estava, nem comeu as sementes. Fui à toca dos anciãos e ao berçário, mas tampouco está lá. Procurei por todo o acampamento.

– Alguém a viu sair?

– Ainda não perguntei. Vim falar com você primeiro.

– Vou pedir que os aprendizes a procurem, para ver se...

– Estrela Azul não é um bebê, você sabe – Nevasca, que entrara na toca dos guerreiros a tempo de ouvir a notícia, o interrompeu. – Ela pode ter saído em patrulha. Pelo que você sabe, há outros gatos com ela. – Ele falou calmamente, mostrando os dentes ao bocejar, ajeitando-se em seu ninho.

Coração de Fogo balançou a cabeça, sem acreditar. O que Nevasca dissera tinha sentido, mas ele gostaria de ter certeza. Pelo estado em que estava pela manhã, a líder poderia estar em qualquer lugar na floresta. Poderia até ter ido atrás dos filhotes no território do Clã do Rio.

– Provavelmente não há motivo para se preocupar – Coração de Fogo afirmou a Manto de Cinza, esperando passar mais confiança do que na verdade sentia. – Mas vamos procurá-la de qualquer forma e descobrir se algum gato a viu.

Saindo da toca, o guerreiro encontrou Pata de Avenca e Pata Gris, que trocavam lambidas perto de restos enegrecidos de tocos de árvore. Ele rapidamente lhes explicou que tinha uma mensagem para Estrela Azul, mas não tinha certeza de onde ela estava. Os dois aprendizes logo saíram correndo, dispostos a procurá-la.

– Vá perguntar se algum gato a viu – ele sugeriu a Manto de Cinza, que fora atrás dele. – Vou subir a ravina e tentar perceber seu cheiro. Posso conseguir rastreá-la.

Pessoalmente, não nutria muita esperança. Enquanto estava dormindo, nuvens tinham encoberto o céu e uma garoa fina caía agora. Não era um tempo bom para identificar odores. Antes de sair, Coração de Fogo percebeu que Tempestade de Areia retornava ao acampamento, com Pata de Nuvem e Cara Rajada, os três trazendo presas frescas, que foram depositar na pilha.

Coração de Fogo correu para alcançá-los, seguido pela curandeira. – Tempestade de Areia – ele miou –, você viu Estrela Azul?

A gata passou a língua em volta da boca, para limpar o sumo da presa. – Não. Por quê?

– Ela não está aqui – miou Manto de Cinza.

Os olhos da guerreira se arregalaram. – Está surpreso?

Depois do que ocorreu pela manhã? Ela deve estar sentindo que está perdendo o controle do clã.

Isso estava tão perto da verdade que Coração de Fogo não sabia como responder.

– Vamos sair novamente – miou Pata de Nuvem. – Vamos fazer uma varredura, procurá-la.

– Certo, obrigado. – Coração de Fogo piscou agradecido a seu aprendiz.

O jovem gato branco saiu novamente em disparada, seguido dos dois guerreiros, que iam mais devagar. Ao sair, Cara Rajada fez uma pausa para miar: – Tenho certeza de que ela está bem, Coração de Fogo –; mas Tempestade de Areia não olhou para trás.

O representante do clã estava sobrecarregado de problemas, mas então sentiu perto da orelha a respiração suave de Manto de Cinza. – Não se preocupe – ela murmurou. – Tempestade de Areia continua sua amiga. É preciso aceitar o fato de ela nem sempre ver as coisas como você.

– Você também não vê – ele suspirou.

Manto de Cinza ronronou com carinho e miou: – Também continuo sua amiga. E sei que você fez o que acreditava ser o certo. Agora, vamos ver como podemos encontrar Estrela Azul.

Quando o sol se pôs, a líder ainda não tinha aparecido. Coração de Fogo a procurara por toda parte, chegando ao alto da ravina; mas, depois, a chuva engrossou e o odor se perdeu entre o cheiro de mofo das folhas caídas.

Ansioso demais para dormir, o gato se pôs em vigília. A noite ia alta e a lua já se deitava quando ele percebeu um movimento na entrada do acampamento. Os últimos raios do luar iluminavam a pelagem prateada da líder quando ela chegou, mancando. Com o pelo ensopado e colado no corpo, a cabeça baixa. Sua aparência era a de uma gata velha, exausta e derrotada.

Coração de Fogo correu para encontrá-la. – Estrela Azul, onde você estava?

Ela levantou a cabeça e o fitou. O gato sentiu um tremelique; os olhos da gata, com apenas um certo brilho na pouca luz, estavam claros e cintilantes, apesar de seu cansaço. – Você parece uma rainha ralhando com o filhote – ela grunhiu, mas com a voz quase bem-humorada. Apontou a toca com a cabeça e o chamou: – Venha comigo.

Coração de Fogo obedeceu, parando apenas para apanhar um rato silvestre da pilha de presas frescas. Estrela Azul precisava comer, onde quer que tivesse estado. Ele foi até a toca e a encontrou sentada em seu ninho de musgo, lavando-se com movimentos cuidadosos e lentos. Bem que gostaria de ficar a seu lado e trocar lambidas com ela, mas depois do último encontro que tiveram, não ousaria. Colocou, então, o rato silvestre na sua frente, fazendo um movimento respeitoso com a cabeça. – O que aconteceu, Estrela Azul? – ele perguntou.

Ela alongou o pescoço para farejar a presa, meio que se virou e começou a engoli-la, como se, de repente, se desse conta de como estava faminta. Só respondeu quando terminou de comer.

– Fui falar com o Clã das Estrelas – anunciou, tirando os últimos restos do rato silvestre dos bigodes.

O gato arregalou os olhos: – Nas Pedras Altas? Sozinha?

– Claro. A quem, desse bando de traidores, eu poderia pedir que me acompanhasse?

Coração de Fogo engoliu em seco. Delicado, miou: – Os gatos de seu clã são leais, Estrela Azul. Todos nós.

Ela balançou a cabeça, resoluta. – Fui às Pedras Altas, e falei com o Clã das Estrelas.

– Mas, por quê? – o guerreiro estava cada vez mais confuso. – Pensei que você não queria mais trocar lambidas com o Clã das Estrelas.

A gata se empertigou e disse: – E não quero. Fui desafiá-los. Queria perguntar-lhes como justificam o que me fizeram, logo a mim que servi a eles por toda a vida e tentei obedecer à sua vontade? E também fui pedir explicações por coisas que estão acontecendo na floresta.

Coração de Fogo olhou-a quase sem acreditar, impressionado que tivesse ameaçado desafiar os espíritos dos guerreiros ancestrais.

– Deitei-me ao lado da Pedra da Lua e os guerreiros do Clã das Estrelas vieram ter comigo – ela prosseguiu. – Eles não se explicaram, nem poderiam. *Não há* justificativa para a forma como agiram comigo. Mas me disseram algo...

O guerreiro chegou mais perto e miou: – O quê?

Disseram que o mal está solto na floresta. Falaram de uma "matilha", que vai trazer morte e destruição como jamais foi visto na floresta.

– O que quiseram dizer com isso? – ele sussurrou. – Já não bastaram as mortes e a destruição causadas pelo incêndio e pelas enchentes?

Estrela Azul abaixou a cabeça. – Não sei.

– Mas temos de descobrir! – Coração de Fogo exclamou, as ideias fervilhando. – Talvez seja o cachorro, mas um cachorro não causaria danos nessa escala. E o que é "matilha"? Talvez... sim, talvez estivessem falando do Clã das Sombras. Você sabe como Estrela Tigrada jurou se vingar de nós. É capaz que esteja planejando um ataque. Ou Estrela Leopardus – acrescentou, ainda tentando se agarrar à esperança de Estrela Tigrada ter perdido o interesse em prejudicar seu antigo clã.

Estrela Azul deu de ombros. – Talvez.

Coração de Fogo estreitou os olhos. Não entendia por que ela não tentava descobrir o significado da mensagem do Clã das Estrelas e elaborar planos para evitar um possível ataque. – Precisamos fazer alguma coisa – ele insistia. – Podemos vigiar as fronteiras, também aumentar as patrulhas. – Não sabia bem como, com tão poucos guerreiros. – Precisamos nos assegurar de ter sempre uma guarda no acampamento quando...

Sua voz enfraqueceu, pois viu que a líder não estava ouvindo. Agachada, imóvel, tinha os olhos fixos nas patas. – Estrela Azul?

A gata o fitou, seus olhos eram poças de desespero. – E para quê? – ela reagiu bruscamente. – O Clã das Estrelas decretou que a morte virá. Uma força sombria percorre esta floresta, e nem o Clã das Estrelas pode controlá-la. Ou *não* vai controlá-la. Não há o que possamos fazer.

Um tremelique percorreu Coração de Fogo. Estaria a líder certa de que o Clã das Estrelas não tinha poder suficiente para evitar o destino que se aproximava? Por alguns tique-taques de coração, ele quase compartilhou do desespero da gata de focinho cor de prata.

Então ele elevou a cabeça. Sentiu-se como se estivesse emergindo das profundezas de águas turvas. – Não – rosnou. – Não vou acreditar nisso. Há sempre algo que um gato pode fazer, se tiver coragem e lealdade.

– Coragem? Lealdade? No Clã do Trovão?

– *Sim*, Estrela Azul – o guerreiro miou, tentando realmente acreditar nessa resposta. – O único felino que já quis traí-la foi Estrela Tigrada.

Estrela Azul o encarou por um instante, antes de desviar o olhar. Agitou a cauda, irritada. – Faça o que quiser. Não vai fazer a menor diferença. Agora me deixe sozinha.

Coração de Fogo murmurou despedidas. Afastando-se, percebeu que as sementes de papoula deixadas mais cedo por Manto de Cinza ainda estavam lá, arrumadinhas sobre uma folha. Ele apontou para elas e miou: – Coma suas sementes de papoula, Estrela Azul. Você precisa descansar. Amanhã tudo vai parecer melhor.

Ele pegou a folha entre os dentes e colocou-a com cuidado ao alcance da líder, que a farejou com desdém; mas, ao sair, o gato olhou para trás e a viu debruçada, lambendo as sementes.

Já do lado de fora, sacudiu o pelo, tentando se livrar do terrível pavor causado pela revelação da mensagem do Clã das Estrelas. Instintivamente, suas patas o levaram na direção da toca de Manto de Cinza. Teria de contar a ela que Estrela Azul regressara, e queria discutir sobre as últimas notícias.

Só então ele lembrou que, mais de uma lua atrás, a curandeira comentara sobre um sonho no qual ouvia as palavras *matilha, matilha* e *matar, matar*.

CAPÍTULO 16

Manto de Cinza não podia dizer mais nada a Coração de Fogo nem sugerir que mal poderia estar na floresta.

– O Clã das Estrelas não repetiria o aviso se não fosse importante – ela miou, pousando o olhar azul e perturbado no representante do Clã do Trovão. – Tudo o que podemos fazer é continuar vigiando.

– Ao menos Estrela Azul voltou em segurança – Coração de Fogo tentou incentivá-la, mas foi uma tentativa fraca. Os dois gatos estavam cientes da ameaça sem voz e disforme que pairava sobre o clã que amavam.

Nos dias que se seguiram, o representante do Clã do Trovão fez o possível para criar um sistema de patrulhas que avisasse a todo o clã se o Clã das Sombras ou o Clã do Rio decidisse atacar. Havia guerreiros suficientes apenas para as patrulhas regulares e serviços de sentinela e, à medida que a estação avançava, Coração de Fogo sentia seu pelo rarear, tal sua preocupação. A chuva deu lugar ao tempo seco, mas todas as manhãs havia uma geada fina sobre o solo, e as folhas restantes caíam constantemente das árvores. A breve recuperação da floresta tinha acabado, e as presas tornaram-se escassas de novo.

Uma certa manhã, cerca de meia lua após o confronto com o Clã do Vento, Coração de Fogo estava prestes a levar a patrulha do amanhecer com Pelo de Musgo Renda e Pata de Nuvem quando Estrela Azul veio de sua toca. – Vou liderar a patrulha esta manhã – ela miou, e foi esperar na entrada do acampamento.

– Estrela Azul liderando uma patrulha? – murmurou Pata de Nuvem. – Essa é boa. E nem estou vendo bois voando!

Coração de Fogo lhe deu um cascudo, mas sentiu-se tão surpreso quanto o aprendiz ao ver a gata de focinho prateado de volta às funções do clã. – Mostre algum respeito – ordenou. – Ela é sua líder, e não anda bem de saúde.

O jovem grunhiu. O representante já ia se colocar ao lado da gata quando uma ideia lhe ocorreu. – Escute, Pata de Nuvem, você quer ser um guerreiro, não é? – O gato branco assentiu ansiosamente. – Bem, então, eis sua chance de impressionar Estrela Azul. Vamos levar outro aprendiz também. Vá buscar Pata Ligeira.

Os olhos de Pata de Nuvem se iluminaram, empolgados, e ele correu à toca dos aprendizes.

Coração de Fogo o observou sair, então se virou para Pelo de Musgo Renda. – Você pode chamar Rabo Longo? – Sabia que o guerreiro desbotado teria prazer em mostrar as habilidades de seu aprendiz. – Ele deve sair na patrulha de caça; você não se importa de trocar com ele, não é?

– Não, tudo bem, Coração de Fogo.

Pelo de Musgo Renda desapareceu na toca dos guerreiros e, um momento depois, Rabo Longo surgiu. Os dois aprendizes se juntaram aos mentores, e os quatro felinos foram ao encontro da líder.

A cauda da gata se contraiu. – Tem certeza de que escolheu os gatos certos? – ela perguntou acidamente. Sem esperar resposta, tomou o caminho para sair do acampamento e subir a ravina.

Enquanto seguia a líder de pelo cinza-azulado rumo à fronteira do Clã do Rio, Coração de Fogo quase conseguia imaginar que as últimas estações jamais tinham acontecido, e ainda era um jovem guerreiro saindo em patrulha sem as responsabilidades que pesavam sobre ele agora. Mas a floresta e suas cicatrizes deixadas pelo fogo lembravam-lhe de que não havia volta.

A geada começou a derreter quando o sol se levantou sobre o rio, embora as folhas ainda crepitassem sob as patas dos gatos que caminhavam em meio às sombras. Enquanto andavam, Coração de Fogo testava os dois aprendizes sobre o que viam e farejavam, esperando demonstrar à líder as habilidades de caça que tinham. Os jovens respondiam com confiança, mas Estrela Azul não dava sinais de estar ouvindo.

A líder do Clã do Trovão parou quando avistou o rio e ficou olhando para a margem oposta. – Onde será que eles estão? – ela murmurou tão baixinho que Coração de Fogo quase não escutou. – O que estarão fazendo agora?

O representante não precisava ver a tristeza nos olhos da gata para saber que pensava em Pé de Bruma e Pelo de Pedra. Inquieto, olhou em volta para ver se os outros gatos tinham percebido, mas Pata Ligeira e Pata de Nuvem estavam farejando uma velha toca de rato silvestre, enquanto Rabo Longo observava os movimentos de um esquilo nos ramos mais altos de uma árvore.

Depois de algum tempo Estrela Azul se virou e seguiu a fronteira rio acima em direção às Rochas Ensolaradas. Coração de Fogo percebeu que ela continuava a dar olhadas furtivas para o território do Clã do Rio, mas tudo estava quieto. Não viram nenhum gato do Clã do Rio.

Finalmente avistaram as Rochas Ensolaradas. As encostas suavemente inclinadas pareciam desertas. Então, enquanto Coração de Fogo observava, um felino subiu do lado oposto e sua silhueta recortou-se contra o céu.

O representante ficou paralisado, o pelo formigando com a sensação de perigo. Embora não conseguisse distinguir a cor da pelagem, não havia dúvida: pela postura agressiva, a arrogante inclinação da cabeça e a cauda longa e sinuosa, era Estrela Leopardus.

Dois outros felinos se aproximaram da gata de pelo dourado, e, quando a patrulha do Clã do Trovão chegou perto, Coração de Fogo reconheceu Pelo de Pedra, representante do Clã do Rio, e o guerreiro Garra Negra. – Estrela Azul! – ele sussurrou. – O que o Clã do Rio está fazendo nas Rochas Ensolaradas? – Mas Coração de Fogo sentiu uma dor no peito, apavorado, ao ver de que maneira Estrela

Azul olhava para o representante do Clã do Rio: não com o olhar desafiador de um líder confrontando gatos inimigos em seu território, mas com a admiração de uma rainha que vê seu filhote querido se tornar um nobre guerreiro.

Estrela Azul avançou até a base da pedra, onde Estrela Leopardus esperava. Coração de Fogo a seguiu.

– O que eles acham que estão fazendo? – Pata de Nuvem resmungou, indignado, atrás dele. – As Rochas Ensolaradas são *nossas*!

Coração de Fogo lançou-lhe um olhar de advertência para se calar, e o aprendiz recuou, ficando ao lado de Pata Ligeira e de Rabo Longo, enquanto Coração de Fogo se colocava ao lado da líder.

– Bom-dia, Estrela Azul – Estrela Leopardus miou, a voz confiante. – Estive esperando desde o poente da lua para ver os gatos do Clã do Trovão, mas jamais esperei que um deles fosse você.

Havia uma ponta de zombaria na voz da gata, e Coração de Fogo estremeceu por ver sua líder tão abertamente desprezada.

– O que você está fazendo aqui? – retrucou a gata de focinho cor de prata. – As Rochas Ensolaradas pertencem ao Clã do Trovão. – Mas sua voz era baixa e sem provocação, como se não acreditasse realmente no que dizia; ou não se importasse.

– As Rochas Ensolaradas sempre pertenceram ao Clã do Rio – Estrela Leopardus retorquiu –, embora tenhamos permitido que o Clã do Trovão caçasse aqui por um tempo.

Mas o seu clã está em dívida conosco, depois da nossa ajuda por ocasião do incêndio. Hoje estamos cobrando a fatura, Estrela Azul. Queremos as Rochas Ensolaradas de volta.

O pelo de Coração de Fogo se eriçou com fúria. Se Estrela Leopardus achava que podia passear nas Rochas Ensolaradas sem luta, estava enganada! Rodopiando, ele sibilou: – Pata Ligeira, você é o mais veloz. Regresse voando ao acampamento e traga reforços.

– Mas eu quero lutar! – o aprendiz protestou.

– Então vá e volte para cá *rápido*!

O jovem disparou pelas árvores, seguido pelos olhos em fendas de Estrela Leopardus; Coração de Fogo pensou que ela devia saber por que ele saíra às pressas. Era essencial atrasar o começo da batalha o máximo possível. – Mantenha-a falando – ele murmurou para Estrela Azul. – Pata Ligeira foi buscar ajuda.

Não tinha certeza se a líder o escutara, pois ela voltara a olhar para Pelo de Pedra.

– Então, Estrela Azul? – Estrela Leopardus a desafiou. – Você concorda? Vai conceder ao Clã do Rio o direito sobre as Rochas Ensolaradas?

Por alguns tique-taques de coração, Estrela Azul não respondeu. Durante esse silêncio, mais gatos do Clã do Rio subiram para o topo da pedra e se colocaram ao lado da líder. O peito de Coração de Fogo apertou ao ver que um deles era Listra Cinzenta. Seu olhar encontrou o do amigo, cujo rosto chocado trazia uma mensagem clara como se o guerreiro cinza uivasse para o céu. "Não quero lutar com você!"

– Não. – Estrela Azul falou por fim, e, para alívio do gato de pelo rubro, sua voz estava firme. – As Rochas Ensolaradas pertencem ao Clã do Trovão.

– Então você terá de disputá-las conosco – rosnou Estrela Leopardus.

Rabo Longo sussurrou ao representante: – Vamos virar carniça!

No mesmo instante, Estrela Leopardus soltou um uivo apavorante e lançou-se sobre Estrela Azul. As duas gatas caíram no chão, entre cusparadas e arranhões. Coração de Fogo saltou para ajudar sua líder, mas antes de alcançá-la um guerreiro o derrubou, enfiando os dentes em seu ombro. O gato de pelo cor de flama chutou a barriga do gato do Clã do Rio com as patas traseiras, desesperado para se soltar, e usou as garras para atacar a garganta do inimigo. O guerreiro malhado o largou e recuou, uivando.

Coração de Fogo girou, procurando Estrela Azul, mas ela não estava à vista. Rabo Longo lutava no meio de uma massa de felinos, mas, antes que pudesse ajudar, vislumbrou Garra Negra saltando em sua direção. Conseguiu evitar as garras desembainhadas do guerreiro inimigo, e, quando o gato do Clã do Rio caiu desajeitadamente, Coração de Fogo pulou sobre ele e mordeu sua orelha com força.

Garra Negra se barafustou no solo, tentando escapar de Coração de Fogo, que, então, enfiou as garras nas costas dele; mas logo teve de soltá-lo, pois foi atacado pela lateral. Desceu e sentiu dentes prendendo sua cauda.

"Rabo Longo estava certo", pensou desesperado. "Vão nos rasgar em tiras!"

Os gatos do Clã do Trovão estavam em evidente desvantagem numérica, e não houve tempo para Pata Ligeira chegar ao acampamento e voltar com ajuda. Muito antes de os reforços chegarem, a patrulha seria expulsa ou estaria morta, e as Rochas Ensolaradas voltariam para o Clã do Rio.

Coração de Fogo se contorcia desesperadamente, lutando por espaço para usar garras e dentes. De repente, deixou de sentir o peso do gato que estava sobre suas pernas. Levantou-se e viu Pata de Nuvem empoleirado nas costas de Garra Negra, as garras cravadas bem fundo no pelo do guerreiro; tinha nos olhos a luz selvagem da batalha. O gato negro ergueu-se nas patas traseiras, mas não conseguiu se livrar do aprendiz.

– Olhe, Coração de Fogo! – Pata de Nuvem gritou. – Faça assim, é fácil!

Não havia tempo para responder. Coração de Fogo cuspiu um insulto para o outro guerreiro, que desapareceu gemendo entre as pedras, e em seguida se atirou na massa de gatos que girava em torno de Rabo Longo. Tirou um inimigo de cima dele, e de repente ficou face a face com Pelo de Musgo Renda, que emergiu das árvores.

Tal foi sua surpresa que ele engasgou, e rendeu fervorosas graças ao Clã das Estrelas. Pata Ligeira devia ter encontrado a patrulha de sentinela perto das Rochas Ensolaradas, como ordenara Coração de Fogo após o aviso de Listra Cinzenta; e a ajuda chegou muito antes do que o representante ousara desejar.

– Onde está Estrela Azul? – o jovem guerreiro perguntou.

– Não sei.

Naquele momento de pausa, Coração de Fogo olhou em volta à procura da líder. Nenhum sinal da gata, embora ele tivesse avistado Estrela Leopardus enfrentando Nevasca em cima de uma pedra a algumas raposas de distância.

Rabo Longo cambaleou, ofegante, e se encostou na pedra. O sangue escorria de um corte na testa, e ele perdera uma tira de pelo na lateral do corpo, mas seus lábios ainda estavam repuxados para trás em um rosnado, e ele seguiu Pelo de Musgo Renda de boa vontade quando o guerreiro gengibre saltou para a batalha.

Coração de Fogo estava prestes a se juntar a eles quando ouviu um chamado urgente, que se sobrepunha ao ruído do combate: – Coração de Fogo! Coração de Fogo!

Ele se virou e viu Listra Cinzenta agachado em cima da pedra mais próxima, um olhar de angústia no rosto largo. – Coração de Fogo, venha aqui! – ele miou. Por um tique-taque de coração, o guerreiro avermelhado se perguntou se era uma armadilha, e sentiu vergonha de si mesmo. O amigo evitara enfrentá-lo face a face; ele jamais o enganaria com um truque.

Subiu a encosta suave da pedra para o lado do gato cinza. – O que é?

Listra Cinzenta apontou com o focinho em direção ao outro lado da pedra. – Olhe.

Coração de Fogo espiou por sobre a borda. A pedra se inclinava para baixo e ia dar numa vala estreita. Estrela

Azul estava agachada quase exatamente abaixo dele. O pelo estava desarrumado, e seu ombro sangrava. Vindo dos dois lados do barranco, o que impossibilitava qualquer fuga, estavam Pé de Bruma e Pelo de Pedra.

O representante do Clã do Rio mostrava as garras a Estrela Azul, sem tocá-la. – Defenda-se! – rosnou o gato cinza. – Ou juro pelo Clã das Estrelas que vou matar você.

Pé de Bruma aproximou-se rastejando, a barriga achatada contra o chão. – Está com medo de lutar conosco? – ela sussurrou.

Estrela Azul não se mexia, a não ser para virar a cabeça de um lado para o outro. De onde estava, Coração de Fogo não conseguia ver sua expressão, mas sabia que ela jamais atacaria os próprios filhotes.

– Eu tinha de lhe contar – Listra Cinzenta sussurrou ao amigo. – Eles vão me chamar de traidor, mas eu não podia deixá-los matar Estrela Azul.

Coração de Fogo lançou um olhar de gratidão a Listra Cinzenta, que não tinha ideia da ligação entre Estrela Azul e aqueles dois jovens. Seu único motivo era a lealdade à antiga líder.

Mas não era hora de pensar na lealdade de Listra Cinzenta. Tinha de salvar Estrela Azul. Os gatos do Clã do Rio tinham avançado e quase a tocavam. Tinham o pelo eriçado e os dentes à mostra em um rosnado.

– Você se diz uma líder? – Pelo de Pedra zombou. – Por que não luta?

Ele ergueu uma pata para desferir um golpe no ombro de Estrela Azul. No mesmo instante, Coração de Fogo desceu da pedra e aterrissou com força na vala, praticamente em cima do jovem, empurrando-o para longe. Do outro lado da líder do clã, Pé de Bruma soltou um grito de desafio e desembainhou as garras.

– Pare! – Coração de Fogo uivou. – Você não pode ferir Estrela Azul, ela é sua mãe!

CAPÍTULO 17

Os guerreiros do Clã do Rio ficaram imóveis, os olhos azuis arregalados em choque.

– O que você quer dizer com isso? – Pelo de Pedra grunhiu. – Nossa mãe era Poça Cinzenta.

– Não, ouça... – Coração de Fogo apoiou Estrela Azul na pedra e colocou-se na sua frente. Ainda ouvia os gritos e as cusparadas da batalha do outro lado da pedra, mas de repente tudo aquilo parecia não ter nada a ver com o confronto ali na vala.

– Vocês nasceram no Clã do Trovão – ele miou em desespero. – Mas Estrela Azul não podia ficar com vocês. Seu pai, Coração de Carvalho, os trouxe para o Clã do Rio.

– Não acredito! – Pelo de Pedra arreganhou os beiços, com um esgar malévolo. – Isso é um golpe.

– Não, espere – miou Pé de Bruma. – Coração de Fogo não mente.

– Como você sabe? – o irmão perguntou. – Ele pertence ao Clã do Trovão. Por que vamos acreditar nele?

O jovem avançou para Coração de Fogo, as garras expostas; o representante preparou-se para o ataque, mas, antes que Pelo de Pedra pulasse, Estrela Azul escorregou de trás dos guerreiros e encarou os dois gatos do Clã do Rio.

– Meus filhotes, ah, meus filhotes... – A voz da gata era calorosa; quando ela virou a cabeça, Coração de Fogo viu que seus olhos brilhavam de admiração. – Vocês são ótimos guerreiros agora. Fico tão orgulhosa...

Pelo de Pedra olhou para a irmã, como se duvidasse, as orelhas se movimentando.

– Deixem Estrela Azul em paz – Coração de Fogo exigiu, calmo.

Foi interrompido por um grito súbito: – Cuidado! – Era a voz de Listra Cinzenta.

O representante do Clã do Trovão olhou para cima e viu Estrela Leopardus descer pela pedra em sua direção. O alerta deu-lhe apenas o tempo exato de recuar, atrapalhado; as garras da gata arranharam apenas seu ombro. Cuspindo, ela voou para cima do guerreiro, deixando-o sem respirar ao jogá-lo violentamente ao chão.

Com as patas dianteiras, Coração de Fogo agarrou o pescoço da líder do Clã do Rio, enquanto ela riscava sua barriga com as traseiras. A dor tomou conta do representante, que passou a dar golpes cegos, rasgando a pelagem de Estrela Leopardus. Por alguns tique-taques de coração, tudo que via na frente era o pelo malhado da gata, no qual ele pressionava o rosto, quase sufocando; ele precisou buscar ar.

De repente Estrela Leopardus jogou a cabeça para trás, fazendo Coração de Fogo largar seu pescoço. Ela saiu de cima dele, que, lutando para ficar de pé, apoiou-se na pedra, esperando novo golpe. Exausto, sentiu a cabeça girar e o sangue escorrer de uma ferida na perna. Percebeu que talvez não pudesse vencer aquela luta.

Olhou ao redor, à procura de Estrela Azul, mas ela desaparecera, assim como seus filhos. A líder do Clã do Rio estava agachada na sua frente, mal respirando, com sangue no pescoço e na lateral do corpo. Para espanto de Coração de Fogo, Listra Cinzenta estava sobre a gata e a mantinha no chão com as patas dianteiras.

– Eu o tinha nas patas – Estrela Leopardus arfou, quase incoerente, com raiva. – Ouvi você agorinha mesmo. Você *avisou* a ele.

Listra Cinzenta soltou sua líder, para que ela pudesse se levantar. – Lamento, Estrela Leopardus, mas Coração de Fogo é meu amigo.

Estrela Leopardus sacudiu as gotas de sangue do pelo dourado e arregalou os olhos para o guerreiro cinza, sibilando: – Eu bem que estava certa o tempo todo a seu respeito. Você nunca foi leal ao Clã do Rio. Tudo bem. Pode escolher. Você ataca seu *amigo* ou deixa meu clã para sempre.

Listra Cinzenta olhou-a fixamente, aterrorizado. Sentia a respiração de Coração de Fogo em seu peito. A líder ia forçá-lo a lutar contra seu antigo companheiro? Sabia que não tinha força para derrotar um gato ainda relativamente novato; e, mais ainda, como poderia levantar uma garra para seu melhor amigo?

– E então? – rosnou Estrela Leopardus. – O que você está esperando?

Listra Cinzenta olhou para o representante do Clã do Trovão com olhos de pura angústia. Então abaixou a cabeça e miou: – Lamento. Não posso fazer isso. Pode me castigar como quiser.

– Castigar? – retrucou a gata, o rosto contorcido de raiva. – Vou arrancar seus olhos; largar você na floresta para as raposas o encontrarem. Traidor! Vou...

Um coro de uivos abafou as ameaças. Coração de Fogo levantou o rosto, quase desesperado ao pensar que teria mais inimigos para enfrentar. Mas mal pôde acreditar no que viu. Uma onda de gatos do Clã do Trovão descia pela pedra, na direção da vala. Pelo de Rato, Risca de Carvão, Tempestade de Areia, Pelagem de Poeira e Pata Ligeira estavam à frente dos outros aprendizes. Sua mensagem chegara, o socorro viera, finalmente!

Estrela Leopardus os olhou e fugiu. Os guerreiros do Clã do Trovão começaram imediatamente a persegui-la, com uivos furiosos. Coração de Fogo e Listra Cinzenta ficaram ali, se fitando.

– Obrigado – Coração de Fogo miou, passados alguns instantes.

O amigo levantou os ombros e se aproximou. Mancava levemente, a pelagem estava em tiras e espessa por causa da terra. – Não havia escolha a fazer – ele falou baixinho. – Eu não podia atacá-lo, não é?

Coração de Fogo se levantou. Ao colocar o pensamento em ordem, percebeu que os sons da batalha tinham diminuído e que um silêncio sepulcral se instalara nas Rochas Ensolaradas, com o odor de sangue. – Venha. Tenho de ver o que está acontecendo.

Ele se virou e andou pela vala, sabendo que Listra Cinzenta vinha logo atrás. Chegando ao campo aberto além das rochas, viu os guerreiros do Clã do Rio em retirada descendo a encosta que levava ao rio. À frente da patrulha, Garra Negra se jogou na água, nadando na direção da margem oposta.

Pelo de Musgo Renda e Tempestade de Areia ficaram ali perto, e mais gatos do Clã do Trovão agacharam no alto das Rochas Ensolaradas, observando os inimigos partirem. Pata de Nuvem elevou a cabeça e soltou um uivo de puro triunfo.

Estrela Azul foi atrás dos felinos em fuga até a fronteira do Clã do Rio, as orelhas em ponta, com determinação. Coração de Fogo viu, com dor no peito, que ela estava seguindo Pé de Bruma e Pelo de Pedra. – Agora que sabem a verdade, vamos conversar – ela lhes disse. – Vocês serão bem-vindos no acampamento do Clã do Trovão. Direi aos guerreiros para levá-los à minha toca sempre que quiserem me ver.

Mas os gatos se afastaram e desceram pela margem até a água. Pelo de Pedra olhou para trás antes de entrar no rio. – Nos deixe em paz – rosnou. – Você não é nossa mãe, não importa o que diga.

Estrela Leopardus foi o último gato a bater em retirada, atravessando a fronteira. – Olhem para cá! – ela gritou aos guerreiros, apontando com a cauda na direção de Listra

Cinzenta, que estava ao lado de Coração de Fogo. – Se não fosse por esse traidor, as Rochas Ensolaradas seriam nossas novamente. Ele não pertence mais ao Clã do Rio. Se o virem no nosso território, matem-no.

Sem esperar resposta, rodopiou e foi rapidamente no sentido do rio.

Listra Cinzenta não disse nada. Ficou tão imóvel quanto as pedras atrás dele; sua cabeça pendia.

Tempestade de Areia aproximou-se de Coração de Fogo e perguntou: – O que aconteceu? – Ela sangrava de um arranhão no ombro, mas tinha os olhos límpidos e curiosos.

Tudo que Coração de Fogo queria era voltar ao acampamento, se enroscar na toca dos guerreiros e trocar lambidas com ela, mas sabia que tinha muito a fazer. – Listra Cinzenta salvou minha vida – ele explicou. – Tirou Estrela Leopardus de cima de mim.

– Por isso, então, ele não pode retornar. – A gata alaranjada virou a cabeça para observar os últimos gatos do Clã do Rio mergulhando no rio. Virando-se para Listra Cinzenta, com os olhos arregalados de preocupação, murmurou: – E agora, o que ele vai fazer?

Coração de Fogo de repente se encheu de alegria. Independentemente do que o amigo sentisse por seus filhotes, se não podia regressar ao Clã do Rio, podia voltar para casa. Mas a alegria arrefeceu no seu peito e a ansiedade fez seu estômago doer. Mas não podia decidir. Será que Estrela Azul agora permitiria o retorno de Listra Cinzenta ao clã? Como os demais iriam reagir?

Procurando a líder com os olhos, Coração de Fogo a viu subindo, exausta, a encosta, e foi encontrá-la. – Estrela Azul...

Ela elevou a cabeça, seus olhos estavam confusos. – Eles me odeiam.

O gato se condoeu. Com suas preocupações com Listra Cinzenta, quase esquecera o que a líder devia estar sofrendo. – Lamento, Estrela Azul – ele murmurou. – Talvez eu não devesse ter contado, mas não pensei numa alternativa.

– Tudo bem, Coração de Fogo. – Para seu espanto, a gata de focinho prateado se aproximou e lhe deu uma rápida lambida no ombro. – Sempre quis que eles soubessem. Mas nunca achei que fossem me odiar pelo que fiz. – Soltou um longo suspiro. – Vamos voltar ao acampamento.

Ela não demonstrou alegria pela vitória do Clã do Trovão na defesa da disputa pelas Rochas Ensolaradas. Quando chegou ao lugar onde os guerreiros estavam reunidos, não disse nada sobre o fato nem os congratulou pela brilhante atuação. Parecia ter o pensamento fixo nos seus filhotes.

Coração de Fogo colocou-se a seu lado na subida da encosta. – Muito bem – ele miou a Pata de Nuvem quando o aprendiz pulou da pedra e, com destreza, aterrissou a seu lado. – Você lutou como um guerreiro. Todos – acrescentou, elevando a voz e olhando em volta, esperando compensar a indiferença da líder. – Estrela Azul e eu estamos orgulhosos de vocês.

– Graças ao Clã das Estrelas conseguimos derrotar o Clã do Rio – miou Pelo de Musgo Renda.

– Não, graças a *nós* – Pata de Nuvem interferiu. – *Nós* é que lutamos. Não vi nenhum guerreiro do Clã das Estrelas do nosso lado.

Estrela Azul virou-se e fitou o aprendiz branco de modo significativo, os olhos em fendas. Coração de Fogo pensou que ela fosse repreendê-lo, mas a expressão era mais de interesse que de raiva. Ele inclinou a cabeça, mas não disse nada.

Os guerreiros começaram a voltar para o acampamento e Coração de Fogo foi para perto de Listra Cinzenta. – Estrela Azul – ele miou, nervoso. – Listra Cinzenta está aqui.

O olhar da gata passou rápida e vagamente sobre o guerreiro cinza. Por um instante, o representante temeu que sua mente estivesse longe de novo, e ela nem sequer se lembrasse de que seu amigo um dia deixara o Clã do Trovão.

Então Risca de Carvão abriu caminho e disse, cuspindo em Listra Cinzenta: – Caia fora do nosso território! – Voltou-se para Estrela Azul, e acrescentou: – Se você quiser, eu o jogo longe.

– Espere – Estrela Azul ordenou com um toque de sua velha autoridade – Coração de Fogo, explique o que está acontecendo.

Ele contou como o amigo o alertara sobre o ataque de Estrela Leopardus e como a afastara quando ele, Coração de Fogo, estava subjugado na luta. – Ele me chamou para ajudá-la quando você estava sendo atacada por Pé de Bruma e Pelo de Pedra – ele explicou. – Devo a ele minha vida. Estrela Azul, por favor, deixe-o voltar para o Clã do Trovão.

Listra Cinzenta olhou para sua antiga líder com um brilho de esperança nos olhos cor de âmbar. Mas, antes que Estrela Azul pudesse responder, Risca de Carvão interrompeu, brusco: – Ele foi embora porque quis. Por que deixá-lo retornar, rastejando, agora?

– Não estou rastejando para você ou para qualquer outro gato – Listra Cinzenta replicou. Ele se virou para a líder novamente. – Mas gostaria de regressar, se você deixar, Estrela Azul.

– Você não pode receber de volta um traidor! – Risca de Carvão cuspiu. – Ele acabou de trair sua líder; como saber se não vai trair você na primeira chance que tiver?

– Ele estava defendendo Coração de Fogo! – Tempestade de Areia protestou.

Risca de Carvão resfolegou, debochando.

Estrela Azul olhou-o friamente e miou com todo o gelo da estação sem folhas na voz: – Se Listra Cinzenta é um traidor, ele é igual a todos vocês. O clã está cheio de traidores, um a mais não vai fazer diferença. – Ela rodopiou e se dirigiu ao representante, força e vigor de volta a seu corpo. – Você devia ter deixado Pé de Bruma e Pelo de Pedra acabar comigo! – ela cuspiu. – Melhor uma morte rápida nas garras de nobres guerreiros a uma vida num clã em que não posso confiar, fadado à destruição pelo Clã das Estrelas!

Ouviram-se gritos sufocados entre os gatos e Coração de Fogo percebeu que poucos felinos tinham ideia de como a líder se tornara desconfiada e desesperada. Ele sabia que de nada adiantaria tentar discutir com ela agora. – Isso significa que Listra Cinzenta pode ficar? – ele perguntou.

– Pode ficar ou partir, o que ele quiser fazer – Estrela Azul respondeu, indiferente. O lampejo de força se foi, deixando-lhe uma aparência totalmente exaurida. Lentamente, sem encarar os guerreiros que, confusos, a olhavam, ela foi em direção ao acampamento.

CAPÍTULO 18

Quando Coração de Fogo, cansado, passou pela entrada do acampamento, viu Amora Doce correndo em sua direção, aos trambolhões, ansioso para cumprimentar os guerreiros que retornavam. – Ganhamos? – perguntou o jovem. Parou e arregalou os olhos para Listra Cinzenta. – Quem é esse? Um prisioneiro?

– Não, é um gato do Clã do Trovão. É uma longa história, Amora Doce, e estou cansado demais para explicar agora. Peça à sua mãe para lhe contar.

O filhote deu um passo para trás, meio cabisbaixo. Embora não se lembrasse, tinha sido amamentado lado a lado com os dois filhotes de Listra Cinzenta, refletiu Coração de Fogo. Flor Dourada cuidara deles nos poucos dias que passaram no Clã do Trovão depois da morte de Arroio de Prata.

O filhote malhado olhou desconfiado para Listra Cinzenta quando os dois guerreiros passaram, e então se virou para Açafrão, que se aproximava aos pulos. – Olhe! – ele miou. – Tem gato novo no clã!

– Quem é ele? – Açafrão quis saber.

– Um traidor – Risca de Carvão cuspiu ao passar por eles a caminho da toca dos guerreiros. – Mas, então, para Estrela Azul, somos todos traidores.

Os dois filhotes o fitaram, com o espanto estampado no rosto. Coração de Fogo lutou contra a fúria que o tomou, pois não tinha tempo para iniciar uma discussão com Risca de Carvão, que não devia despejar sua raiva nos filhotes. Sentindo uma pontada de simpatia incomum por Amora Doce, ele virou e miou: – Sim, ganhamos. As Rochas Ensolaradas continuam nossas.

O jovem deu um pulo de alegria. – Fantástico! Vou contar aos anciãos. – Saiu correndo com Açafrão nos calcanhares.

– Esses são os filhotes de Estrela Tigrada, não são? – perguntou Listra Cinzenta, curioso, enquanto os observava.

– Sim. – Coração de Fogo não queria falar sobre o assunto. – Vamos ver Manto de Cinza, quem sabe ela nos faz uns curativos?

Listra Cinzenta olhava em volta enquanto os dois guerreiros cruzavam a clareira incendiada. – Nunca mais vai ser a mesma coisa – murmurou tristemente.

– Na próxima estação do renovo, você vai ver – Coração de Fogo respondeu, tentando animá-lo. Esperava que o amigo estivesse se referindo apenas aos danos causados pelo fogo, e não à impossibilidade de recuperar seu lugar no clã. – Tudo vai crescer novamente, mais forte do que antes.

Listra Cinzenta não respondeu. Não parecia tão contente quanto Coração de Fogo esperava, como se começasse a duvidar se o resto do seu clã de nascimento o aceitaria. E o guerreiro de pelo rubro podia ver a dor em seus olhos, o que sugeria que o amigo já começava a sentir falta dos filhotes dos quais desistira. Afinal de contas, ele nem sequer tivera a chance de se despedir.

Os guerreiros que tinham retornado estavam reunidos na clareira de Manto de Cinza. Quando Coração de Fogo e Listra Cinzenta se aproximaram, a curandeira levantou os olhos da teia de aranha que pressionava contra uma ferida na lateral de Pata de Nuvem. – Agora é Coração de Fogo que está aqui – ela miou e acrescentou: – Grande Clã das Estrelas, parece que você andou lutando contra os monstros do Caminho do Trovão.

– É assim que me sinto – Coração de Fogo grunhiu. Acomodando-se para esperar até que Manto de Cinza viesse examiná-lo, percebeu o quanto suas feridas doíam. Sua perna ainda sangrava do golpe com que Estrela Leopardus a atingira, e ele baixou a cabeça para lambê-la.

– Que ideia é essa de trazê-*lo* de volta? – Coração de Fogo levantou os olhos e viu Pelagem de Poeira encarando Listra Cinzenta. – Nós não o queremos aqui.

– Nós, quem? – perguntou o gato de pelo vermelho, rangendo os dentes. – Acho que ele pertence ao clã – e Tempestade de Areia concorda, e... – Ele parou de falar quando Pelagem de Poeira acintosamente lhe deu as costas.

Listra Cinzenta deu um olhar de desculpas para o amigo e miou: – Eles não vão me aceitar. É verdade, eu deixei o clã, e agora...

– Dê tempo a eles – Coração de Fogo tentou encorajá-lo. – Vão mudar de ideia.

No íntimo, gostaria de acreditar naquilo. Com a indiferença de Estrela Azul, alguns dos gatos do Clã do Trovão não teriam nenhum escrúpulo em se opor ao retorno de Listra Cinzenta. Mais um problema, pensou, para acrescentar à sua preocupação sobre o que realmente estava acontecendo na floresta. Como o clã poderia esperar sobreviver à destruição que o Clã das Estrelas profetizara, se os felinos não estivessem unidos?

Coração de Fogo se perguntava se Listra Cinzenta soubera da ameaça sombria feita na floresta pelo curandeiro do Clã do Rio, a "matilha" sobre a qual o Clã das Estrelas os tinha prevenido. Apesar do pelo eriçado de medo, Coração de Fogo estava aliviado por Listra Cinzenta estar de volta, por ter um amigo em quem confiar, não importa o que viesse a acontecer. Coração de Fogo voltou a lamber a ferida, desejando apenas curtir o retorno do guerreiro cinza por alguns momentos.

– Isso mesmo, mantenha-a limpa – Manto de Cinza miou, aproximando-se. Ela farejou a perna que doía e verificou rapidamente os outros ferimentos. – Você vai ficar bem – assegurou. – Vou lhe dar algumas teias de aranha para estancar o sangramento; fora isso você só precisa descansar.

– Você viu Estrela Azul? – o guerreiro perguntou quando a curandeira trouxe as teias de aranha e colocou-as sobre a ferida. – Ela está muito machucada?

– Uma mordida no ombro. Eu lhe fiz um cataplasma de ervas e ela voltou para a toca.

Coração de Fogo se levantou com dificuldade e disse:
– É melhor eu ir vê-la.

– Vá, mas, se ela estiver dormindo, não a acorde. Assuntos do clã, quaisquer que sejam, podem esperar. Enquanto isso – ela acrescentou para Listra Cinzenta –, vou dar uma olhada em você. – Ela lhe deu uma rápida lambida na orelha. – É bom tê-lo de volta.

"Pelo menos alguns gatos deram as boas-vindas a Listra Cinzenta", Coração de Fogo pensou enquanto caminhava pela clareira. Os outros iriam mudar de ideia; o amigo só precisava de tempo para provar que podia ser um membro leal do Clã do Trovão outra vez.

– Coração de Fogo! – Tempestade de Areia o cumprimentou quando ele se aproximou da toca de Estrela Azul. – Pelo de Rato e eu vamos sair para caçar.

– Obrigado – o guerreiro disse, agradecido.

– Você está bem? – perguntou a gata se aproximando, os olhos em fendas. – Imaginei que você estaria feliz: ganhamos a batalha, e Listra Cinzenta voltou para casa.

Coração de Fogo pressionou de leve o focinho no corpo da amiga. Sentiu uma pontada de alívio, pois a gata alaranjada parecia tê-lo perdoado por agir pelas costas de Estrela Azul, arranjando seu encontro com o Clã do Vento. – Sei, mas não tenho certeza de que todos os gatos vão aceitar Listra Cinzenta. Vão achar difícil esquecer que ele amava uma gata de outro clã, e por isso nos abandonou completamente.

A gata encolheu os ombros. – Isso é passado. Ele está aqui agora, não está? Vão ter de lidar com isso.

– A questão não é essa! – A dor e o cansaço deixaram o guerreiro de pelo vermelho mais irritado do que pretendia. – Não podemos permitir brigas agora. Você não entende?

A amiga o encarou, a raiva flamejando nos pálidos olhos verdes. – Desculpe, eu entendo – cuspiu. – Só estava tentando ajudar.

– Tempestade de Areia, não... – Coração de Fogo começou, percebendo tarde demais que tinha dito a coisa errada. Mas ela já se fora, empertigada, de volta para a toca dos guerreiros, onde Pelo de Rato a esperava.

Ainda mais desanimado, o representante foi à toca de Estrela Azul. Espiou pela entrada e pensou que ela estivesse dormindo, enroscada em seu ninho; mas quase de imediato ela abriu os olhos azuis e piscou, levantando a cabeça.

– Coração de Fogo – ela o chamou com a voz entediada. – O que você quer?

– Apenas prestar contas, Estrela Azul. – O guerreiro entrou e colocou-se diante da líder. – Todos os gatos estão de volta. Não há feridos graves, que eu saiba, pelo menos.

– Que bom. – Um pouco mais interessada, ela acrescentou: – Seu aprendiz lutou bem hoje.

– Lutou, sim. – O guerreiro sentiu uma onda de orgulho pelo sobrinho. Quaisquer que tenham sido os problemas com Pata de Nuvem no passado, agora ninguém podia questionar sua coragem.

– Acho que está na hora de torná-lo guerreiro – Estrela Azul continuou. – Vamos fazer a cerimônia de nomeação ao pôr do sol.

O peito do representante se encheu de esperança. Será que a líder finalmente aceitara nomear novos guerreiros?

Mas seu otimismo se esvaiu como água na areia quando os lábios de Estrela Azul se crisparam em um sorriso de escárnio, e ela acrescentou: – Tem de haver uma cerimônia, suponho. Não significa nada para mim, mas esses gatos são tão crédulos que jamais o aceitarão se não houver uma cerimônia.

"E que sentido tem a cerimônia para Pata de Nuvem?", Coração de Fogo matutou. "Será que ele realmente se importa com o Código dos Guerreiros? Se não", ele refletiu, "o jovem gato não merecia se tornar um guerreiro, mesmo tendo lutado bem."

Mas Estrela Azul tinha decidido, e ele não tentaria fazê-la mudar de ideia. Em vez disso, sugeriu: – Pata Ligeira deveria ser guerreiro também. Ele se saiu bem hoje.

– Ele apenas levou uma mensagem ao acampamento. Isso é trabalho de aprendiz. Ainda não está pronto para se tornar um guerreiro.

– Mas ele voltou para a batalha – Coração de Fogo objetou.

– *Não*! – A cauda de Estrela Azul chicoteou com raiva. – Não posso confiar em Pata Ligeira. Pata de Nuvem é mais forte e mais corajoso; além disso, ele não bajula o Clã das Estrelas como o resto de vocês. O clã precisa de mais guerreiros assim.

Coração de Fogo queria dizer que a falta de respeito de Pata de Nuvem para com o Código dos Guerreiros era a última coisa de que o Clã do Trovão precisava, mas não se atreveu. Em vez disso abaixou a cabeça e recuou. – Vejo você ao pôr do sol – ele miou, e foi dar a notícia a Pata de Nuvem.

Como Coração de Fogo imaginara, o aprendiz ficou encantado com a notícia. O representante do clã deu instruções sobre como agir na cerimônia e, em seguida, foi para a toca dos guerreiros para desfrutar de um sono havia muito desejado. Seu coração foi parar nas patas quando viu Rabo Longo sentado com os aprendizes fora da toca. Havia mais uma coisa a fazer antes que pudesse descansar.

Com o focinho, fez um sinal ao gato desbotado para ir ter com ele longe do alcance do ouvido dos aprendizes. – Rabo Longo – começou, procurando as palavras certas. – Sinto muito, tenho uma má notícia. Estrela Azul concordou em fazer Pata de Nuvem guerreiro, mas...

– Mas Pata Ligeira não? – o gato completou, com raiva. – É o que você vai dizer, não é?

– Sinto muito. Tentei convencê-la, mas ela não concordou.

– É o que você diz. – O guerreiro desbotado zombou. – Mas é estranho que o *seu* aprendiz tenha sido escolhido, e o meu ignorado. *Pata Ligeira* nunca saiu para viver com os Duas-Pernas!

– Não vou entrar nessa questão de novo – o representante do clã replicou. – Pata de Nuvem nunca teve intenção de deixar o clã, mas todos os gatos sabiam que visitava o ninho do Duas-Pernas regularmente por causa da comida, até que foi capturado e mantido preso. – Estrela Azul disse que vai fazer Pata de Nuvem guerreiro porque ele lutou bem, enquanto Pata Ligeira...

– Só levou uma mensagem. – O pelo de listas pretas de Rabo Longo se arrepiou com fúria. – E quem mandou? Ele teria ficado para lutar, se você não o mandasse buscar ajuda!

– Sei disso – Coração de Fogo miou, cansado. – Estou tão decepcionado quanto você. Vou fazer o possível para conseguir que Pata Ligeira seja feito guerreiro em breve, prometo.

– Se acreditar nisso, acredito em qualquer coisa! – Rabo Longo cuspiu. Deu as costas para o representante, arranhou o chão com raiva, como se estivesse cobrindo cocô e voltou, empertigado, para perto dos aprendizes.

O sol se punha por trás do muro do acampamento quando Coração de Fogo saiu da toca dos guerreiros, Listra Cinzenta logo atrás. O sono tinha restaurado seu corpo, e ele tentava se mostrar otimista em relação à cerimônia que ia acontecer, embora por dentro...

As sombras se alongavam por todo o acampamento, e Coração de Fogo viu Estrela Azul sair da toca. Para seu alívio, ela se movimentava com facilidade e, quando pulou para o topo da Pedra Grande, o ferimento no ombro não parecia incomodar.

– Que todos os gatos com idade suficiente para caçar a própria comida se reúnam aos pés da Pedra Grande para uma reunião de clã – ela convocou.

Listra Cinzenta deu uma cutucada amigável em Coração de Fogo. – Você fez um bom trabalho com Pata de Nuvem – ele miou. – Jamais pensei que aquele filhote pestinha iria se tornar um guerreiro tão bom!

Coração de Fogo agradeceu o elogio pressionando o focinho contra o ombro do guerreiro cinza. O amigo se lembrava de como ele ficara perturbado quando Manto de Cinza sofreu o acidente, e sabia o quanto significava para Coração de Fogo ter finalmente um aprendiz pronto para ser nomeado guerreiro. Listra Cinzenta vira seu próprio pupilo, Pata de Samambaia, ter sido feito guerreiro havia muito tempo.

Diversos gatos já estavam na clareira. As notícias da cerimônia de nomeação de Pata de Nuvem deviam ter se espalhado pelo acampamento. Manto de Cinza saiu da toca e tomou seu lugar perto da base da pedra, enquanto Flor Dourada com os dois filhotes se sentou na frente da multidão reunida. A ninhada de Pele de Salgueiro ficou com a mãe, perto da entrada do berçário.

Coração de Fogo notou que os outros aprendizes foram os últimos a se juntar ao círculo em torno da pedra. Viu Pata Brilhante cutucando Pata Ligeira para sair da toca. Mesmo depois de ter cruzado a clareira, o gato preto e branco colocou-se do outro lado da multidão, os aprendizes à sua volta.

Uma pontada de consternação atravessou o representante Coração de Fogo. Não era culpa de Pata de Nuvem que Estrela Azul o tivesse escolhido e não aos outros. Seria difícil para ele não contar com os bons augúrios dos amigos quando se tornasse guerreiro.

Mas o jovem não parecia incomodado. Saiu da toca dos anciãos e caminhou até Coração de Fogo com a cauda balançando no ar, e os olhos brilhando de empolgação.

O guerreiro de pelo rubro murmurou em seu ouvido: – Estou muito orgulhoso de você, Pata de Nuvem. Amanhã você pode levar uma patrulha de caça até o lugar dos Duas-Pernas e contar a Princesa.

Pata de Nuvem lhe lançou um olhar encantado, mas antes que pudesse dizer qualquer coisa, Estrela Azul falou. – Pata de Nuvem, você lutou bem contra o Clã do Rio hoje de manhã, e decidi que chegou a hora de você tomar seu lugar como guerreiro no Clã do Trovão.

O gato branco se virou para a Pedra Grande e ergueu os olhos para a líder, que começava a pronunciar as palavras do ritual. – Eu, Estrela Azul, líder do Clã do Trovão, invoco os guerreiros ancestrais para que baixem o olhar sobre este aprendiz. Ele treinou arduamente para entender os caminhos do seu nobre Código, e eu o confio a vocês, agora como guerreiro.

Sua voz era áspera, e Coração de Fogo pensou ser óbvio que ela apenas repetia um ritual que considerava, agora, sem maior significado. Inquieto, ele se perguntou se o Clã das Estrelas estaria disposto a proteger Pata de Nuvem quando nem ele nem sua líder tinham respeito algum pelos guerreiros ancestrais.

– Pata de Nuvem – Estrela Azul continuou –, você promete respeitar o Código dos Guerreiros e proteger e defender este clã, mesmo a custo de sua vida?

– Prometo – o jovem miou fervorosamente.

Será que ele entendia o que estava prometendo? Coração de Fogo se perguntou. Tinha certeza de que Pata de Nuvem daria o melhor de si para proteger o clã, porque aqueles gatos eram seus amigos, mas sabia que ele não seria levado a agir por qualquer sentimento de lealdade para com o Código dos Guerreiros.

– Então, Pata de Nuvem, pelos poderes do Clã das Estrelas, dou a você seu nome de guerreiro. A partir de agora você será conhecido como Cauda de Nuvem. O Clã das Estrelas homenageia sua bravura e sua independência, e nós lhe damos as boas-vindas como um guerreiro do Clã do Trovão. – A líder emitia as palavras como se fossem espinhos.

Estrela Azul pulou da Pedra Grande e repousou o focinho no alto da cabeça do novo guerreiro, que se abaixou para lamber respeitosamente o ombro da líder; depois, aprumou-se e colocou-se ao lado de Coração de Fogo.

Era o momento em que os gatos deveriam elevar suas vozes para cantar o nome do novo guerreiro, mas o silêncio era total. Coração de Fogo ouviu murmúrios inquietos à sua volta, como se os gatos tivessem percebido a falta de convicção de Estrela Azul ao recitar o ritual. Lançando um olhar para os aprendizes do outro lado da multidão, ele viu que todos fitavam as próprias patas, e Pata Ligeira tinha virado as costas para o antigo companheiro de toca.

Cauda de Nuvem estava começando a se mostrar um pouco desapontado quando Cara Rajada, que o amamentara quando era um minúsculo filhote, aproximou-se e pressionou o focinho malhado contra o dele. – Muito bem, Cauda de Nuvem! – ela exclamou. – Estou tão orgulhosa de você!

Como se ela tivesse dado o sinal verde, Manto de Cinza e Listra Cinzenta vieram, e então, finalmente, outros gatos começaram a rodear Cauda de Nuvem, saudando-o pelo novo nome e congratulando-o. Coração de Fogo deu um suspiro aliviado por aquele momento estranho ter acabado. Mas notou que Rabo Longo não estava à vista, e os aprendizes só se aproximaram no finalzinho. Pata Brilhante à frente, deram miados rápidos, algumas palavras contidas, antes de escaparem de novo. Pata Ligeira não estava entre eles.

– Você ficará em vigília esta noite – Coração de Fogo lembrou ao seu antigo aprendiz, tentando fazer daquela uma cerimônia normal de nomeação. – Lembre-se de que tem de ficar em silêncio até o amanhecer.

Cauda de Nuvem assentiu e foi se colocar no centro da clareira. Com orgulho, elevou a cabeça e a cauda, mas Coração de Fogo sabia que o ritual tinha sido ofuscado pelo ciúme dos outros aprendizes, e pela nítida perda de fé de Estrela Azul.

"Quanto tempo um clã pode sobreviver", o gato de pelo rubro se perguntou, "quando seu líder não honra mais o Clã das Estrelas?"

CAPÍTULO 19

NA MANHÃ SEGUINTE, Coração de Fogo observou a partida da patrulha do amanhecer antes de liberar Cauda de Nuvem da vigília. Sua perna machucada não se mexia, mas o sangramento tinha parado.

– Tudo calmo? – miou. – Quer dormir agora ou vai ficar acordado e sair para caçar? Podíamos ir até Pinheiros Altos, se quiser, e ver Princesa.

Cauda de Nuvem abriu a boca num enorme bocejo, mas um tique-taque de coração depois se pôs de pé. – Vamos caçar!

– Certo. Vamos levar Tempestade de Areia. Ela já conheceu Princesa.

Coração de Fogo sabia que sua relação com a gata alaranjada andava abalada desde que ele impediu a batalha com o Clã do Vento. Queria desesperadamente refazer o elo, e o convite para caçar podia ajudar.

Olhou ao redor para conferir se ela saíra da toca e viu Pelagem de Poeira se aproximar, seguido de Pata de Avenca.

Já bem perto, percebeu que o guerreiro malhado de marrom estava preocupado.

– Há uma coisa que você precisa saber – Pelagem de Poeira anunciou. – Pata de Avenca, diga-lhe o que acabou de me contar.

A jovem, com a cabeça baixa, remexia a terra com as patas dianteiras. Sua hesitação deu a Coração de Fogo tempo para imaginar o que a perturbava, e por que escolhera Pelagem de Poeira para desabafar, e não seu mentor, Risca de Carvão.

A segunda questão ficou clara quando Pelagem de Poeira se inclinou e lhe deu algumas lambidas na orelha. O representante jamais vira o jovem guerreiro de espírito belicoso tão gentil. – Certo – Pelagem de Poeira miou. – Não há o que temer. Coração de Fogo não vai se zangar com você. – O olhar que ele deu ao guerreiro de pelo cor de flama, que a jovem gata não viu, dizia *É melhor que não!*

– Vamos lá, Pata de Avenca – Coração de Fogo tentou lhe dar coragem. – Diga qual é o problema.

Os olhos verdes da gata piscaram na direção dele, depois se desviaram. – É Pata Ligeira. Ele... – A jovem hesitou, agora fitando Cauda de Nuvem, e depois prosseguiu: – Ele ficou bem zangado porque Estrela Azul não o nomeou guerreiro. Na última noite, reuniu os aprendizes na toca e disse que nunca seríamos guerreiros, a não ser que realizássemos um ato de tamanha coragem que Estrela Azul *não* pudesse nos ignorar mais.

Ela fez outra pausa e Pelagem de Poeira murmurou: – Continue.

– Falou que precisamos descobrir quem está matando as presas na floresta – disse a jovem, com a voz tremida. – Que você não parece empenhado em saber quem é nosso inimigo. Queria que fôssemos às Rochas das Cobras porque foi onde se descobriu a maior parte de restos das presas. Acha que podemos pegar uma pista.

– Ideia digna de cérebro de camundongo! – Cauda de Nuvem exclamou.

– E o que o resto dos aprendizes achou? – Coração de Fogo perguntou, com um olhar de alerta a Cauda de Nuvem, tentando ignorar a apreensão que a Assembleia lhe trouxera, como uma pedra de gelo se formando na barriga.

– Não sabíamos. Queremos ser guerreiros, mas sabemos que não devemos fazer algo assim sem receber uma ordem, e sem ter ao menos um guerreiro conosco. No final, foram apenas Pata Ligeira e Pata Brilhante.

– Você os viu durante a vigília? – Coração de Fogo perguntou a Cauda de Nuvem.

Já com o ar preocupado, o jovem guerreiro fez que não.

– Pata Ligeira disse que Cauda de Nuvem não perceberia um monstro dos Duas-Pernas rugindo no acampamento – Pata de Avenca murmurou. – Ele e Pata Brilhante se esgueiraram pelas samambaias atrás da toca dos anciãos.

– Quando foi isso? – Coração de Fogo perguntou.

– Não sei bem, antes do nascer do sol – a voz da gata se elevou, como se fosse choramingar como um bebê. – Eu não sabia o que fazer. *Sabia* que era errado, mas não queria traí-los. Mas fui me sentindo cada vez pior; foi quando vi

Pelagem de Poeira, e contei a ele. – Ela olhou com gratidão o guerreiro marrom, que pressionou o focinho em seu corpo malhado de cinza.

– Temos de ir atrás deles – Coração de Fogo decidiu.

– Vou junto – apresentou-se logo Cauda de Nuvem, queimando o representante com seu olhar azul. – Pata Brilhante está lá longe. Vou fazer *picadinho* de quem machucá-la.

– Certo – Coração de Fogo concordou, surpreso ao ver o jovem guerreiro tão abertamente preocupado com a ex-colega. – Vá chamar mais gatos para nos acompanhar.

O novo guerreiro saiu em disparada e Pelagem de Poeira miou: – Vamos também.

– Não quero os aprendizes nessa história – Coração de Fogo falou. – Pata de Avenca já está aborrecida. Por que você não a leva para caçar? Leve também Pata Gris e Risca de Carvão. O clã precisa de presa fresca.

Pelagem de Poeira o olhou demoradamente, até que concordou. – Certo.

Coração de Fogo matutou se, antes de sair, devia contar a Estrela Azul o que estava acontecendo, mas relutava em colocar Pata Ligeira em apuros e dar à líder outra desculpa para não nomeá-lo guerreiro. "Se conseguirmos resgatá-los, Estrela Azul não precisará saber", pensou.

Além disso, não queria desperdiçar um só momento. Cauda de Nuvem já voltava com Tempestade de Areia e Listra Cinzenta vinha logo atrás. "Bem os gatos que escolhi." Ele não podia ignorar a emoção ao pensar que Listra Cinzenta estava em casa novamente, que podiam caçar e lutar juntos, como antes. Os olhos do guerreiro cinza brilhavam; estava feliz por estar ao lado do amigo. Coração de Fogo gostaria de contar também com Nevasca; ele era o mentor de Pata Brilhante, mas saíra com a patrulha do amanhecer.

Tempestade de Areia estava como sempre, alerta e concentrada na missão. – Cauda de Nuvem falou conosco – ela miou, empolgada. – Vamos.

Coração de Fogo foi à frente, saindo do acampamento, subindo ao alto da ravina. Quase imediatamente sentiu o cheiro dos dois aprendizes, na direção das Rochas das Cobras. Não havia necessidade de perder tempo tentando localizá-los; bastava chegar às Rochas das Cobras o mais rapidamente possível.

"Mas será tarde demais", ele pensou. "Se encontraram o que quer que esteja lá..."

Ele atravessou correndo a floresta, as patas espalhando as folhas no chão. Chegou a esquecer a rigidez da perna machucada. A seu lado, estava Listra Cinzenta, que, mais uma vez, lhe dava apoio diante do perigo, embora muita coisa estivesse mudada.

Perto das Rochas das Cobras, Coração de Fogo diminuiu o passo; fez um sinal com a cauda para que os outros gatos fizessem o mesmo. Se entrassem repentinamente sem saber com o que deparariam, não ajudariam os aprendizes. Precisavam cuidar da ameaça, fosse o que fosse, como de qualquer outro inimigo. Mas algo dentro do gato de pelo vermelho gritava que isso era imprevisível, ia muito além do alcance de qualquer código de clã, que se tratava do maior perigo que já enfrentara. Será que era assim que se sentiam camundongos e coelhos, sabendo que a morte poderia estar à espreita na vegetação rasteira?

Tudo estava imóvel. Coração de Fogo não queria se arriscar e chamar os aprendizes e acabar alertando o que estava escondido, tocaiando. Pata Ligeira devia estar certo, ele percebeu; ali estava o âmago da escuridão que envenenara a floresta, mas ele começou a duvidar das teorias sobre a identidade da ameaça. Poderia realmente um só cachorro causar tanta destruição e medo na floresta?

Tão cuidadoso quanto na hora de emboscar uma presa, Coração de Fogo escorregou pela vegetação rasteira até ver as laterais macias e cor de areia das Rochas das Cobras. Por alguns tique-taques de coração ficou ali, experimentando o ar. Um misto de odores lhe chegou: os de Pata Ligeira e Pata Brilhante, ainda recentes; o cheiro mais acre dos outros gatos do Clã do Trovão; de cachorro, como esperava; mas, acima desses, o fedor de sangue fresco.

Tempestade de Areia voltou o corpo para olhá-lo, apavorada, olhos arregalados. – Algo terrível aconteceu.

O pavor tomou conta de Coração de Fogo. Havia uma lua que estava para confrontar a fonte do medo que o perseguia, o inimigo sem rosto que invadira a floresta do clã. Ele mal conseguia ir adiante.

Mexeu a cauda indicando aos companheiros para avançar; eles agora arrastavam a barriga no chão, tentando ver sem ser vistos, até estarem a algumas raposas de distância das rochas.

Uma árvore caída lhes barrou a passagem. Coração de Fogo subiu desajeitadamente no tronco e olhou o tapete de folhas secas. Nesse momento, sentiu a bile amarga subir pela garganta. As folhas tinham sido esmagadas por patas enormes, e porções de terra se elevavam até os galhos das árvores. No meio da clareira jazia, imóvel, o corpo preto e branco de Pata Ligeira; logo adiante estava Pata Brilhante.

– Ah, não – murmurou Tempestade de Areia, ao se agachar no tronco ao lado de Coração de Fogo.

– Pata Brilhante! – gritou Cauda de Nuvem. Sem esperar a ordem do representante, atravessou a clareira correndo na direção da gata.

Coração de Fogo se retesou, esperando que surgisse das árvores o responsável por caçar e atacar os aprendizes, fosse o que fosse, mas nada se moveu. Tinha a impressão de que as pernas não eram suas; deu um pulo e caiu em diagonal a Pata Ligeira.

O aprendiz estava de lado, as pernas largadas. A pelagem preto e branco estava rasgada, o corpo coberto de feridas terríveis, causadas por dentes muito maiores que de qualquer gato. Ele ainda rosnava, os olhos estavam arregalados. Estava morto, e Coração de Fogo via que morrera lutando.

– Grande Clã das Estrelas, como isso aconteceu? – ele murmurou. Por muitas luas tivera medo, e agora a situação era muito pior do que imaginara. Pata Ligeira fora sacrificado como uma presa. Os caçadores da floresta passaram a presa, o equilíbrio da vida mudara e, por um instante, o gato sentiu o chão lhe faltar.

Listra Cinzenta e Tempestade de Areia olhavam o corpo, abalados demais para responder. Coração de Fogo sabia que Listra Cinzenta se lembrava de outro corpo ensanguentado, reavivando-se seu pesar por Arroio de Prata.

– Que desperdício – Coração de Fogo murmurou, triste. – Se ao menos Estrela Azul o tivesse nomeado guerreiro. Se eu o tivesse deixado lutar, no lugar de mandá-lo...

Foi interrompido por um guincho de Cauda de Nuvem.

– Coração de Fogo! Coração de Fogo, Pata Brilhante não está morta!

Coração de Fogo rodopiou e atravessou a clareira correndo para se colocar ao lado da aprendiz. A pelagem branca e laranja, que ela mantinha tão penteada, estava salpicada com sangue coagulado. A lateral estava toda despelada, o sangue ocupava o lugar onde devia haver um olho. Uma orelha fora arrancada, o focinho tinha marcas enormes de garras.

Coração de Fogo ouviu um som abafado, vindo de Tempestade de Areia, que o seguira. – Não... – ela miou. – Ó, Clã das Estrelas, não!

Primeiro o representante pensou que Cauda de Nuvem estava errado, que a aprendiz morrera, até ver o peito da gata subir e descer, quase sem força, o sangue borbulhando nas narinas. – Vá buscar Manto de Cinza – ele ordenou.

Tempestade de Areia disparou e Listra Cinzenta postou-se ao lado do corpo de Pata Ligeira, alerta no caso de o terrível inimigo regressar. O representante continuava a olhar para Pata Brilhante. De certa forma, seu medo se foi.

Sentia apenas uma calma gélida. E uma determinação séria e feroz de vingar os jovens aprendizes. Ele pediu proteção ao Clã das Estrelas, que lhe desse forças para despejar a fúria dos céus naquilo que ousara causar tamanho mal.

Cauda de Nuvem enroscou-se junto do corpo inerte, lambendo o rosto da amiga e a pelagem em volta das orelhas. – Não morra, Pata Brilhante – ele implorou. – Estou aqui. Manto de Cinza já vem, aguente mais um pouquinho.

Coração de Fogo jamais vira o sobrinho tão arrasado. Esperava que o jovem não tivesse de passar pela dor que ele sentira com a morte de Folha Manchada, ou por sofrimento igual ao de Listra Cinzenta, quando perdeu Arroio de Prata.

Uma das orelhas da jovem se mexeu, quando Cauda de Nuvem delicadamente a lambeu. O olho que sobrara abriu um pouquinho e voltou a fechar.

– Pata Brilhante – Coração de Fogo inclinou-se e cobrou: – Você pode nos dizer o que lhe fez isso?

Ela abriu mais o olho nublado, fitando o gato.

– O que houve? – ele repetiu. – O que fez isso?

A jovem guinchou quase sem forças, aos poucos se fazendo entender. Coração de Fogo olhou-a fixamente, apavorado, ao decifrar o que ela tentava dizer.

– Matilha, matilha – ela murmurou. – Matar, matar.

CAPÍTULO 20

– ELA VAI SOBREVIVER? – Coração de Fogo perguntou, ansioso.

Manto de Cinza, cansada, soltou um suspiro. Ela chegara às Rochas das Cobras tão rápido quanto suas pernas bambas permitiram e fizera todo o possível para cuidar dos ferimentos mais sérios de Pata Brilhante, usando teias de aranha para estancar o sangramento e sementes de papoula para a dor. Por fim, a aprendiz havia se recuperado o suficiente para ser levada de volta ao acampamento, e agora estava inconsciente, deitada em um ninho entre as samambaias perto da toca da curandeira.

– Não sei – Manto de Cinza admitiu. – Fiz o melhor possível. Ela está nas mãos do Clã das Estrelas agora.

– Ela é forte – Coração de Fogo miou, tentando se tranquilizar. Não era o que dizia a aparência da aprendiz, enroscada entre as samambaias. Parecia menor do que um filhote, um mero pedacinho de pelo. De certa forma, a impressão era de que cada suspiro seria o último.

– Mesmo que se recupere, vai ficar com cicatrizes horríveis – Manto de Cinza avisou. – Não consegui salvar nem a orelha nem o olho. Não sei se algum dia ela será uma guerreira.

Coração de Fogo concordou. Sentiu-se mal ao olhar para o rosto de Pata Brilhante, agora envolto em teias de aranha. Tudo isso o fazia lembrar o acidente de Manto de Cinza, quando Presa Amarela lhe disse que a perna da jovem ficaria defeituosa para sempre.

– Ela falou qualquer coisa sobre a "matilha" – ele murmurou. – Eu me pergunto o que ela realmente viu.

Manto de Cinza balançou a cabeça. – É o que tememos há muito tempo. Existe alguma coisa na floresta que veio nos caçar. Ouvi isso no meu sonho.

– Eu sei – disse Coração de Fogo, os músculos rijos pela tristeza. – Já devia ter feito alguma coisa. O Clã das Estrelas enviou o mesmo alerta para Estrela Azul.

– Mas ela não respeita mais o Clã das Estrelas. Estou surpresa que ainda os escute.

– Você acha que foi por essa razão que isso aconteceu? – o representante girou e encarou a curandeira.

– Não – ela respondeu, aproximando-se e encostando o corpo no dele; sua voz estava tensa. – O Clã das Estrelas não enviou o mal; tenho certeza.

Enquanto falava, um barulho no túnel de samambaia anunciou a chegada de Cauda de Nuvem.

– Pensei que tivesse lhe dito para descansar – a curandeira miou.

– Não consegui dormir. – O gato branco foi para perto da amiga acamada e se acomodou ao seu lado. – Quero ficar com Pata Brilhante. – Inclinou a cabeça e deu-lhe uma suave lambida no ombro, murmurando: – Durma bem. Você continua bonita. Volte para nós. Não sei onde você está agora, mas tem de regressar.

Ele lhe deu ainda algumas lambidas e, em seguida, lançou um olhar hostil a Coração de Fogo. – Isso é tudo culpa sua! – explodiu. – Se ela e Pata Ligeira tivessem sido nomeados guerreiros, não teriam saído por conta própria.

O gato de pelo rubro encarou o sobrinho com firmeza. – Sim, eu sei – ele miou. – Eu tentei, acredite.

Ao ouvir passos suaves, ele se calou; Estrela Azul se aproximava. Coração de Fogo tinha mandado Tempestade de Areia buscá-la, e a guerreira alaranjada seguiu a líder até a clareira de Manto de Cinza.

A líder do clã permaneceu de pé e olhou para Pata Brilhante em silêncio. Cauda de Nuvem levantou a cabeça desafiadoramente, e por um tique-taque de coração o representante pensou que o sobrinho também acusaria Estrela Azul de ser responsável pelos terríveis ferimentos da amiga, mas o jovem não disse nada.

Estrela Azul piscou algumas vezes e perguntou: – Ela vai morrer?

– Isso é com o Clã das Estrelas – Manto de Cinza lhe disse, buscando Coração de Fogo com o olhar.

– E que misericórdia podemos esperar deles? – Estrela Azul rosnou. – Se depender do Clã das Estrelas, Pata Brilhante vai morrer.

– Sem jamais ter sido guerreira – miou Cauda de Nuvem, a voz calma e triste, e abaixou a cabeça de novo para dar uma lambida no ombro de Pata Brilhante.

– Não necessariamente. – Estrela Azul falou com relutância. – Há um ritual, felizmente pouco utilizado; se um aprendiz moribundo merecer, pode ser nomeado guerreiro e levar seu nome para o Clã das Estrelas. – Ela hesitou.

Coração de Fogo prendeu a respiração sem acreditar. Será que a líder deixaria de lado a ira contra seus ancestrais para reconhecer a importância do Clã das Estrelas na vida de um guerreiro? Estaria prestes a admitir que negara a Pata Brilhante esse merecido *status*?

Cauda de Nuvem olhou de novo para a gata cinzenta e rosnou: – Então faça isso.

Estrela Azul não reagiu ao receber uma ordem de seu mais novo guerreiro. Coração de Fogo e Manto de Cinza se olharam, os pelos se tocando como para se consolar, Tempestade de Areia se aproximou para testemunhar em silêncio; a líder abaixou a cabeça e começou a falar: – Peço aos meus guerreiros ancestrais que baixem o olhar sobre esta aprendiz. Ela aprendeu o Código dos Guerreiros e deu a própria vida a serviço de seu clã. Que o Clã das Estrelas a receba como guerreira. – Depois de uma pausa, rosnou, uma terrível cólera estampada nos olhos. – Ela será conhecida como Rosto Perdido, para que todos os gatos saibam o que o Clã das Estrelas fez para tirá-la de nós.

Coração de Fogo olhou aterrorizado para a líder. Como podia usar a aprendiz ferida em sua guerra contra os guerreiros ancestrais?

– Mas esse nome é cruel! – Cauda de Nuvem protestou. – E se ela sobreviver?

– Será mais uma razão para lembrar o que o Clã das Estrelas nos enviou – Estrela Azul respondeu, a voz pouco mais que um sussurro. – Ou Rosto Perdido, ou nada.

Cauda de Nuvem encarou-a por mais um instante, uma luz de desafio nos olhos azuis; depois baixou a cabeça como se soubesse que não fazia sentido discutir.

– Que o Clã das Estrelas a receba com o nome de Rosto Perdido – Estrela Azul terminou, inclinando-se e tocando de leve o nariz na cabeça da jovem. – Pronto, está feito – murmurou.

Como se o toque tivesse despertado Rosto Perdido, ela abriu os olhos, que se inundaram de um medo terrível. Por um momento, esforçou-se para despertar. – Matilha, matilha! – ofegou. – Matar, matar!

Estrela Azul recuou, o pelo eriçado, e perguntou: – O quê? O que ela quis dizer?

Mas a jovem mergulhara de novo na inconsciência. A líder alternava o olhar feroz entre Manto de Cinza e Coração de Fogo. – O que ela quis dizer? – repetiu.

– Não sei – Manto de Cinza miou, inquieta. – Ela não dirá mais nada.

– Mas, Coração de Fogo, eu disse... – Estrela Azul se esforçava para falar. – O Clã das Estrelas me mostrou um mal na floresta, e eles chamavam de "matilha". Foi a matilha que fez isso?

Manto de Cinza evitou seu olhar, e foi verificar a paciente. Coração de Fogo buscava uma resposta que satisfizesse a líder. Não queria que ela soubesse que seus gatos estavam sendo caçados como presas por um inimigo, sem nome nem rosto. Mas sabia que ela não aceitaria respostas vagas.

– Nenhum gato sabe – ele respondeu, finalmente. – Vou avisar às patrulhas que fiquem de olho, mas...

– Mas, se o Clã das Estrelas nos abandonou, as *patrulhas* não vão ajudar – Estrela Azul terminou com desdém. – Talvez até tenham enviado essa matilha para me punir.

– Não! – Manto de Cinza a encarou. – O Clã das Estrelas não nos enviou a matilha. Nossos ancestrais cuidam de nós, e jamais iriam atrapalhar a vida da floresta ou destruir um clã inteiro por um único ressentimento. Você *tem* que acreditar nisso.

A gata a ignorou. Aproximou-se de Rosto Perdido e, olhando-a bem, disse: – Perdão. Eu trouxe a ira do Clã das Estrelas para você. – Então foi em direção à sua toca.

Quase ao mesmo tempo, um lamento angustiante eclodiu na clareira principal. Coração de Fogo correu pelas samambaias e viu que Rabo Longo e Listra Cinzenta traziam o corpo de Pata Ligeira para o enterro. Depois de ter colocado o corpo preto e branco no centro da clareira, o mentor do gato agachou-se, tocando-o com o nariz na posição ritual de luto. A mãe de Pata Ligeira, Flor Dourada, colocou-se ao lado do filho, enquanto Amora Doce e Açafrão, meios-irmãos de Pata Ligeira, tinham os olhos arregalados e assustados.

Uma nova onda de dor invadiu Coração de Fogo. Rabo Longo fora um bom mentor para Pata Ligeira. Não merecia a dor daquele momento.

Retornando à clareira de Manto de Cinza, viu Tempestade de Areia ao lado da curandeira, que pressionava novas teias de aranha nos curativos encharcados de sangue. – Talvez saia dessa – ela miou. – Se há alguém que pode ajudá-la, é você, Manto de Cinza.

A gata levantou os olhos e piscou com gratidão. – Obrigada, Tempestade de Areia. Mas ervas curativas só ajudam em parte. Se ela sobreviver, talvez não me agradeça. – Olhou para Coração de Fogo, que identificou no rosto da curandeira o medo de a jovem não conseguir lidar com sua nova e terrível aparência. Que futuro aguardava uma gata com cicatrizes que a fariam se lembrar para sempre daquele pesadelo?

– Ainda vou cuidar dela – prometeu Cauda de Nuvem, levantando os olhos depois de uma lambida gentil.

Coração de Fogo sentiu uma explosão de orgulho. Se ao menos o antigo aprendiz conseguisse mostrar a mesma lealdade inquestionável ao Código dos Guerreiros, seria um dos melhores do Clã do Trovão.

Tempestade de Areia deu um toque de nariz em Rosto Perdido com delicadeza e, em seguida, se afastou. – Vou buscar algumas presas frescas para você e para Cauda de Nuvem – miou para Manto de Cinza. – E uma peça para Rosto Perdido também. Talvez ela queira alguma coisa quando acordar. – Decididamente otimista, ela saiu para a clareira.

– Não quero comer nada – miou Cauda de Nuvem, com a voz monótona e exaurida. – Não estou me sentindo bem.

– Você precisa dormir – Manto de Cinza lhe disse. – Vou lhe dar algumas sementes de papoula.

– Também não quero sementes de papoula. Quero ficar com Rosto Perdido.

– Não estou perguntando o que você quer, estou dizendo o que você precisa. Você fez vigília na noite passada, lembra? – Foi mais gentil ao acrescentar: – Prometo acordar você se houver qualquer alteração.

Enquanto ela foi buscar as sementes, Coração de Fogo olhou o sobrinho com simpatia. – Ela é a curandeira – observou – E sabe o que é melhor.

Cauda de Nuvem não respondeu, mas, quando Manto de Cinza voltou carregando uma cabeça seca de papoula e sacudiu algumas sementes na frente dele, o jovem gato as lambeu sem reclamar. Exausto, enroscou-se perto de Rosto Perdido e em alguns tique-taques de coração já havia adormecido.

– Nunca pensei que ele se importaria com outro gato tanto assim – Coração de Fogo murmurou.

– Você não percebeu? – Apesar de toda a ansiedade, havia um brilho divertido nos olhos azuis de Manto de Cinza. – Ele tem andado atrás de Pata Brilhante, digo, Rosto Perdido, já faz agora uma estação. Ele gosta dela de verdade.

Vendo os dois jovens gatos enroscados, Coração de Fogo acreditava nisso.

Coração de Fogo foi até a pilha de presas frescas. Era quase sol alto, mas, embora se derramassem sobre a clareira, os raios brilhantes não emitiam calor. A estação sem folhas tinha chegado à floresta.

Fazia alguns dias da morte de Pata Ligeira e do incidente com Rosto Perdido. Coração de Fogo acabara de vê-la, e ela ainda se agarrava à vida. Manto de Cinza começou a ficar cautelosamente otimista, achando que ela iria sobreviver. Cauda de Nuvem passava quase todo o tempo com a amiga; Coração de Fogo o dispensara temporariamente dos deveres de guerreiro para que cuidasse da gata ferida.

Ao atravessar a clareira, Coração de Fogo viu Listra Cinzenta sair da toca dos guerreiros e se dirigir à pilha de presas frescas. Listra de Carvão o ultrapassou, chegando antes à pilha e empurrando-o para o lado para abocanhar um coelho. Pelagem de Poeira, que já escolhera sua refeição, deu a Listra Cinzenta um olhar hostil; o guerreiro cinza hesitou, sem vontade de se aproximar até que os dois guerreiros tivessem se afastado para comer no canteiro de urtiga.

Apressando o passo, Coração de Fogo se colocou ao lado do amigo. – Ignore-os – murmurou. – Pensam com a cauda, não com a cabeça.

Listra Cinzenta lançou-lhe um olhar agradecido antes de escolher um pica-pau.

– Vamos comer juntos – o amigo sugeriu, escolhendo um rato silvestre e rumando para uma área ensolarada perto da toca dos guerreiros. – E não deixe que esses dois o aborreçam. A hostilidade não vai ser para sempre.

Listra Cinzenta não parecia convencido, mas não disse mais nada, e os dois guerreiros se instalaram para comer. Do outro lado da clareira, Açafrão e Amora Doce se divertiam com os três filhotes de Pele de Salgueiro. Coração de

Fogo sentiu uma pontada de dor ao se lembrar de como Rosto Perdido às vezes brincava com eles, como se estivesse ansiosa para ter os próprios filhotes. Será que ela um dia teria filhos?

– Não consigo deixar de pensar quanto esse filhote se parece com o pai – miou Listra Cinzenta depois de observá-los por algum tempo.

– Contanto que ele não se *comporte* como o pai – Coração de Fogo respondeu. Ele se empertigou ao ver Amora Doce rolar sobre um dos filhotes muito menor que ele, mas relaxou quando a minúscula gata atartarugada deu um pulo e se atirou alegremente sobre Amora Doce.

– Já deve estar na hora de ele ser feito aprendiz – comentou Listra Cinzenta. – Ele e Açafrão são mais velhos do que... – Parou de falar e uma expressão distante e triste nublou seus olhos cor de âmbar.

Coração de Fogo sabia que ele estava pensando em seus próprios filhotes, que tinham ficado para trás no Clã do Rio. – Sim, está na hora, e eu estava pensando sobre os mentores – ele concordou, na esperança de distrair o amigo de suas memórias agridoces. – Vou perguntar a Estrela Azul se posso ser mentor de Amora Doce. Quem você acha que seria...

– Você, mentor de Amora Doce? – Listra Cinzenta miou, olhos fixos no amigo. – É uma boa ideia?

– Por que não? – Coração de Fogo perguntou, sentindo o pelo começar a formigar. – Não tenho aprendiz, agora que Cauda de Nuvem se tornou guerreiro.

– Porque não gosta de Amora Doce. Não culpo você, mas será que ele não ficaria melhor com um mentor que confiasse nele?

Coração de Fogo hesitou. Havia alguma verdade no que o amigo dissera, mas o representante sabia que não poderia delegar a tarefa a outro felino. *Tinha* de ter o jovem sob sua orientação para se certificar de que permaneceria fiel ao Clã do Trovão.

– Já está decidido – ele miou secamente. – Queria lhe perguntar quem você acha que seria um bom mentor para Açafrão.

Listra Cinzenta fez uma pausa, como se quisesse continuar discutindo; então encolheu os ombros. – Estou surpreso que você pergunte. Há uma escolha óbvia. – Como o amigo se calou, ele acrescentou: – Tempestade de Areia, seu cérebro de camundongo!

Coração de Fogo deu uma mordida num rato silvestre para se dar tempo de pensar em uma resposta. Tempestade de Areia era uma guerreira experiente. Tinha sido aprendiz com Coração de Fogo, Listra Cinzenta e Pelagem de Poeira, e era a única dos quatro que nunca tivera o próprio aprendiz. Ainda assim, algo o fazia relutar em entregar-lhe Açafrão.

Engolindo o naco de rato silvestre, ele miou. – Tinha mais ou menos prometido Bolinha de Neve a Pelo de Musgo Renda. É justo que peça a Estrela Azul que ele seja o mentor de Açafrão, já que ficou tão decepcionado recentemente. Além disso, ele é ótimo guerreiro e fará um bom trabalho.

Os olhos de Listra Cinzenta brilharam brevemente com orgulho; Pelo de Musgo Renda tinha sido seu aprendiz, e ele estava claramente encantado por ouvir os elogios. Então, mexeu as orelhas, incrédulo: – Qual é, Coração de Fogo? Essa não é a razão verdadeira, e você sabe disso.

– Como assim?

– Você não quer entregar Açafrão para Tempestade de Areia porque tem medo do que Estrela Tigrada possa fazer.

Coração de Fogo olhou para o amigo, sabendo que ele estava certo. A razão estava lá em sua mente, mas ele se recusava a admitir, até para si mesmo.

– Você quer protegê-la – Listra Cinzenta continuou, enquanto Coração de Fogo se mantinha calado.

– E o que há de errado nisso? – perguntou o gato de pelo flamejante. – Estrela Tigrada já encorajou Listra de Carvão a levar os filhotes para fora do acampamento para visitá-lo. Você acha que termina aí? Acha que vai se contentar em vê-los apenas nas Assembleias?

– Não, não acho. – Listra Cinzenta soltou um resmungo exasperado. – Mas o que Tempestade de Areia vai achar? Ela não é uma gatinha de gente bonitinha se escondendo atrás de guerreiros grandes e fortes. Pode cuidar de si mesma.

Coração de Fogo encolheu os ombros, desconfortável. – Ela vai ter de aceitar a decisão. Tenho certeza de que Estrela Azul concordará em deixar Pelo de Musgo Renda ser o mentor de Açafrão.

Os olhos cor de âmbar de Listra Cinzenta brilhavam antecipando os problemas que viriam. – Você é o representante. Mas Tempestade de Areia não vai gostar – ele previu.

– Você quer ser o mentor de Amora Doce? – perguntou Estrela Azul.

Coração de Fogo estava na toca da líder. Acabara de levantar a questão dos novos aprendizes, sugerindo que deveriam realizar a cerimônia de nomeação ao pôr do sol.

– Sim – ele miou. – E Pelo de Musgo Renda pode ser o mentor de Açafrão.

A gata de focinho prateado o fitou com os olhos estreitados. – Um traidor para orientar o filho de um traidor – ela disse asperamente. Era claro que não tinha interesse em quem orientaria Açafrão. – Que adequado.

– Estrela Azul, não há traidores no clã agora – Coração de Fogo tentou assegurar, escondendo suas dúvidas sobre Amora Doce.

A líder fungou com desdém – Faça o que quiser. Por que eu deveria me importar com o que acontece nesse ninho de vilões?

O gato de pelo avermelhado desistiu de tentar argumentar. Deixou a toca e voltou à clareira. O sol já estava baixando, e o clã começara a se reunir para a cerimônia. Coração de Fogo viu Pelo de Musgo Renda e o chamou.

– Acho que você está pronto para ter um aprendiz – anunciou. – O que acha de ser mentor de Açafrão?

Com os olhos brilhando, o felino gaguejou ao responder. – Você está falando sério, mesmo? Seria maravilhoso!

– Você vai fazer um bom trabalho. Sabe o que fazer na cerimônia?

Ele fez uma pausa quando Tempestade de Areia saiu da toca dos guerreiros e foi em sua direção. – Espere, Pelo de

Musgo Renda – murmurou às pressas. – Volto em um instante. – E foi ao encontro da guerreira alaranjada.

– O que foi aquilo que Listra Cinzenta me disse? – Tempestade de Areia perguntou assim que ele pôde ouvi-la. – É verdade que você perguntou a Estrela Azul se Pelo de Musgo Renda poderia ser mentor de Açafrão?

Coração de Fogo engoliu em seco. Os olhos verdes da amiga brilhavam com raiva, e o pelo em seus ombros estava eriçado. – Sim, é verdade – ele começou a explicar.

– Mas eu sou mais experiente do que ele!

Coração de Fogo resistiu ao impulso de lhe contar a verdade, para que soubesse que só fizera aquilo pelo bem dela. Mas dizer-lhe que não a indicara como mentora de Açafrão para protegê-la de possíveis problemas com Estrela Tigrada iria deixá-la ainda mais furiosa. Ela pensaria que ele a julgava fraca demais para lidar com a ameaça que o líder do Clã das Sombras representava.

– O quê? – ela insistiu. – Você não acha que eu possa ser uma boa mentora?

– Não é nada disso – Coração de Fogo protestou.

– Então o que é? Dê-me uma boa razão para eu não orientar Açafrão!

– Porque eu... – O guerreiro buscava desesperadamente o que dizer. – Porque quero que você leve patrulhas de caça extras. Você é uma caçadora *brilhante*, Tempestade de Areia, a melhor. Com a estação sem folhas, as presas vão escassear de novo. Vamos mesmo precisar de você. – Enquanto falava, percebeu que dissera a verdade. As patrulhas de caça extras lideradas pela guerreira seriam uma maneira de resolver o problema da alimentação do clã durante as luas amargas da estação sem folhas.

Mas Tempestade de Areia não ficou impressionada. – Você está apenas dando desculpas – ela miou com desdém. – Não há razão que me impeça de conduzir as patrulhas de caça *e* ser a mentora de Açafrão. Ela é rápida e brilhante, e aposto que será uma caçadora *brilhante*, também.

– Sinto muito. Já pedi a Pelo de Musgo Renda para orientar Açafrão. Vou falar com Estrela Azul para que dê a você um dos filhotes de Pele de Salgueiro quando passar o pior da estação sem folhas. Está bem?

– Não, não está. – Tempestade de Areia sibilou. – Não fiz nada para merecer ser passada para trás assim. Não vou esquecer isso tão cedo, Coração de Fogo.

Ela se virou e foi juntar-se a Pele de Geada e Cara Rajada. O representante deu um passo para segui-la, mas desistiu. Não havia nada a lhe dizer e, além disso, Estrela Azul acabara de sair da toca para convocar o clã para a cerimônia.

Quando o clã estava reunido, Coração de Fogo percebeu Listra Cinzenta agachado, sozinho, não muito longe da Pedra Grande. Pelo de Rato passou por ele, empertigada, quando foi se sentar com as outras gatas. Frustrado porque alguns felinos do clã ainda se recusavam a aceitar a presença de Listra Cinzenta, o gato de pelo flamejante quis se aproximar para tranquilizá-lo, mas tinha de ficar onde estava, pronto para participar da cerimônia. Um momento depois Cauda de Nuvem e Nevasca saíram do túnel de samambaia que levava à toca de Manto de Cinza e, para alívio do representante, se acomodaram ao lado do guerreiro cinza.

Manto de Cinza saiu atrás deles e, apressada, se dirigiu a Coração de Fogo. Quando se aproximou, seus olhos azuis brilhavam. – Boas notícias – ela anunciou. – Rosto Perdido acabou de acordar e conseguiu comer um pouco de presa fresca. Acho que ela vai ficar bem.

Coração de Fogo soltou um ronronar feliz. – Isso é ótimo, Manto de Cinza. – Mas, apesar de todo o alívio que a notícia lhe causara, não conseguia deixar de pensar como a jovem reagiria ao saber que seu rosto estava tão terrivelmente ferido.

– Ela já está sentando e tentando se pentear – a curandeira continuou –, mas ainda está muito instável. Terá que ficar na minha toca por alguns dias.

– Ela disse alguma coisa sobre o ataque?

A gata fez que não. – Tentei perguntar, mas o assunto a perturba demais para pensar nisso. Ainda grita "matilha" e "matar" em seus pesadelos.

– O clã precisa saber – Coração de Fogo lembrou.

– Então o clã vai ter de esperar – Manto de Cinza assegurou drasticamente. – Rosto Perdido precisa de paz e tranquilidade, é o único jeito de melhorar.

Coração de Fogo queria perguntar quando a jovem estaria pronta para conversar, mas teve de prestar atenção na cerimônia, pois Flor Dourada saiu do berçário ladeada por seus dois filhotes. O representante viu que ela os preparara com um cuidado especial. O pelo cor de gengibre de

Açafrão brilhava como uma chama no sol poente, e o pelo malhado de Amora Doce tinha um brilho lustroso. Ao se aproximarem da Pedra Grande, Açafrão dava pulos de entusiasmo, mas Amora Doce parecia calmo, avançando, a cabeça e a cauda erguidas.

Coração de Fogo se perguntou se era assim que Estrela Tigrada era quando se tornou aprendiz. Teria se mostrado a mesma promessa de coragem e de vida longa a serviço de seu clã? Será que o líder de seu clã e o seu mentor faziam ideia do seu destino?

Estrela Azul chamou os dois filhotes para ficarem a seu lado no pé da Pedra Grande. Coração de Fogo percebeu que ela parecia mais alerta do que de costume, como se nem mesmo ela pudesse ficar indiferente à perspectiva de contar com mais guerreiros para lutar por seu clã.

– Pelo de Musgo Renda – ela começou –, Coração de Fogo me disse que você está pronto para ter seu primeiro aprendiz. Você será o mentor de Açafrão.

Parecendo tão animado quanto sua nova aprendiz, o felino deu um passo à frente, e Açafrão correu ao seu encontro.

– Pelo de Musgo Renda – Estrela Azul continuou –, você mostrou ser um guerreiro leal e previdente. Faça o melhor para passar essas qualidades para Açafrão.

Mentor e aprendiz trocaram toques de nariz e se retiraram para a lateral da clareira. Estrela Azul voltou-se para Coração de Fogo e disse:

– Agora que Cauda de Nuvem é um guerreiro, você está livre para assumir outro aprendiz. Você será o mentor de Amora Doce.

Seus olhos brilhavam ao fitar o representante, que percebeu com um rasgo de terror que a líder desconfiava de seus motivos para querer treinar o filho de Estrela Tigrada. Ele tentou sustentar o olhar gélido da gata. Qualquer que fosse a opinião de Estrela Azul, ele *sabia* que era motivada pela lealdade ao clã.

Amora Doce e seu mentor se encontraram no meio do círculo de gatos. Olho no olho, o representante sentiu-se agitado e desafiado pela chama de entusiasmo que encontrou no jovem.

"Ele dará um grande guerreiro!", o gato de pelo flamejante pensou. "Se ao menos não fosse filho de Estrela Tigrada!"

– Coração de Fogo, você se mostrou um guerreiro de rara bravura e pensamento rápido – miou Estrela Azul, com os olhos estreitados. – Tenho certeza de que vai passar tudo o que sabe a esse jovem aprendiz.

Coração de Fogo inclinou a cabeça para trocar toques de nariz com o pupilo. Quando reconduziu o jovem à lateral da clareira, Amora Doce perguntou: – O que fazemos agora? Quero aprender *tudo*; a lutar e a caçar e saber tudo sobre os outros clãs...

Apesar de seus receios, ele teve de admitir que o aprendiz certamente desconhecia a antiga hostilidade entre o mentor e o pai. Isso graças a Flor Dourada, que os olhava com expressão indecifrável. Coração de Fogo imaginava que ela não estivesse muito satisfeita por ele ser o escolhido para treinar o filho de Estrela Tigrada. E o que aconteceria quando o próprio líder descobrisse? O representante sentiu-se observado por Listra de Carvão, e sabia que o guerreiro de pelo preto e cinza levaria a notícia a Estrela Tigrada na próxima Assembleia, se não antes.

– Tudo a seu tempo – Coração de Fogo prometeu ao ansioso aprendiz. – Amanhã vamos fazer uma turnê pelo território com Pelo de Musgo Renda e a sua irmã. Então você vai aprender onde são as fronteiras e como reconhecer o cheiro dos outros clãs.

– Fantástico! – Amora Doce soltou um guincho animado.

– Mas, por ora – Coração de Fogo continuou quando Estrela Azul encerrou a reunião –, deve conhecer os outros aprendizes. Não esqueça que esta noite você vai dormir na toca com eles.

Fez um movimento com a cauda para dispensá-lo, e Amora Doce correu para o lado da irmã quando os demais felinos começaram a se juntar à sua volta, dando parabéns aos dois e chamando-os por seus novos nomes.

Enquanto os observava, Coração de Fogo viu Listra Cinzenta se levantar e vir em sua direção, passando por Tempestade de Areia. A gata alaranjada miou: – Listra Cinzenta, não é uma pena que não tenham lhe dado um aprendiz?

– De certa forma – o gato cinza respondeu, sem graça, lançando a Coração de Fogo um olhar enviesado enquanto falava. – Por enquanto, não posso esperar muita coisa. Metade do clã não me aceitou ainda.

– Então, metade do clã são bolinhas de pelo burras – ela afirmou, com uma lambida na orelha do guerreiro cinza.

Listra Cinzenta encolheu os ombros. – Sei que vou ter de provar minha lealdade antes de ter um aprendiz de novo.

E você vai ter um em breve – ele acrescentou, como se lesse seus pensamentos –, quando os filhotes de Pele de Salgueiro estiverem prontos.

Um olhar irritado passou pelo rosto da gata. Coração de Fogo não sabia se tentava falar com ela ou não. Quando percebeu que o gato avermelhado titubeava, ela miou alto para Listra Cinzenta: – Venha, vamos ver se sobrou alguma presa fresca.

Coração de Fogo parou e, infeliz, viu a amiga ficar de pé e aproximar-se da pilha, seguida por Listra Cinzenta, que lançou um olhar ao amigo.

Ao ver Tempestade de Areia lhe virar as costas, o representante do clã sentiu um amargo desapontamento. Por mais que fizesse, todas as tentativas de reacender o antigo vínculo com a guerreira pareciam dar errado; ele sentia sua falta, uma solidão que não poderia ser consolada por nenhum dos gatos que se aglomeravam em torno dele.

CAPÍTULO 21

– Afaste-se – Pelo de Musgo Renda alertou. – Esse lugar é perigoso.

Ele e Coração de Fogo, com seus dois aprendizes, estavam na beira do Caminho do Trovão. Amora Doce e Açafrão torceram o nariz com o cheiro acre.

– Não me parece perigoso – miou Amora Doce. Hesitante, colocou uma pata na superfície de pedra escura.

Nesse momento, o representante do Clã do Trovão sentiu o chão tremer; um monstro se aproximava rugindo: – Para trás! – rosnou.

O aprendiz pulou de novo para a área segura na beira e o monstro passou zunindo, jogando uma lufada de vento quente e fedorento em sua pelagem. Ele começou a tremer, em choque.

Os olhos de Açafrão se arregalaram de espanto e ela miou: – O que *foi* isso?

– Um monstro – Coração de Fogo explicou. – Eles carregam os Duas-Pernas na barriga. Mas nunca saem do Caminho do Trovão, então você está segura, desde que não se aproxime dali. – Olhou sério para o jovem e miou: – Quando um guerreiro lhe disser para fazer alguma coisa, faça. Pergunte o que quiser, mas *depois*.

Amora Doce concordou, esfregando as patas no chão.

– Desculpe, Coração de Fogo.

Ele já estava se recuperando do choque; Coração de Fogo tinha de admitir que felinos muito mais experientes ficariam apavorados de estar tão perto de um monstro. Desde que deixaram o acampamento de manhã, Amora Doce se mostrara corajoso, curioso e ansioso por aprender.

Tempestade de Areia, Listra Cinzenta e Nevasca tinham saído na patrulha do amanhecer, enquanto Coração de Fogo e Pelo de Musgo Renda mostravam o território aos aprendizes. O representante estava bem cauteloso nas trilhas antes familiares, apavorado com sombras e com medo de, a qualquer momento, deparar com a presença nefasta na floresta.

Manteve-se bem longe das Rochas das Cobras, sem se arriscar naquele lugar malfadado com dois novos aprendizes. Sabia que, em breve, teria de lidar com a ameaça escondida ali, e esperava que Rosto Perdido melhorasse para relatar o ataque sofrido. No fundo, ele se perguntava se, mesmo sabendo do que se tratava, seus guerreiros conseguiriam lidar com a situação.

– O que há ali adiante? – Açafrão apontou com a cauda a parte da floresta do outro lado do Caminho do Trovão.

– É o território do Clã das Sombras – Pelo de Musgo Renda disse. – Você consegue sentir o cheiro deles?

Uma brisa fria levava o aroma do Clã das Sombras na direção deles. Amora Doce e Açafrão abriram a boca para sorver o odor.

– Já sentimos esse cheiro antes – anunciou Açafrão.

– Como assim? – Pelo de Musgo Renda olhou, espantado, para Coração de Fogo.

– Quando Risca de Carvão nos trouxe até a fronteira para conhecer nosso pai – explicou Amora Doce.

– Eu os encontrei. – Coração de Fogo quis que Pelo de Musgo Renda soubesse que, para ele, o fato não era novidade. – Acho que não posso culpar Estrela Tigrada por querer vê-los – acrescentou, forçando-se a ser benevolente.

Pelo de Musgo Renda não disse nada, mas estava desanimado e apreensivo, pois, como Coração de Fogo, se preocupava com o relacionamento entre Estrela Tigrada e os filhotes do Clã do Trovão.

– Podemos ir lá agora e ver nosso pai? – Açafrão perguntou, ansiosa.

– Não! – seu mentor respondeu, chocado. – Gatos de clã não vão ao território do inimigo. Se uma patrulha nos pega, será um problemão.

– Não se dissermos que Estrela Tigrada é nosso pai – Amora Doce insistiu. – Ele quis nos ver, da última vez.

– Pelo de Musgo Renda já disse que não – Coração de Fogo cortou. – E, se eu pegar um dos dois com uma pata além da fronteira, arranco a cauda de vocês!

Açafrão deu um pulo para trás, como se pensasse que ele ia cumprir a ameaça naquele instante.

Os olhos cor de âmbar de Amora Doce procuraram o rosto do representante do clã por vários tique-taques de coração. Hesitante, ele perguntou: – Há alguma coisa a mais, não há? Por que nenhum gato nos fala sobre nosso pai? Por que ele deixou o Clã do Trovão?

Coração de Fogo olhou para o aprendiz. Não tinha como fugir de uma pergunta tão direta. Muito tempo atrás, ele prometera a Flor Dourada que revelaria a verdade a seus filhotes, mas esperava ter mais tempo para pensar na melhor forma de fazer isso.

Trocou olhares com Pelo de Musgo Renda, que murmurou: – Se você não lhes contar, outro gato vai contar.

Ele tinha razão. Estava na hora de cumprir a promessa feita a Flor Dourada. Limpando a garganta, o representante do Clã do Trovão miou: – Certo. Vamos achar um lugar para descansar e eu conto.

Ele se afastou diversos pulos de coelho do Caminho do Trovão até chegar a uma depressão no terreno protegida por algumas moitas de samambaia, amarronzadas e agora partidas pela geada da estação sem folhas. Os dois aprendizes iam atrás, com os olhos arregalados e curiosos.

Coração de Fogo certificou-se de não haver cheiro de cachorro antes de se instalar num trecho de capim seco, com as patas enfiadas sob o peito. Pelo de Musgo Renda ficou no alto da encosta, montando guarda, alerta ao perigo, representado pelos cachorros ou pelo território do Clã das Sombras, tão próximo.

– Antes de falar sobre seu pai – Coração de Fogo começou –, quero lembrar-lhes que o Clã do Trovão tem orgulho de vocês, que serão ótimos guerreiros. O que vou dizer não vai fazer diferença quanto a isso.

A curiosidade dos aprendizes passou a desconforto ao ouvirem isso. O representante sabia que deviam estar imaginando o que viria a seguir.

– Estrela Tigrada é um grande guerreiro – continuou. – Sempre quis ser líder de clã. Antes de sair do Clã do Trovão, foi nosso representante.

Os olhos de Amora Doce brilharam de empolgação. – Quando eu for guerreiro, também quero me tornar representante.

A pelagem de Coração de Fogo se arrepiou ante a evidente ambição do jovem, lembrando o pai. – Fique quieto e ouça.

O aprendiz, obediente, abaixou a cabeça.

– Como eu disse, Estrela Tigrada sempre foi um grande guerreiro – Coração de Fogo continuou, marcando as palavras no ar gelado. – Mas houve uma briga com o Clã do Rio quanto à posse das Rochas Ensolaradas, e Estrela Tigrada aproveitou a batalha para matar Rabo Vermelho, que era o representante do Clã do Trovão. Ele pôs a culpa em um guerreiro do Clã do Rio, mas descobrimos o que de fato aconteceu.

Ele fez uma pausa. Os aprendizes o fitavam, incrédulos e apavorados.

– Você quer dizer... que ele *matou* um gato de seu próprio clã? – Açafrão gaguejou.

– Não acredito! – Amora Doce gritou, desesperado.

– É verdade – Coração de Fogo miou, pouco à vontade com o esforço de contar-lhes a verdade, mencionando a traição do pai; mas atendeu ao insistente pedido da mãe deles, com um relato não tendencioso, sem alienar os jovens do clã de nascença. – Ele esperava tornar-se representante no lugar de Rabo Vermelho, mas Estrela Azul escolheu Coração de Leão.

– Estrela Tigrada não matou Coração de Leão também? – perguntou Amora Doce, com a voz tremida.

– Não, não matou. Coração de Leão morreu em uma batalha com o Clã das Sombras. Estrela Tigrada tornou-se, então, o representante do clã, mas isso não lhe bastou. Ele queria ser líder.

O representante fez mais uma pausa, pensando no quanto diria. Decidiu que não precisava despejar um fardo pesado sobre os ombros dos jovens, contando a história de Manto de Cinza ter sido ferida numa armadilha preparada por Estrela Tigrada para Estrela Azul, ou suas tentativas de assassinar o próprio Coração de Fogo.

– Ele reuniu um bando de vilões da floresta – continuou. – Atacaram o Clã do Trovão, e Estrela Tigrada tentou matar Estrela Azul.

– Matar *Estrela Azul* – Açafrão falou, ofegante. – Mas ela é nossa *líder*!

– Estrela Tigrada pensou que poderia tomar seu lugar – Coração de Fogo explicou, com o cuidado de manter a voz neutra. – O clã o enviou para o exílio; foi quando ele se juntou ao Clã das Sombras e tornou-se líder.

Os dois irmãos se olharam. – Isso significa que nosso pai foi um traidor? – miou Amora Doce, baixinho.

– Bem, sim – respondeu Coração de Fogo. – Sei que é difícil imaginar isso. Lembrem-se de que podem se orgulhar de pertencer ao Clã do Trovão. E o clã tem orgulho de vocês, como falei. Vocês não são responsáveis pelos atos de seu pai, e podem ser grandes guerreiros, leais a seu clã e ao Código dos Guerreiros.

– Mas nosso pai não foi leal – Açafrão miou. – Isso significa que agora é nosso inimigo?

Coração de Fogo fitou os olhos amedrontados da jovem. – Todos os gatos de outros clãs têm seus próprios interesses no coração – ele lhe disse, delicado. – Isso é o que significa lealdade ao clã. Seu pai agora é leal ao Clã das Sombras, como você tem o dever de ser leal ao Clã do Trovão.

Fez-se silêncio por alguns tique-taques de coração; então Açafrão se levantou e deu algumas lambidas rápidas no peito. – Obrigada por nos contar. É... é mesmo verdade que o resto do clã tem orgulho de nós?

– É, sim – garantiu-lhe Coração de Fogo. – Não se esqueça de que o clã descobriu tudo isso quando vocês eram recém-nascidos. E nunca se pensou em puni-los, não foi?

Açafrão piscou para Coração de Fogo, agradecida. O representante observou Amora Doce, que fitava o céu entre os arcos formados pelas folhas das samambaias. Era impossível decifrar qualquer emoção em seus olhos cor de âmbar.

– Amora Doce? – Coração de Fogo miou, incomodado. O jovem não respondeu. Tentando confortá-lo, ele continuou. – Trabalhe duro e seja leal ao clã, e nenhum gato vai culpá-lo pelo que seu pai fez.

O aprendiz girou a cabeça; tinha nos olhos a mesma hostilidade que, um dia, Coração de Fogo vira em Estrela Tigrada. Estava mais do que nunca parecido com o pai. – Mas isso não é verdade, é? – ele sibilou. – *Você* nos culpa. Não me importa o que acabou de dizer. Reparei como você me olha. Acha que serei um traidor, como meu pai. Jamais vai confiar em mim, faça o que eu faça!

Coração de Fogo o fitou, incapaz de negar as acusações. Por alguns tique-taques de coração, não teve ideia do que dizer. Aproveitando a hesitação, Amora Doce se pôs de pé num pulo e saiu aos tropeços pelas samambaias na direção do topo do vale, onde Pelo de Musgo Renda esperava. Açafrão olhou assustada para o representante e correu atrás do irmão.

Coração de Fogo ouviu Pelo de Musgo Renda miar: – Está pronto para ir? Vamos acompanhar a fronteira até Quatro Árvores. – Ele fez uma pausa e gritou: – Coração de Fogo, está pronto?

– Estou indo – respondeu o guerreiro, pondo-se de pé, com o coração pesado, e seguindo os aprendizes. Será que conseguira lhes explicar o verdadeiro significado de lealdade ou, ao contrário, os afastara ainda mais dele e do Clã do Trovão?

Ao levar, com Pelo de Musgo Renda, os aprendizes de volta, atravessando o território do clã, Coração de Fogo prestou atenção aos possíveis sinais do misterioso mal na floresta. Ele não viu nada; sem odores estranhos, nenhum sinal de presas espalhadas. O mal, fosse o que fosse, sumira terra abaixo, deixando de certa forma o representante ainda mais temeroso. O que era aquilo que podia causar tamanho dano e então sumir nas profundezas da floresta como se jamais tivesse existido?

"Preciso falar com Rosto Perdido assim que puder", ele decidiu. Os gatos ainda estavam sendo caçados; ele tinha certeza de que era uma questão de tempo antes que outro felino fosse apanhado.

Na manhã seguinte, logo cedo, Coração de Fogo foi para a clareira encontrar a patrulha do amanhecer, que estava pronta para sair. Listra Cinzenta e Tempestade de Areia esperavam ao lado da entrada do túnel de tojo, enquanto, da toca dos aprendizes, Pelagem de Poeira chamava Pata Gris. O representante correu na direção da entrada, mas, antes de chegar, ouviu Tempestade de Areia miar alto para Listra Cinzenta: – Estou cansada de rodar por aí. Vou encontrar você no alto da ravina. – Sem olhar para Coração de Fogo, ela rodopiou e desapareceu.

O gato de pelo rubro ficou arrasado de tristeza, e ele parou na boca do túnel de tojo, sorvendo o restinho do cheiro de Tempestade de Areia.

– Dê um tempo a ela – Listra Cinzenta miou, com um toque de nariz no ombro do amigo. – Ela vai voltar.

– Não sei. Desde o encontro com o Clã do Vento...

Ele parou de falar quando Pelagem de Poeira e Pata Gris apertaram o passo, e recuou para deixar o resto da patrulha seguir Tempestade de Areia. Ao menos, Coração de Fogo pensou, Pelagem de Poeira parecia aceitar o retorno de Listra Cinzenta, a ponto de acompanhá-lo na mesma patrulha. Talvez estivesse na hora de o amigo voltar a realmente fazer parte do clã.

O representante do Clã do Trovão atravessou a clareira, indo até a toca de Manto de Cinza. Rosto Perdido estava sentada numa área banhada pelo sol, com Cauda de Nuvem ao lado, lavando seu corpo gentilmente. As feridas das laterais começavam a sarar, e a pelagem laranja e branco reaparecia; ao se aproximar, o representante pensou, por um único tique-taque de coração, que ela estava quase como antigamente. Mas aí ela levantou a cabeça e, pela primeira vez, ele viu o lado do rosto machucado, sem as bandagens de teias de aranha.

Nas bochechas da jovem, havia cicatrizes recentes; em alguns pontos, faltava-lhe a pelagem, que jamais voltaria a crescer. Perdera um olho, e a orelha se reduzira a alguns pedaços. Coração de Fogo viu que o nome Rosto Perdido lhe era terrivelmente adequado; e lembrou-se de que antes era uma gata animada e vivaz. A raiva queimou em seu estômago. Ele precisava dar um jeito de expulsar o mal da floresta!

Rosto Perdido deu um gemido fraco quando o gato vermelho se aproximou, e se encolheu para perto de Cauda de Nuvem.

– Tudo bem – o jovem guerreiro miou, delicado. – É Coração de Fogo. – Olhou para o antigo mentor e explicou:

– Você veio pelo lado que ela não enxerga. Ela tem medo quando isso acontece, mas está melhorando dia a dia.

– Certo – concordou Manto de Cinza, que saiu da toca. Chegando perto do representante para falar sem ser ouvida pela paciente, ela disse: – Para ser honesta, não há muito mais que eu possa fazer. Ela precisa apenas de tempo para ganhar força.

– Quanto tempo? Preciso falar com ela; e está na hora de Cauda de Nuvem retomar suas funções de guerreiro. Sei que Tempestade de Areia quer que ele faça parte de sua patrulha de caça. – Olhou com simpatia o sobrinho, ainda admirando sua lealdade a Rosto Perdido.

Manto de Cinza deu de ombros. – Vou ter de deixar Rosto Perdido decidir quando se sentir pronta para deixar minha toca. Já pensou o que vai acontecer a ela agora?

Coração de Fogo balançou a cabeça. – Oficialmente ela é uma guerreira...

– E você acha que ela ficará feliz entre vocês, brigões, na toca dos guerreiros? – Manto de Cinza miou, exasperada. – Ela precisa de alguém que cuide dela.

– Acho que ela pode ir viver com os anciãos, ao menos enquanto se recupera. – Foi Cauda de Nuvem que falou; ele foi até Coração de Fogo e a curandeira. – Cauda Sarapintada ainda está lá, de luto por Bolinha de Neve. Seria bom para ela ter outro gato para cuidar.

– Que ideia brilhante – o representante miou com carinho.

– Não tenho tanta certeza – Manto de Cinza ponderou. – O que Cauda Sarapintada vai pensar? Você sabe como ela é implicante e orgulhosa. Não gostaria de receber um favor para se desligar um pouco da morte de Bolinha de Neve.

– Deixe que eu me entendo com ela – o gato de pelo vermelho falou. – Vou dizer que *ela* está *me* fazendo um favor cuidando de Rosto Perdido.

– Isso deve funcionar – concordou a curandeira. – E, quando Rosto Perdido estiver um pouco melhor, poderá ajudar os anciãos, liberando os aprendizes para outras tarefas.

– Vamos perguntar a ela – miou Cauda de Nuvem, aproximando-se da gata e dizendo: – Rosto Perdido, Coração de Fogo quer falar com você.

O representante se identificou: – Olá, sou eu. – Ela virou-se devagar na direção dele. – Você gostaria de ficar com os anciãos por enquanto? – sugeriu. – Eu ficaria despreocupado se você pudesse ajudar a tomar conta deles; os aprendizes estão sobrecarregados.

Rosto Perdido estava nervosa quando falou, olhando para Cauda de Nuvem com o olho sadio. – Não sou obrigada, sou? *Não* sou anciã.

Cauda de Nuvem tocou-lhe o rosto machucado com o focinho. – Ninguém vai obrigá-la a fazer o que não quiser.

– Mas você estaria me fazendo um favor – Coração de Fogo logo acrescentou. – Cauda Sarapintada ainda está de luto por Bolinha de Neve, e vai ser bom para ela ter por perto um gato jovem e cheio de energia. – Como Rosto Perdido ainda hesitava, ele continuou: – Só até você recuperar suas forças.

– E, quando você estiver bem, vou ajudá-la no treinamento – Cauda de Nuvem acrescentou. – Tenho certeza de que poderá caçar com um olho e uma orelha. Basta um pouco de prática.

O olho da jovem começou a brilhar, cheio de esperança, e ela concordou, com um movimento lento de cabeça. – Certo, Coração de Fogo. Se essa é a melhor maneira de ser útil.

– É sim, juro. E, Rosto Perdido... – Ele se agachou a seu lado, dando-lhe uma lambida reconfortante. – Será que você pode me contar alguma coisa daquele dia na floresta? Você viu o que a atacou?

Nesse momento acabou o relance de confiança da gata, que voltou a buscar proteção perto de Cauda de Nuvem. – Não me lembro – ela choramingou. – Lamento; não me lembro.

Cauda de Nuvem lambeu-lhe a cabeça, solidário. – Certo; não precisa pensar nisso agora.

Coração de Fogo tentou disfarçar o desapontamento. – Não faz mal. Se lembrar alguma coisa, venha logo me dizer.

– *Eu vou* lhe dizer uma coisa – o jovem guerreiro branco rosnou. – Quando descobrirmos quem fez isso a ela, vou transformá-lo em carniça. Juro que vou.

CAPÍTULO 22

A LUA CHEIA CRUZAVA O CÉU por trás de um fio tênue de nuvem quando Estrela Azul levou seus guerreiros para a Assembleia. Coração de Fogo já estava inquieto. Apesar de ter declarado guerra ao Clã das Estrelas, a líder insistira em ir.
– Como posso confiar em você para liderar o clã? – ela cuspiu para o representante quando ele lhe perguntou que guerreiros levar. Ele simplesmente inclinou a cabeça em obediência, mas ainda sentido por ela estar convencida de sua traição.

Ele também tinha dúvidas sobre incluir Listra Cinzenta, mas o amigo implorou: – Por favor, Coração de Fogo! Vou poder ter notícias de Pluminha e Chuvisco. – Coração de Fogo sabia que o gato cinza estava atraindo a hostilidade do Clã do Rio por aparecer logo depois da batalha nas Rochas Ensolaradas e, de certa forma, esperava que Estrela Azul negasse a licença. Mas a líder do clã, com um mero movimento de cauda, disse com desdém. – Deixe-o vir. Vocês são todos traidores, que diferença faz?

Agora Coração de Fogo se juntara aos outros guerreiros do Clã do Trovão para seguir Estrela Azul na descida da encosta. Quando chegaram ao vale, a primeira coisa que viu foi Estrela Tigrada ao lado de Estrela Leopardus, observando e aprovando, enquanto um grupo de seus aprendizes brincava de brigar. O pelo de Coração de Fogo se arrepiou ao vê-los juntos. Ainda não tinha nenhuma evidência de que Estrela Tigrada estava tramando vingança contra seu antigo clã, mas certamente Estrela Leopardus tinha um sentimento hostil após a derrota de seu clã nas Rochas Ensolaradas.

– Você fez um bom trabalho lá – miou Estrela Leopardus ao companheiro. – Esses felinos são jovens fortes, e aprenderam os movimentos de luta muito bem.

Um ronronar retumbou no peito de Estrela Tigrada. – Fizemos alguns progressos – concordou. – Mas ainda há um longo caminho a percorrer.

Um par de aprendizes veio aos trambolhões até os dois líderes e Estrela Leopardus deu um passo para trás para lhes dar mais espaço. Os jovens do Clã das Sombras estavam claramente musculosos e bem alimentados, Coração de Fogo pensou, quase sem acreditar, que eram as mesmas criaturas esqueléticas que por pouco não pereceram quando a doença varreu o clã. Trocou um olhar inquieto com Listra Cinzenta; mais cedo ou mais tarde, tinha certeza, o Clã do Trovão teria de enfrentar aqueles lutadores de alta estirpe numa batalha.

A um comando de Estrela Tigrada os aprendizes pararam a luta de mentirinha e se sentaram para lamber o pelo desalinhado. Os dois líderes se dirigiram à Pedra do Conselho. Coração de Fogo viu que Estrela Azul já estava na base esperando, mas não via Estrela Alta, líder do Clã do Vento.

Quando os gatos do Clã do Trovão se dispersaram para se reunir com os guerreiros dos outros clãs, Coração de Fogo viu Listra Cinzenta correr na direção de uma gata gorducha cor de samambaia, com o cheiro do Clã do Rio. Sentiu uma pontada de ansiedade, ao observar o amigo, em quem confiava plenamente; mas o gato cinza teria para sempre uma pata no Clã do Rio, onde estavam seus filhotes. Certamente vários guerreiros do Clã do Trovão duvidariam de sua lealdade se o vissem tão ansioso para falar com uma gata de outro clã.

– Pele de Musgo, como vai? – Listra Cinzenta cumprimentou. – Como estão Pluminha e Chuvisco?

– Eles são agora Pata de Pluma e Pata de Chuva – respondeu Pele de Musgo com orgulho. – Foram feitos aprendizes.

– Isso é ótimo! – Os olhos de Listra Cinzenta brilhavam quando ele se virou para Coração de Fogo. – Você ouviu o que disse Pele de Musgo? Meus filhotes são aprendizes agora. – Olhou em volta. – Eles não estão aqui, estão?

– São aprendizes há muito pouco tempo. Talvez na próxima vez. Vou lhes dizer que você perguntou por eles – ela respondeu, meneando a cabeça.

– Obrigado. – A emoção do gato acinzentado se desfez e foi substituída pela ansiedade. – O que eles acharam quando eu não voltei da batalha?

– Depois que souberam que você não tinha morrido, reagiram bem. – Qual é, Listra Cinzenta, não foi um grande choque. Todo o Clã do Rio sabia que você acabaria voltando.

Surpreso, ele piscou. – É mesmo?

– Claro. Você costumava ficar zanzando perto da fronteira ou olhando para o outro lado do rio. As histórias que contava aos filhotes eram sobre suas aventuras com Coração de Fogo quando eram aprendizes... Não era difícil perceber que o seu coração jamais deixara o Clã do Trovão.

Listra Cinzenta piscou de novo. – Desculpe, Pele de Musgo.

– Não há de que se desculpar – ela respondeu com energia. – E tenha certeza de que seus filhotes serão bem cuidados. Estão sendo orientados por Pé de Bruma e Pelo de Pedra. Vou ficar de olho neles.

– Estão? – Os olhos de Listra Cinzenta se iluminaram outra vez. – Isso é ótimo!

Coração de Fogo sentiu uma pontada de receio. Pé de Bruma e Pelo de Pedra eram bons guerreiros, mas por que teriam aceitado ser mentores dos filhotes de Listra Cinzenta? Pé de Bruma fora uma boa amiga da mãe deles, Arroio de Prata, era natural seu interesse. Mas os dois jovens tinham reagido com hostilidade ao fato de serem filhos de Estrela Azul. Coração de Fogo ficou surpreso por quererem contato com filhotes que eram metade do Clã do Trovão. Ou será que o objetivo era ensiná-los a ser especialmente hostis em relação ao clã do pai?

– Você vai lhes contar do orgulho que sinto, não vai? – Listra Cinzenta miou ansioso para Pele de Musgo. – E vai lembrá-los de sempre obedecer aos mentores.

– Claro que vou – ela o tranquilizou com um rom-rom. – E sei que Pé de Bruma irá ajudar você a manter contato com eles. Estrela Leopardus pode não gostar, mas... bem, o que os olhos não veem, o coração não sente.

Coração de Fogo tinha suas dúvidas; depois de rejeitar Estrela Azul, talvez Pé de Bruma não quisesse nada com o Clã do Trovão. Ela devia ficar ainda mais leal ao Clã do Rio e a Poça Cinzenta, a quem sempre amara como mãe.

– Obrigado, Pele de Musgo. Não vou esquecer o que fez. – Olhou em volta quando um uivo vindo do topo da Pedra do Conselho soou para sinalizar o início da reunião.

Ao se virar, Coração de Fogo viu os quatro líderes agora reunidos, as pelagens brilhando sob o luar enquanto olhavam a audiência. Prestou pouca atenção na abertura formal da reunião. Estava mais preocupado em ver se Estrela Azul mencionaria o ataque terrível sofrido por Pata Ligeira e Pata Brilhante, e se algum dos outros líderes faria um relato semelhante. Quase desejava que o fizessem, porque isso provaria que a força obscura na floresta não era uma ameaça apenas ao Clã do Trovão, e portanto não tinha sido enviada pelo Clã das Estrelas para punir Estrela Azul pelo desafio. Para ele, sem dúvida, tratava-se de algo muito maior, uma enorme sombra, que englobava a floresta toda, algo que não conhecia o Código dos Guerreiros e que considerava os gatos meras presas.

Quando Estrela Alta terminou, Estrela Tigrada se adiantou. Fez um breve resumo de como o programa de treinamento do Clã das Sombras estava progredindo, contou que uma nova ninhada de filhotes tinha nascido e que três aprendizes tinham sido feitos guerreiros. – O Clã das Sombras está ficando forte de novo – ele terminou. – Estamos prontos para participar plenamente na vida da floresta.

Coração de Fogo se perguntou se isso significava *prontos para atacar os vizinhos*. Esperou com o coração apertado que Estrela Tigrada arrumasse uma desculpa para expandir seu território. O líder do Clã das Sombras fez uma pausa e olhou para os gatos reunidos, como se tivesse algo particularmente importante a dizer.

– Tenho um pedido a fazer – começou. – Muitos de vocês sabem que, quando saí do Clã do Trovão, dois filhotes meus estavam no berçário. Na ocasião, eram muito novinhos para viajar, e sou grato ao Clã do Trovão pelos cuidados que lhes dispensou. Mas agora é tempo para que eles se juntem a mim no clã a que pertencem por direito. Estrela Azul, peço que me entregue Amora Doce e Açafrão.

Ouviram-se uivos de protesto dos guerreiros do Clã do Trovão, antes de ele acabar. Coração de Fogo estava muito atordoado para se juntar à manifestação. Durante toda a reunião se preocupara por imaginar que Estrela Tigrada não se contentaria em encontrar os filhotes apenas nas Assembleias, mas não esperava uma exigência pública da entrega dos jovens a seu clã.

Estrela Azul se empertigou e esperou que o barulho cessasse. Enfim miou: – Claro que não. – Esses filhotes são do Clã do Trovão. São aprendizes agora, e vão ficar no lugar a que pertencem.

– No Clã do Trovão? – Estrela Tigrada a desafiou. – Acho que não. Eles pertencem a mim, e meus guerreiros vão cuidar de sua formação.

Se era assim, Coração de Fogo pensou, os filhotes de Listra Cinzenta deveriam retornar ao Clã do Trovão, embora imaginasse que Estrela Azul não fosse gostar de reabrir essa questão com o Clã do Rio. Ficou aliviado ao ver que a líder não mudaria de ideia tão facilmente. – A sua preocupação é natural, Estrela Tigrada. Mas tenha certeza de que eles receberão a melhor formação possível no Clã do Trovão.

Estrela Tigrada fez outra pausa, seu olhar varrendo toda a clareira; quando voltou a miar, dirigiu-se a todos, não apenas a Estrela Azul. – A líder do Clã do Trovão diz que os meus filhotes serão muito bem treinados sob sua orientação, mas eles não têm um bom registro no que diz respeito a cuidar de seus jovens. Um filhote foi levado por um falcão. Um aprendiz foi ferozmente morto e outro aleijado para sempre quando se aventuraram fora do acampamento sem a companhia de um guerreiro. É de admirar que eu esteja preocupado com a segurança dos meus filhotes?

Exclamações de horror se ergueram por toda a clareira. Coração de Fogo olhava boquiaberto para o líder do Clã das Sombras. Como soubera de Pata Ligeira e Pata Brilhante? A notícia era muito recente para chegar ao Clã das Sombras, exceto... *Risca de Carvão*! Coração de Fogo pensou, flexionando as garras com raiva. Aquele guerreiro traiçoeiro deve ter ido direto para Estrela Tigrada, dando com a língua nos dentes!

Em sua fúria não ouviu a resposta de Estrela Azul, e, quando voltou a se concentrar, era Estrela Tigrada que falava. – Não vejo qual é a dificuldade – ele miou, calmo. –

Afinal, não vai ser a primeira vez que o Clã do Trovão entrega filhotes para outros clãs. Não é, Estrela Azul?

O medo apertou a barriga de Coração de Fogo. Era uma referência indireta a Pé de Bruma e Pelo de Pedra. Poça Cinzenta contara a Estrela Tigrada que tinham nascido no Clã do Trovão. Coração de Fogo agradecia ao Clã das Estrelas o malévolo líder inimigo não saber o nome dos filhotes ou da mãe. Mas suas poucas informações eram bem mais do que os demais felinos do Clã do Trovão sabiam.

Coração de Fogo olhou de soslaio para Pelo de Pedra, a algumas caudas de distância. O gato acinzentado estava empertigado, a cabeça ereta, olhando para a Pedra do Conselho. Não fitava Estrela Tigrada, mas Estrela Azul, com expressão de puro ódio.

Cavando o chão com as garras, Coração de Fogo esperou a resposta de sua líder; estava agitada e, quando conseguiu falar, parecia que as palavras estavam presas na garganta como espinhos. – O passado é passado. Devemos julgar cada situação por seus próprios méritos. Vou pensar com cuidado sobre o que você disse, Estrela Tigrada, e lhe darei minha resposta na próxima Assembleia.

Coração de Fogo duvidou que o líder do Clã das Sombras aceitasse esperar por uma lua inteira, mas, para sua surpresa, ele abaixou a cabeça e deu um passo atrás. – Muito bem – concordou. – Só uma lua, nada mais.

CAPÍTULO 23

Coração de Fogo, vigilante, atravessou Pinheiros Altos, em direção ao Lugar dos Duas-Pernas. Chovera forte na noite anterior; assim, em suas patas grudavam cinza molhada e destroços queimados. Todos os sentidos estavam alertas, não em relação a presas, mas a qualquer sinal de que a ameaça sombria da floresta pudesse surgir e atacar seu pequeno grupo de felinos, como fizera com Pata Ligeira e Rosto Perdido.

A gata machucada seguia o representante, tendo Cauda de Nuvem ao lado; Listra Cinzenta ia por último, atento ao que pudesse vir de trás. Iam visitar a mãe de Cauda de Nuvem, Princesa. O jovem guerreiro insistira em trazer Rosto Perdido.

– Cedo ou tarde você terá de deixar o acampamento – ele lhe dissera. – Não vamos nos aproximar das Rochas das Cobras. Vou garantir sua segurança.

Coração de Fogo estava impressionado como a jovem gata confiava em Cauda de Nuvem. Estava naturalmente apavorada em pensar em se aventurar fora da proteção do acampamento. Pulava a cada ruído, cada estalar de folhas sob as patas, embora não parasse, e o representante pensou ver retornar a coragem de quando era Pata Brilhante.

Quando avistaram a cerca na extremidade do jardim dos Duas-Pernas, Coração de Fogo fez um sinal com a cauda para que parassem. Não estava vendo Princesa, mas sentiu seu cheiro quando abriu a boca para sorver o ar.

– Esperem aqui – disse ao grupo. – Fiquem atentos e me chamem se houver algum problema.

Verificando mais uma vez se havia odores recentes de cachorros ou de Duas-Pernas, ele correu e pulou para a cerca de Princesa. Vislumbrara a cor branca entre os arbustos e, um momento depois, a irmã apareceu, atravessando o capim molhado com atenção.

– Princesa! – ele chamou baixinho.

Ela parou e olhou para cima. Assim que o viu, pulou e escalou a cerca, colocando-se ao lado dele.

– Coração de Fogo! – ela ronronou, encostando-se nele. – Que bom ver você! Como está?

– Bem. Trouxe umas visitas para você; veja.

Apontou com a cauda os outros três gatos, agachados na beira das árvores.

– Vejo Pata de Nuvem! – ela exclamou, feliz – Mas quem são os outros?

– O gato grande e cinza é meu amigo Listra Cinzenta. Mas não se preocupe; ele é muito mais gentil do que aparenta. A outra gata – ele se retraiu – é chamada Rosto Perdido.

– Rosto Perdido! – Princesa repetiu, arregalando os olhos. – Que nome horrível! Por que a chamam assim?

– Você vai ver – ele miou, sério. – Ela foi gravemente ferida; seja gentil com ela.

Coração de Fogo desceu com um pulo e, depois de um momento de hesitação, Princesa o seguiu e aproximou-se de onde os gatos esperavam.

Cauda de Nuvem correu até a mãe, deixando de lado Listra Cinzenta e Rosto Perdido, com quem trocou toques de nariz.

– Pata de Nuvem, faz séculos que não o vejo. – Princesa ronronou. – Você está ótimo; acho que você cresceu, não cresceu?

– Você agora tem de me chamar de Cauda de Nuvem – ele anunciou. – Fui nomeado guerreiro.

Princesa deu um gritinho de alegria. – Já um guerreiro! Estou tão orgulhosa!

Enquanto a rainha malhada, ansiosa, perguntava ao filho sobre sua vida no clã, Coração de Fogo lembrava que o perigo podia estar perto. – Não podemos demorar – ele miou. – Princesa, você soube de algo a respeito de um cachorro solto na floresta?

Princesa se virou, os olhos arregalados, em pânico. – Um cachorro? Não, não sei de nada.

– Acho que era atrás dele que os Duas-Pernas estavam no dia em que Tempestade de Areia e eu encontramos você em Pinheiros Altos – Coração de Fogo continuou. – Acho que nenhum gato deve entrar sozinho na floresta, pelo menos por ora. É perigoso demais.

– Então vocês estão em perigo o tempo todo – a gata miou, elevando a voz, ansiosa. – Oh, Coração de Fogo!...

– Não há por que se preocupar. – O guerreiro tentou ser positivo. – Não saia do seu jardim. O cachorro não vai perturbá-la aqui.

– Mas me preocupo com você e com Cauda de Nuvem. Vocês não têm um ninho para... – Oh!

Princesa acabara de ver o ferimento de Rosto Perdido e não conseguiu evitar um grito de pavor. A jovem a ouviu e se agachou ainda mais, mostrando seu desconforto, o pelo arrepiado.

– Venha conhecer Rosto Perdido – Cauda de Nuvem miou, olhando sério para a mãe.

Nervosa, Princesa deu alguns passos até onde Listra Cinzenta e Rosto Perdido esperavam. Ele a cumprimentou com a cabeça e a jovem gata a fitou com o olho que lhe restara.

– Ah, que pena, o que aconteceu com você? – Princesa exclamou de repente, riscando o chão.

– Rosto Perdido enfrentou o cachorro – Cauda de Nuvem respondeu. – Foi muito corajosa.

– E ele fez isso com você? Coitadinha! – Os olhos de Princesa continuaram aumentando, pois, apavorada, ela via o semblante desfigurado da jovem, as marcas na face, o olho perdido e a orelha em pedaços. – Isso poderia ter acontecido com qualquer um de vocês.

Coração de Fogo rangeu os dentes. A irmã estava falando muita bobagem, fazendo com que Rosto Perdido a olhasse, triste, com o olho bom. Cauda de Nuvem encostou o corpo na amiga, confortando-a com toques de nariz.

– Está na hora de irmos – Coração de Fogo decidiu. – Cauda de Nuvem só queria contar a você as novidades. É melhor você voltar ao seu jardim.

– Claro, claro. Vou, sim. – Princesa recuou, ainda com o olhar fixo em Rosto Perdido. – Você vem me ver de novo, Coração de Fogo?

– Assim que eu puder – ele prometeu, e acrescentou em silêncio, "sozinho".

Princesa deu um ou dois passos para trás, então virou-se e disparou no rumo da cerca, fazendo uma breve pausa no alto, para se despedir: – Adeus! – e se foi para seu jardim seguro.

Cauda de Nuvem deu um longo suspiro. – Já vai tarde. Não podia ter sido pior – ele miou, amargo.

– Você não pode culpar Princesa – Coração de Fogo lhe disse. – Ela não tem ideia de como é a vida num clã. Só vê o lado ruim, de que não gosta.

Listra Cinzenta resmungou: – O que esperar de um gatinho de gente? Vamos para casa.

Cauda de Nuvem deu um delicado toque de nariz em Rosto Perdido. Ela se ergueu nas patas e miou, tímida: – Cauda de Nuvem, Princesa parecia ter medo de mim. Quero... – ela parou de falar, engoliu em seco e recomeçou: – Quero ver meu rosto. Há algum laguinho por aqui, que me sirva de espelho?

Coração de Fogo se entristeceu pela jovem, ao mesmo tempo admirando sua coragem em enfrentar a nova realidade. Fitou o sobrinho, para que lhe desse uma pista sobre o que fazer.

Cauda de Nuvem olhou em volta por um instante, então pressionou o focinho no ombro de Rosto Perdido. – Venha comigo – ele miou. Levou-a até onde havia poças da chuva das noites anteriores, entre as raízes de uma árvore, e a empurrou para a beirada da água, que brilhava ao sol. Juntos, olharam para baixo. Cauda de Nuvem não se mexeu, apesar da visão que teve, e Coração de Fogo, mais uma vez, sentiu-se inundado de carinho pelo antigo aprendiz.

Rosto Perdido, imóvel, fitou a água por vários tique-taques de coração. Seu corpo enrijeceu e seu olho bom se arregalou. – Agora entendo – ela disse, devagar. – Lamento que outros gatos fiquem perturbados ao me ver.

Coração de Fogo observou Cauda de Nuvem virar o rosto da amiga, para poupá-la da terrível visão; cobrindo-lhe os machucados com lambidas lentas e delicadas. – Para mim, você continua bonita. Sempre será bonita.

O representante se sentiu arrasado de tanta pena da gata e inundado pelo orgulho de ver Cauda de Nuvem tão leal à amiga. Aproximou-se deles e miou: – Rosto Perdido, não importa sua aparência. Continuamos seus amigos.

Ela abaixou a cabeça para agradecer.

– Rosto Perdido! – Cauda de Nuvem cuspiu de repente. A raiva na voz do sobrinho chocou Coração de Fogo. – Odeio esse nome – ele sibilou. – Com que direito Estrela Azul a faz lembrar o que aconteceu sempre que alguém fala com ela? Pois não vou mais usar esse nome. E, se Estrela Azul reclamar, ela que... que vá lamber sabão!

Coração de Fogo sabia que devia repreender o jovem guerreiro por essas palavras desrespeitosas, mas não disse nada. Tinha simpatia pelo seu ponto de vista. Rosto Perdido *era* um nome cruel, um símbolo da guerra contínua entre Estrela Azul e o Clã das Estrelas, dado sem pensar em quem tinha de carregá-lo. Mas o nome tinha sido dado à gata laranja e branca numa cerimônia formal, assistida pelo Clã das Estrelas, e nada se podia fazer a respeito.

– Vamos ficar aqui o dia todo? – Listra Cinzenta perguntou.

Coração de Fogo deu um suspiro do fundo do peito e miou: – Não, vamos embora. – Estava chegando a hora em que ele e seus guerreiros teriam de confrontar o que quer que os estivesse transformando em presas em seu próprio território.

Coração de Fogo sonhou que estava caminhando pela clareira da floresta na estação do renovo. O sol permeava as árvores, fazendo surgir estampados de luz e sombra, que mudavam à medida que a brisa balançava as folhas. Parou e abriu a boca, para sorver o ar. Ao longe, um odor fraco e doce, fazendo um tremor de alegria lhe percorrer o corpo.

– Folha Manchada? – ele falou baixinho. – Folha Manchada, é você?

Por um momento pensou ver olhos brilhantes que o fitavam, do meio de uma moita de samambaias. Uma respiração morna acarinhou sua orelha, e a voz murmurou: – Coração de Fogo, cuidado com um inimigo que nunca dorme.

A visão se esvaiu, e ele acordou na toca dos guerreiros, quando a luz fria de um dia da estação sem folhas o atingiu entre os galhos.

Ainda se agarrando aos restos do sonho, Coração de Fogo se alongou e sacudiu pedaços de musgo da pelagem. Fazia diversas luas que a curandeira o alertara, pela primeira vez, para ter cuidado com o inimigo que nunca dorme. Foi pouco antes de Estrela Tigrada atacar o acampamento do Clã do Trovão com seu bando de vilões; exatamente quando Coração de Fogo esperava que, com o exílio, o representante traidor estaria afastado para sempre.

Pensar em Estrela Tigrada lembrou a Coração de Fogo a última Assembleia. Sem dúvida o antigo representante queria ficar com Amora Doce e Açafrão, e apesar do que disse a Estrela Azul, o guerreiro cor de fogo estava certo de que ele não pretendia esperar. Embora Coração de Fogo não estivesse surpreso com a exigência de Estrela Tigrada, não havia possibilidade de o fato acontecer. Por um lado, ele admitia que seria um alívio vê-los partir, para acabar com seus sentimentos de desconfiança e culpa, mas eram filhotes do *Clã do Trovão* e, pelo Código dos Guerreiros, tudo deveria ser feito para mantê-los ali.

Um farfalhar na cama, atrás do guerreiro, avisou que Tempestade de Areia estava acordando. Ele lançou-lhe um olhar sem graça. – Tempestade de Areia... – ele começou.

A gata alaranjada o olhou, enquanto se sacudia e se levantava. – Vou caçar – ela cuspiu. – É o que você quer, não é? – Sem esperar resposta, ela cruzou a toca e cutucou Pelagem de Poeira, miando: – Vamos, sua bolinha de pelo preguiçosa. As presas vão morrer de velhice antes que você saia daí.

– Vou procurar Cauda de Nuvem para você – Coração de Fogo logo se ofereceu e saiu. Estava claro que a amiga não aceitaria tentativas de aproximação.

O dia estava cinza e frio e, quando ele parou para sorver o ar, uma gota de sangue atingiu-lhe o rosto. Do outro lado da clareira Amora Doce e Açafrão estavam fora da toca dos aprendizes, com os outros jovens. – Amora Doce, mais tarde levo você para caçar! – Coração de Fogo avisou.

O aprendiz se pôs de pé, abaixou a cabeça, agradecendo, e voltou a sentar, de costas para o mentor. O guerreiro suspirou. Às vezes se sentia como se cada gato do clã tivesse uma razão para não gostar dele.

Seguiu para a toca dos anciãos, imaginando que Cauda de Nuvem estivesse com Rosto Perdido. Já fazia alguns dias que a jovem ferida estava na toca dos anciãos, e o jovem guerreiro branco passava ali, com ela, seu tempo livre. Quando Coração de Fogo chegou à concha queimada da árvore caída, onde viviam os anciãos, viu o sobrinho sentado perto da entrada. Com a cauda em volta das patas, observava a amiga examinando o pelo da cauda atrás de carrapatos.

– Ela está bem? – o representante perguntou baixinho, para Rosto Perdido não ouvi-lo.

– Claro que está – outra voz disparou. Coração de Fogo se virou e viu Cauda Sarapintada, já sem o ar desolado que mantivera desde a perda de Bolinha de Neve. Certamente o humor não abrandara, mas ela demonstrava afeição no olhar brilhante dirigido a Rosto Perdido. – É uma ótima jovem. Você descobriu o que a machucou?

Coração de Fogo fez que não e miou: – É uma boa ajuda você tomar conta dela, Cauda Sarapintada.

A rainha deu uma fungada, olhando-o de modo penetrante. – Hummm. Às vezes tenho a impressão de que ela pensa que *ela* é que tem de tomar conta de *mim*. – Caolha salvou o guerreiro de responder.

– Quer alguma coisa, Coração de Fogo? – perguntou a anciã de pelo cinza, levantando os olhos e interrompendo seu banho de língua.

– Estava procurando Cauda de Nuvem. Tempestade de Areia está pronta para sair para caçar.

– O quê? – O jovem gato branco pôs-se de pé. – Por que não disse logo? Ela me arranca as orelhas se a deixo esperando! – Ele saiu zunindo.

– É um cérebro de camundongo – murmurou Cauda Sarapintada, mas Coração de Fogo suspeitava que ela gostava do jovem guerreiro, assim como os demais anciãos.

Despedindo-se de Rosto Perdido e de Caolha, ele chegou à clareira a tempo de ver Tempestade de Areia sair à frente da patrulha de caça. Cara Rajada se despedia do grupo, olhando com orgulho seu filhote adotivo.

– Você vai ter cuidado, não vai? – ela miou, ansiosa. – Nenhum de nós sabe o que está lá fora.

– Não se preocupe. – O jovem agitou a cauda para ela, numa demonstração de carinho. – Se encontrarmos o cachorro, vou trazê-lo para a pilha de presa fresca.

Na entrada do acampamento, a patrulha passou por Rabo Longo, chegando. O guerreiro de pelo desbotado tremia como se sentisse frio, e tinha os olhos arregalados. Alarmado instantaneamente, Coração de Fogo atravessou a clareira para encontrá-lo e perguntou:

– O que aconteceu?

Rabo Longo levantou os ombros. – Coração de Fogo, tenho algo para lhe falar.

– Qual é o problema?

O representante do Clã do Trovão se aproximou e sentiu um odor inesperado na pelagem do recém-chegado: o fedor do Caminho do Trovão. O cheiro acre era inconfundível, e o sobressalto transformou-se em suspeita.

– Onde você esteve? – ele rosnou. – Quem sabe no Clã das Sombras, talvez, para ver Estrela Tigrada? Não tente negar; sua pele tem o fedor do Caminho do Trovão!

– Não é o que você está pensando – Rabo Longo disse com a voz preocupada. – Admito, estive por aqueles lados, mas não cheguei perto do Clã das Sombras. Fui às Rochas das Cobras.

– Rochas das Cobras? Para quê? – Coração de Fogo não tinha certeza de poder acreditar em coisa alguma que o guerreiro de pele desbotada lhe dissesse.

– Senti o cheiro de Estrela Tigrada lá – Rabo Longo explicou. – Duas ou três vezes, recentemente.

– E não disse nada? – Com raiva, o representante sentiu o pelo arrepiar. – Um gato de outro clã em nosso território, um assassino, traidor, o que é pior, e você não nos passou a informação?

– Eu... Eu pensei... – o gato desbotado gaguejou.

– Sei o que você pensou – Coração de Fogo rosnou. – Você pensou: "É Estrela Tigrada. Ele pode fazer o que bem entender." Não minta para mim. Você e Risca de Carvão eram aliados quando ele estava no Clã do Trovão, e ainda são. Um dos dois contou a ele sobre Pata Ligeira e Rosto Perdido; não tente negar.

– Foi Risca de Carvão – Rabo Longo declarou, arranhando a terra seca.

– Assim, aquele traidor pôde acusar Estrela Azul de negligência perante todos na Assembleia – Coração de Fogo concluiu, com ar sério. E você o ajudou a sequestrar dois dos nossos aprendizes. Foi isso, não foi? Você está de conluio com Estrela Tigrada para roubar os filhos dele.

– Não, não, você não entendeu. Eu não sei de nada disso. Risca de Carvão e Estrela Tigrada sempre se encontram na fronteira perto do Caminho do Trovão, mas nada me dizem a respeito. – Ele arregalou os olhos, ressentido. – Mas isso não tem nada a ver com os filhotes. Fui às Rochas das Cobras para descobrir o que Estrela Tigrada estava fazendo ali. E descobri uma coisa que você precisa ver.

Coração de Fogo o fitou. – Quer que eu vá com você até lá, onde admite ter sentido o cheiro de Estrela Tigrada? Acha que eu sou maluco a esse ponto?

– Mas, Coração de Fogo...

– *Calado!* – o representante sibilou. – Você e Risca de Carvão sempre foram aliados de Estrela Tigrada. Por que iria acreditar em você agora?

Ele se virou e saiu pisando duro. Estava convencido de que Rabo Longo e Risca de Carvão estavam lhe preparando uma armadilha, como Estrela Tigrada já fizera com Estrela Azul perto do Caminho do Trovão. Se ele tivesse cérebro de camundongo e fosse com Rabo Longo para as Rochas das Cobras, não voltaria mais.

Espantou-se ao constatar que suas patas o levavam na direção da clareira de Manto de Cinza, que, ao ouvi-lo entre as samambaias, pôs a cabeça na fenda da pedra.

– Quem... Coração de Fogo! O que houve?

O gato parou, tentando controlar a raiva.

Os olhos azuis da curandeira se arregalaram, em pânico; chegou perto do representante e pressionou o corpo contra o dele. – Fique firme. O que o deixou agitado assim?

– É que... – Coração de Fogo apontou a clareira principal com a cauda. – Rabo Longo. Estou convencido de que ele e Risca de Carvão estão conspirando contra o clã.

Manto de Cinza estreitou os olhos. – O que leva você a achar isso?

– Rabo Longo quer que eu vá até as Rochas das Cobras, onde disse ter sentido o cheiro de Estrela Tigrada. Acho que é uma armadilha.

A curandeira se mostrou desconcertada, mas, quando falou, não foram as palavras que o representante esperava.

– Coração de Fogo, sabe que você está falando como Estrela Azul?

O gato de pelo rubro abriu a boca, sem conseguir responder. O que ela estava querendo dizer? Ele não tinha era *nada* parecido com a líder, com seus medos irracionais, achando que todos os gatos do clã estavam tentando traí-la. Ou será que era? Ele se forçou a se acalmar, deixando a pelagem dos ombros abaixar novamente.

– Vamos lá – Manto de Cinza ponderou. – Se ele estivesse preparando uma cilada com Estrela Tigrada, iria *dizer* que sentiu o cheiro dele? Nem Rabo Longo é tão miolo de camundongo assim!

– Acho... acho que não – o gato admitiu, relutante.

– Então por que você não vai perguntar do que se trata? – Como o gato hesitava, a curandeira acrescentou: – Sei que ele e Risca de Carvão eram amigos de Estrela Tigrada quando ele estava conosco, mas Rabo Longo ao menos parece ser leal ao clã. Além disso, se ele *ficar* tentado a nos trair, você em nada ajuda se não ouvir o que ele tenta dizer. Isso é empurrá-lo na direção das patas de Estrela Tigrada.

– Sei disso – Coração de Fogo suspirou. – Lamento, Manto de Cinza.

Com um leve rom-rom, ela deu-lhe um toque de nariz.
– Vá falar com ele. Vou com você.

Preparado para a situação, Coração de Fogo voltou para a clareira, procurando Rabo Longo. Um calafrio lhe percorreu o corpo, e ele percebeu que já podia ter mandado o guerreiro desbotado à procura de Estrela Tigrada, mas foi verificar na toca dos guerreiros e ele estava lá, agachado, argumentando com Nevasca.

– Nevasca, você tem que me ouvir – Rabo Longo miava quando o representante e a curandeira entraram. Sua voz demonstrava medo de verdade. – Coração de Fogo me considera um traidor e nem quer falar comigo.

– Bem, parece que você andou se encontrando com Estrela Tigrada e passou notícias do clã para ele.

O gato protestou: – Não fui *eu*; foi Risca de Carvão.

Nevasca deu de ombros, nada interessado em discutir. – Certo, continue. Qual é o problema?

– Há cachorros vivendo nas Rochas das Cobras – Rabo Longo disparou.

– Cachorros? Você os viu? – o representante interrompeu. Os dois guerreiros observaram Coração de Fogo se aproximar, acompanhado por Manto de Cinza.

– Quer mesmo ouvir? – Rabo Longo disse num tom incriminador. – Você não vai me acusar de novo de complô, vai?

– Lamento quanto a isso – o representante miou. – Fale-me sobre o cachorro.

– *Cachorros*, Coração de Fogo – corrigiu Rabo Longo. – Uma matilha inteira. – O sangue do gato de pelo rubro gelou ao ouvir *matilha*, mas ele não falou nada, e o relato seguiu: – Eu lhe disse ter sentido o cheiro de Estrela Tigrada nas Rochas das Cobras. Eu... eu achei que devia alertá-lo quanto ao perigo que ronda o lugar, e também saber o que ele estava fazendo em pleno território do Clã do Trovão. Pois descobri. – Ele deu de ombros.

– Continue – o representante incitou. Ele percebeu como agira errado; Rabo Longo realmente tinha notícias importantes a relatar.

– Você conhece as cavernas? – Rabo Longo miou. – Estava exatamente chegando ali quando vi Estrela Tigrada, mas ele não me viu. Primeiro pensei que estava roubando presas, porque arrastava um coelho morto, que acabou largando no chão, antes da entrada da caverna. – Ele parou de contar, tendo os olhos nublados, em pânico, pois, mais uma vez, via algo que os outros gatos não podiam ver.

– E então? – Nevasca instigou.

– Então aquela... aquela criatura saiu da caverna. Juro que era o maior cachorro que já vi na vida. Nada a ver com as coisas bobas que vêm com os Duas-Pernas. Esse era *enorme*. Eu só conseguia ver as patas da frente e a cabeça... a boca gigantesca, a saliva pingando, e dentes que vocês nem sequer imaginam. – Os olhos do gato se arregalaram com a lembrança do medo que sentiu.

– Ele agarrou o coelho e o arrastou para a caverna – continuou. – E então começaram os uivos e os latidos. Parecia haver mais cachorros ali, todos disputando o coelho. Era difícil compreender o que diziam, mas acho que era "matilha, matilha" e "matar, matar".

Coração de Fogo enrijeceu o corpo, os membros travados de pavor, e Manto de Cinza miou baixinho: – Foram as palavras que ouvi no meu sonho.

– E o que Rosto Perdido disse – Coração de Fogo acrescentou. Ele sabia finalmente que terríveis criaturas a tinham atacado. Ele lembrou que o Clã das Estrelas alertara Estrela Azul sobre uma matilha. Rabo Longo tinha descoberto a verdadeira natureza do mal na floresta, a força que transformou os gatos em presas, os caçadores em caçados. Não um único cachorro, separado do seu Duas-Pernas, mas uma matilha de criaturas. O representante não imaginava de onde teriam vindo, mas sabia que o Clã das Estrelas *jamais* teria permitido tal destruição, arriscando o equilíbrio vital de toda a floresta. – E você diz que Estrela Tigrada *alimentou* esses cachorros? – perguntou a Rabo Longo. – O que ele acha que está fazendo?

– Não sei – admitiu o guerreiro desbotado. Quando largou o coelho, pulou no alto da pedra. Não acho que o primeiro cachorro o tenha visto. Então foram embora.

– Você não falou com ele?

– Não, não falei. Ele não percebeu minha presença. Juro por qualquer coisa que você quiser, pelo Clã das Estrelas, pela vida de Estrela Azul. Não sei o que Estrela Tigrada está fazendo.

O medo do guerreiro convenceu Coração de Fogo. Ele esperava um ataque de Estrela Tigrada para roubar os filhotes, mas isso era muito mais complicado. Como poderia imaginar que o líder do Clã das Sombras deixaria de lado o rancor pelo Clã do Trovão? Percebeu que devia ter tido mais medo de Estrela Tigrada ao longo do tempo. De algum modo ele estava ligado à força sombria da floresta, embora Coração de Fogo não soubesse o que Estrela Tigrada queria com os cachorros ou que vantagem teria ao alimentá-los.

– O que você acha? – ele perguntou a Nevasca.

– Acho que precisamos investigar – miou o guerreiro mais velho, sério. – E estou imaginando quanto Risca de Carvão sabe a respeito.

– Eu também – Coração de Fogo disse. – Mas não vou perguntar. Se ele *estiver* de conluio com Estrela Tigrada, não vai nos dizer nada de útil. – Rodeando Rabo Longo, acrescentou: – Não *ouse* dizer uma só palavra a Risca de Carvão sobre isso. Afaste-se dele.

– Eu... pode deixar... – gaguejou o guerreiro de pelo desbotado.

– Ainda precisamos saber por que Estrela Tigrada está correndo esse enorme risco, dando presas frescas para os cachorros – Nevasca continuou. – Se quiser liderar uma patrulha até as Rochas das Cobras, vou com você.

Coração de Fogo olhou para cima, avaliando a luz. – Já está tarde demais hoje – decidiu. – Quando chegarmos às Rochas das Cobras, estará escurecendo. Vamos amanhã cedinho, quando o dia raiar. Vou descobrir o que Estrela Tigrada está tramando, nem que seja a última coisa que eu faça na vida.

CAPÍTULO 24

CORAÇÃO DE FOGO SAIU DA TOCA DOS GUERREIROS e parou. Olhou para o outro lado da clareira, onde Tempestade de Areia, agachada perto do canteiro de urtiga, engolia uma peça de presa fresca. Ele escolhera os felinos que queria que o acompanhassem a Rochas das Cobras, mas até agora não tinha falado com a gata. Relutava em arriscar a vida da guerreira naquela missão perigosa, e receava que ela se recusasse a ir, se tivesse de seguir suas ordens. No entanto, sabia que era impensável seguir sem a amiga.

Respirou fundo e se dirigiu ao canteiro de urtiga, sentando-se ao lado de Tempestade de Areia.

Ela engoliu a última bocada de esquilo. – Coração de Fogo? O que foi?

Devagar, ele contou o que Rabo Longo descobrira nas Rochas das Cobras. – Quero que venha conosco – ele lhe disse. – Você é rápida e corajosa, e o clã precisa de você.

A gata pousou seu olhar verde sobre o representante, que, no entanto, não conseguiu decifrar sua expressão.

– *Eu* preciso de você – ele deixou escapar, com medo de que a amiga se negasse a ir. – Pelo amor de Estrela Azul e do clã. Sei que as coisas não andam muito bem entre nós desde que impedi a batalha com o Clã do Vento. Mas confio em você. Não importa o que pense de mim, faça pelo clã.

Tempestade de Areia balançou a cabeça lentamente. Parecia pensativa, e uma pequena semente de esperança começou a brotar no peito de Coração de Fogo. – Eu sei por que você não quis lutar com o Clã do Vento – ela começou. – De certa forma, acho que estava certo. Mas foi difícil saber que você tinha feito coisas pelas costas de Estrela Azul, sem contar para o resto do clã.

– Eu sei, mas...

– Mas você é o representante – ela o interrompeu, levantando uma pata como sinal para ele não falar. – Tem responsabilidades que o resto de nós não consegue entender. E posso imaginar como deve ter ficado dividido entre a lealdade a Estrela Azul e a lealdade ao clã. Olhou para as patas, hesitando, e acrescentou: – Eu estava dividida, também. Queria ser fiel ao Código dos Guerreiros e também a você.

Coração de Fogo estava muito emocionado para responder. Esticou o pescoço e pressionou a cabeça contra o corpo da gata, feliz por ela não ter se afastado. Na verdade, ela o fitou novamente, fazendo-o sentir-se mergulhado nas profundezas do seu olhar verde. – Sinto muito, Tempestade de Areia. Nunca pretendi magoá-la. – Sua voz era pouco mais que um sussurro, e ele acrescentou – Estou apaixonado por você.

Os olhos de Tempestade de Areia brilharam, e ela sussurrou: – E eu por você. Por isso doeu tanto quando perguntou a Estrela Azul se Pelo de Musgo Renda poderia ser o mentor de Açafrão. Achei que você não estava me respeitando.

– Foi um erro – ele disse, tremendo. – Não sei como pude ter essa atitude de cérebro de camundongo.

A gata ronronou, dando-lhe um toque de nariz.

– Quero você sempre ao meu lado – Coração de Fogo disse, inspirando o perfume da amiga, deliciando-se no calor de seu corpo. De repente sentiu que seria feliz se pudesse ficar assim para sempre.

Mas sabia que não era possível. Ergueu a cabeça e disse: – Tempestade de Areia, sei o que vamos enfrentar lá fora. É mais perigoso do que imaginei. Não é uma ordem, mas gostaria muito de tê-la comigo.

Ela ronronou com mais vigor, uma vibração que percorria todo o corpo. – Claro que vou, sua bolinha de pelo bobona – ela miou.

Coração de Fogo ordenou reforço na vigilância naquela noite, e ele próprio manteve vigília no centro da clareira. Uma crescente sensação de pavor se abatia sobre ele ao ouvir o vento suspirando por entre as árvores nuas. Parecia trazer a voz de Folha Manchada murmurando sobre o inimigo que nunca dormia: Estrela Tigrada, os cães, ou ambos. O inimigo estava prestes a soltar sua fúria e nenhum gato estava seguro. O dia seguinte, ele sabia, podia ver a destruição final de seu clã.

Enquanto ele observava a lua, agora menor, depois da fase cheia, Manto de Cinza saiu da toca, atravessou a clareira e foi sentar-se ao seu lado.

– Se você vai levar uma patrulha amanhã, deve dormir um pouco – ela aconselhou. – Vai precisar de força.

– Eu sei, mas acho que não vou conseguir. – Levantou os olhos para a lua e as estrelas cintilantes do Tule de Prata. – Parece tão calmo lá em cima. Mas aqui embaixo...

– É verdade – a curandeira murmurou. – Aqui embaixo posso sentir o mal crescendo. A floresta está escura por causa dele, e o Clã das Estrelas não pode nos ajudar. Tudo depende de nós.

– Então, você realmente não acredita que o Clã das Estrelas tenha enviado essa matilha para nos punir?

Manto de Cinza o encarou, os olhos brilhando com a luz da lua. – Não, não acredito. – Ela se inclinou e roçou levemente o rosto do representante com o focinho. – Você não está sozinho – prometeu. – Estou com você. E todo o resto do clã também.

O guerreiro esperava que ela estivesse certa. O clã sobreviveria apenas se todos ficassem unidos e enfrentassem juntos a ameaça sombria. Os felinos o tinham apoiado no episódio da batalha não travada contra o Clã do Vento, mas será que se juntariam a ele para enfrentar a matilha?

Passados alguns instantes, Manto de Cinza perguntou: – O que você vai dizer a Estrela Azul?

– Nada. Pelo menos até que tenhamos examinado as redondezas. Não faz sentido perturbá-la. Ela não tem forças para lidar com isso agora.

Manto de Cinza concordou, com um murmúrio. Ficou em vigília com ele em silêncio até a lua começar a se pôr. Então miou: – Coração de Fogo, como sua curandeira digo que vá descansar. O que acontecer amanhã pode determinar o próprio futuro deste clã, e precisamos de todos os nossos guerreiros em plena forma.

Com certa relutância, teve de admitir que a gata estava certa. Deu uma lambida na orelha dela, despedindo-se, e foi para a toca dos guerreiros, onde se enroscou no musgo ao lado de Tempestade de Areia. Mas seu sono foi inconstante, e os sonhos foram sombrios. Uma hora pensou ter visto Folha Manchada vindo em sua direção, e seu coração pulou de alegria, mas antes de alcançá-lo ela se transformou em um cão enorme, com a boca escancarada e olhos flamejantes. Coração de Fogo acordou tremendo, e viu que a primeira luz do amanhecer começava a permear o céu. "Esta pode ser a última madrugada que verei", ele pensou. "A morte nos espera lá fora."

Levantou a cabeça e viu Tempestade de Areia a seu lado, velando seu sono. O amor refletido nos olhos da gata fez uma força nova fluir por seu corpo. Sentou-se e deu uma lambida suave na orelha da amiga. – Está na hora – ele miou.

Preparando-se, despertou os gatos escolhidos na noite anterior para integrar a patrulha das Rochas das Cobras. Cauda de Nuvem quase pulou do ninho, a cauda chicoteando ferozmente com o pensamento de enfrentar as criaturas que tinham ferido Rosto Perdido.

Cara Rajada, que estava perto do jovem, acordou e o seguiu até a entrada da toca. – Que o Clã das Estrelas esteja com você – ela miou, tirando-lhe pedaços de musgo agarrados ao pelo.

Cauda de Nuvem pressionou o focinho contra o dela. – Não se preocupe – assegurou à mãe adotiva. Vou lhe contar tudo quando voltar.

Coração de Fogo acordou Nevasca e, em seguida, atravessou a toca até Listra Cinzenta, enroscado em uma pilha de urze. Cutucou-o com a pata, murmurando: – Vamos.

O amigo piscou e sentou-se. – É exatamente como nos velhos tempos – ele miou, em uma vã tentativa de parecer alegre. – Você e eu, correndo para o perigo de novo. – Com a cabeça, empurrou o ombro do gato avermelhado e disse: – Obrigado por me escolher. Estou apavorado, mas vou provar que sou leal ao Clã do Trovão, prometo.

Coração de Fogo pressionou brevemente seu corpo contra o do amigo e o deixou para um banho rápido enquanto ele ia acordar Rabo Longo. O guerreiro desbotado tremia ao se arrastar para fora do ninho, mas seus olhos estavam determinados. – Vou mostrar que você pode confiar em mim – prometeu baixinho.

O representante balançou a cabeça, ainda meio envergonhado por não ter dado ouvidos ao felino na véspera. – O clã precisa de você – ele miou. – Muito mais do que Estrela Tigrada e Risca de Carvão, eu preciso de você, acredite.

Rabo Longo se iluminou ao ouvir essas palavras e, com os outros guerreiros, seguiu Coração de Fogo até o canteiro de urtiga. Engoliram depressa algumas presas frescas, enquanto o representante os lembrava das palavras do gato de pelo desbotado no dia anterior. – Vamos investigar – ele miou. – Não podemos decidir como nos livrar dos cães até sabermos exatamente o que teremos de enfrentar. Não vamos atacá-los, ainda não – ouviu bem, Cauda de Nuvem?

Os olhos azuis do jovem faiscaram, mas ele não respondeu.

– Não vou levá-lo, Cauda de Nuvem, a menos que prometa obedecer sem questionar.

– Ah, tudo bem – foi a resposta do jovem, que chicoteou a cauda, irritado.

– Quero que todos, até o último cão, virem carniça, mas vou fazer do seu modo, Coração de Fogo.

– Ótimo. – O olhar do representante varreu o resto da patrulha. – Alguma pergunta?

– E se depararmos com Estrela Tigrada? – perguntou Tempestade de Areia.

– Um gato de outro clã em nosso território? – Coração de Fogo arreganhou os dentes. – Sim, você pode *atacá-lo.*

Cauda de Nuvem soltou um grunhido de satisfação.

Engolindo o resto da presa fresca, Coração de Fogo guiou o grupo para a saída do acampamento, subindo até a ravina. Embora o dia já se aproximasse, nuvens cobriam o céu e as sombras ainda eram espessas entre as árvores. Havia um forte cheiro de coelho não muito longe do acampamento, mas Coração de Fogo o ignorou. Não havia tempo para caçar.

Os guerreiros avançavam com cautela em fila única, com o representante à frente e Nevasca de guarda atrás. Depois do que Rabo Longo informara, Coração de Fogo sentia ainda mais fortemente que a floresta, outrora familiar, se tornara cheia de perigos, e seu pelo se arrepiou com a expectativa do ataque.

Tudo estava calmo até que se aproximaram das Rochas das Cobras. Coração de Fogo estava considerando a melhor maneira de chegar às grutas, quando Listra Cinzenta miou: – O que é isso?

Ele mergulhou em uma moita de samambaia morta. Um instante depois, Coração de Fogo ouviu sua voz, tensa e rouca. – Venha ver isso.

O representante seguiu o som e encontrou Listra Cinzenta agachado sobre um coelho morto; tinha a garganta rasgada e o pelo duro de sangue seco.

– A matilha andou matando de novo – Rabo Longo miou com tristeza.

– E por que não comem a presa? – perguntou Tempestade de Areia, aproximando-se para farejar o corpo cinza-amarronzado inerte. Voltou a farejar. – Coração de Fogo, aqui tem cheiro de Clã das Sombras!

O gato avermelhado sorveu a brisa da floresta com as glândulas do céu da boca. A amiga estava certa. O cheiro era fraco, mas inconfundível. – Estrela Tigrada matou esse coelho – ele murmurou – e, depois, o deixou aqui. Por que será?

Lembrou-se de como Rabo Longo relatara ter visto Estrela Tigrada alimentando a matilha com coelho, e do fedor de coelho que os seguira desde o acampamento do Clã do Trovão. Afastando-se da presa, convocou Cauda de Nuvem com um movimento da cauda. – Volte pelo caminho por onde viemos – ele instruiu. – Procure por coelhos mortos. Se encontrar algum, verifique se há outros cheiros, e depois volte para me dizer. Nevasca, vá com ele.

Esperou que os dois saíssem e então se virou para Listra Cinzenta. – Fique aqui e tome conta disso. Tempestade de Areia e Rabo Longo, venham comigo.

Com mais cautela ainda, fazendo uma pausa para farejar o ar de tantos em tantos passos, Coração de Fogo se aproximou das Rochas das Cobras. Não demorou muito para que descobrissem outro coelho morto exposto sobre uma pedra, envolto no mesmo cheiro revelador de Estrela Tigrada. A essa altura avistavam a boca da gruta. Em frente, o gato de pelo rubro só conseguia perceber a forma de outro coelho estendida. Sem nenhum sinal da matilha.

– Onde estão os cães? – murmurou.

– Naquela caverna – respondeu Rabo Longo. – Foi lá que vi Estrela Tigrada deixar o coelho ontem.

– Quando saírem, verão aquele coelho ali, e vão farejar este aqui... – Coração de Fogo pensava em voz alta. – E depois há o que Listra Cinzenta encontrou... – Como se atingido por uma pedra, ele entendeu tudo e mal conseguia respirar de medo. – *Sei* o que Nevasca e Cauda de Nuvem vão encontrar. Estrela Tigrada deixou uma trilha levando ao acampamento.

Rabo Longo se agachou e os olhos de Tempestade de Areia se arregalaram de pavor. – Quer dizer que ele quer levar a matilha direto até nós?

Coração de Fogo teve visões de cenas de cães imensos babando, correndo ravina abaixo, atravessando o muro de samambaia para entrar no acampamento tranquilo. Via bocas se fechando, corpos inertes de felinos jogados para o ar, bebês chorando enquanto dentes cruéis buscavam abocanhá-los… Ele estremeceu. – Sim. Venham, temos de desfazer a trilha!

Nem mesmo uma ordem do próprio Clã das Estrelas o faria tentar recuperar o coelho que estava perto da boca da caverna. Mas pegou o que estava na pedra e o levou de volta para onde deixara Listra Cinzenta. Largou seu fardo o tempo suficiente para miar: – Tragam aquele coelho. Temos de avisar o clã.

Orelhas em pé com espanto, Listra Cinzenta obedeceu. Voltaram ao acampamento e, antes que tivessem viajado alguns comprimentos de raposa, Coração de Fogo viu Cauda de Nuvem e Nevasca se aproximarem, deslizando cautelosamente pela vegetação rasteira.

– Encontramos mais dois coelhos – disse Cauda de Nuvem. – Ambos fedendo a Estrela Tigrada.

– Então vá buscá-los. – Coração de Fogo explicou rapidamente as suas suspeitas. – Vamos despejá-los em um riacho qualquer e desfazer a trilha.

– Está tudo muito bem – Nevasca miou. – Você pode tirar os coelhos, mas… e o cheiro?

O representante congelou. O medo o deixara idiota, percebeu. O odor de coelho e de sangue ainda levaria a matilha direto para o acampamento do Clã do Trovão.

– Vamos tirar os coelhos de qualquer forma – ele decidiu rapidamente. – Isso pode retardar os cachorros. Mas temos de voltar e avisar o clã. Eles vão ter de deixar o acampamento.

Correndo pela floresta, orelhas atentas para o som da matilha atrás deles, voltaram ao acampamento. Logo tinham mais coelhos do que podiam carregar. "Estrela Tigrada deve ter caçado a noite toda para pegar tantos", Coração de Fogo pensou sombriamente.

– Vamos deixá-los todos aqui – Tempestade de Areia sugeriu, ainda a alguma distância da ravina. Buscando fôlego, as laterais de seu corpo subiam e desciam; ela torcera uma das garras, mas seus olhos brilhavam com determinação, e Coração de Fogo sabia que ela correria para sempre se ele pedisse. – Se os cães encontrarem uma boa refeição, vão parar para comer.

– Boa ideia – disse Coração de Fogo.

– Teria sido melhor deixá-los mais perto da caverna – Nevasca assinalou, os olhos escuros de preocupação. – Isso poderia ter evitado completamente a vinda dos cachorros ao acampamento.

– É verdade – ponderou Coração de Fogo –, mas não há tempo. Os cães já podem estar a caminho. Não queremos encontrá-los.

Nevasca concordou. Deixaram o monte de coelhos à vista sobre a trilha e continuaram a correr. Coração de

Fogo sentia o coração bater descontrolado. Deveria ter imaginado que o velho inimigo estaria ligado à força obscura que ameaçava a floresta. Apenas o Clã das Estrelas sabia que Estrela Tigrada descobrira que os cães estavam nas Rochas das Cobras, mas agora ele os usava para destruir o clã que tanto odiava. Enquanto corria pelas árvores, o guerreiro tinha medo de já ser tarde demais para detê-los.

No topo da ravina, ele parou. – Espalhem-se – ordenou aos guerreiros. – Certifiquem-se de que não há nenhuma presa fresca perto do acampamento.

Começaram a descer a ravina, passando de um lado a outro, Cauda de Nuvem à frente; não muito longe da entrada, Coração de Fogo viu o jovem ficar paralisado, fitando o chão.

– Não! Não! – Seu uivo era ensurdecedor, e o pelo flamejante de Coração de Fogo se eriçou de pavor.

– Não! – Cauda de Nuvem uivou novamente. – Coração de Fogo!

O guerreiro correu para o lado do sobrinho, que estava imóvel, em pé, com todos os pelos eriçados, como se encarasse um inimigo. Seus olhos estavam fixos em um monte de pelo malhado inerte perto de suas patas.

– Por que, Coração de Fogo? – Cauda de Nuvem lamentou. – Por que ela?

O gato de pelo cor de fogo tinha a resposta, mas a tristeza e a dor tornavam difícil falar. – Porque Estrela Tigrada quer que a matilha experimente o gosto do sangue de gato – respondeu, irritado.

O felino morto na frente deles era Cara Rajada.

CAPÍTULO 25

Cauda de Nuvem e Tempestade de Areia levaram o corpo de Cara Rajada de volta ao acampamento, mas não havia tempo para realizar os rituais de luto. Aparentemente ela fora caçar sozinha, bem cedinho, e os demais felinos tinham acabado de perceber que estava demorando muito para voltar. O enterro foi arranjado às pressas, providenciado por Cauda de Nuvem e os dois filhotes da falecida, Pata de Avenca e Pata Gris, enquanto Coração de Fogo reunia o clã.

Quando voltaram, o representante estava ao pé da Pedra Grande, esperando que os gatos se reunissem. Cauda de Nuvem andava de lá para cá, a cauda chicoteando o ar com vontade.

– Vou *tirar a pele* de Estrela Tigrada! – jurou. – Vou espalhar suas tripas daqui até as Pedras Altas. Ele é meu, Coração de Fogo, não esqueça.

– E não esqueça que você me deve obediência – disse o gato de pelo rubro. – Logo agora que temos de lidar com a matilha. Vamos deixar para pensar em Estrela Tigrada mais tarde.

Cauda de Nuvem mostrou os dentes com um sibilar de frustração, mas não discutiu.

Enquanto isso, o resto do clã, em choque, se agrupava, sem palavras, em volta de Coração de Fogo. Manto de Cinza saiu da toca da líder e se aproximou dele.

– Estrela Azul dormiu – ela miou. – Melhor só contar-lhe o que aconteceu quando você tiver bolado um plano, não acha?

Coração de Fogo concordou, imaginando como a líder reagiria ao descobrir que seus medos em relação a Estrela Tigrada tinham fundamento. Saber da terrível notícia a levaria à loucura para sempre? Deixando o medo de lado, Coração de Fogo se virou e se dirigiu ao clã. – Gatos do Clã do Trovão. Nesta manhã descobrimos que há uma matilha em nosso território, os cachorros estão vivendo nas grutas nas Rochas das Cobras.

A plateia irrompeu em murmúrios; ouviram-se, também, alguns uivos de insubordinação. Coração de Fogo imaginou que não acreditavam nele, mas o pior estava por vir. Não conseguia parar de fitar Risca de Carvão, mas a expressão do guerreiro de pelo preto e cinza era indecifrável, não revelando o quanto ele sabia dos fatos.

– Estrela Tigrada tem alimentado os cachorros – ele continuou, lutando para manter a voz calma. – E deixou uma trilha de coelhos mortos trazendo direto ao nosso acampamento. Vocês todos sabem onde a trilha vai dar. – Ele abaixou a cabeça na direção do local, fora do acampamento, onde Cara Rajada fora enterrada.

Precisou fazer um sinal com a cauda para um coro de uivos se calar. Viu que Flor Dourada, agachada, abaixara a cabeça ao ouvir o que Estrela Tigrada fizera, e olhou instintivamente para os dois aprendizes mais novos. Açafrão o olhava apavorada, mas não dava para ver o rosto de Amora Doce. Imaginou se ele também estaria chocado, ou se parte dele admirava o pai por engendrar um plano tão ousado.

Finalmente Coração de Fogo conseguiu falar: – Tentamos interromper a trilha, mas os coelhos ficaram lá a noite toda e a matilha seguirá o cheiro que deixaram. Precisamos partir, anciãos, filhotes, todos. Se os cães chegarem ao acampamento não vão nos encontrar.

Mais demonstrações de pânico, dessa vez em murmúrios baixos e ansiosos. Cauda Mosqueada, uma gata atartarugada, idosa, outrora belíssima, perguntou: – Para onde vamos?

– Para as Rochas Ensolaradas. Lá chegando, subam nas árvores mais altas que encontrarem. Se os cachorros os seguirem, vão pensar ter perdido a trilha nas rochas e não vão procurar por vocês.

Para seu alívio, os gatos estavam mais calmos agora que tinham recebido ordens definidas, embora, agachados, ainda chorassem por Cara Rajada. Seus filhotes, os aprendizes Pata de Avenca e Pata Gris, estavam abraçados, rostos apavorados. O representante agradeceu ao Clã das Estrelas pelo dia seco, embora cinza e frio, e por não haver gatos doentes ou bebês para completar a jornada.

– E quanto à matilha? – Pelagem de Poeira perguntou. – O que faremos?

Coração de Fogo hesitou. Sabia que os cães eram demasiado fortes para um ataque direto de seus guerreiros. Estrela Tigrada não os conduziria ao acampamento se não fosse assim. "Clã das Estrelas ajude-me", ele orou em silêncio. Embora fosse ouvido pelos guerreiros ancestrais, passou-lhe uma ideia pela cabeça. – É isso! – murmurou. – Vamos roubar a trilha. – Os gatos próximos o fitavam e ele repetiu, alto: – Vamos roubar a trilha!

– Como assim? – Tempestade de Areia perguntou, os olhos verdes arregalados.

– Exatamente como eu disse. Estrela Tigrada quer levar os cachorros direto ao nosso acampamento. Tudo bem. Deixemos que o faça. Quando chegarem, estaremos esperando, mas para levá-los ao abismo.

Não longe de Quatro Árvores, no extremo do território do Clã do Trovão, o rio espumava entre desfiladeiros escarpados. A corrente era rápida e forte, e havia pedras pontiagudas escondidas logo abaixo da superfície. Se gatos tinham se afogado ali, por que não cachorros?

– Vamos precisar atrair os cachorros até a beira – Coração de Fogo continuou, com os detalhes do plano tomando forma em sua mente: – Vou precisar de guerreiros que corram de verdade. Seu olhar verde-escuro varreu os felinos à sua volta. – Listra Cinzenta. Tempestade de Areia. Pelo de Rato e Rabo Longo. Pelagem de Poeira. E eu. Deve bastar. Os demais fiquem na entrada do acampamento, prontos para sair.

Os gatos não citados começaram a obedecer às ordens e o representante viu Pata de Avenca e Pata Gris colocando-se à frente do grupo de felinos.

– Coração de Fogo, queremos ajudar – Pata de Avenca pediu, com olhos chocados, que imploravam.

– Falei guerreiros – o representante salientou, com delicadeza.

– Mas Cara Rajada era nossa mãe – protestou Pata Gris. Por favor, Coração de Fogo. Queremos fazer isso por ela.

– Está bem, levem-nos com vocês – Nevasca opinou, com a voz grave. – A raiva vai torná-los destemidos.

Coração de Fogo hesitou, mas então viu a intensidade do olhar do guerreiro branco e concordou. – Está certo.

– E *eu?* – Cauda de Nuvem perguntou, com a cauda voltando a balançar.

– Ouça, Cauda de Nuvem – o representante de pelo rubro miou. – Não posso levar todos os meus melhores guerreiros para atrair os cachorros. Alguns precisam ficar tomando conta do resto do clã. – O jovem gato abriu a boca para começar a discutir, mas o tio logo emendou: – Não estou lhe dando uma tarefa fácil. Se falharmos, provavelmente você vai acabar lutando contra os cachorros; talvez também contra o Clã das Sombras. *Pense*, Cauda de Nuvem – ele insistiu, já que o jovem ainda não parecia convencido. – Quer melhor vingança contra Estrela Tigrada do que seus planos falharem e o Clã do Trovão sobreviver?

Cauda de Nuvem fez silêncio por um instante, o rosto crispado de dor e raiva por causa de Cara Rajada.

– Não se esqueça de Rosto Perdido – Coração de Fogo miou baixinho. – Ela vai precisar de você agora mais do que nunca.

O jovem guerreiro se empertigou ao ouvir o nome da amiga; olhou para o outro lado da clareira e a viu mancando na direção da entrada, guiada por Cauda Sarapintada e os outros anciãos. Seu olho bom estava arregalado, e a lateral do corpo subia e descia, tal seu pavor.

– Certo, Coração de Fogo. – Cauda de Nuvem falou com a voz realmente determinada. – Estou indo.

– Obrigado – disse o representante ao sobrinho, que atravessou a clareira para ficar ao lado de Rosto Perdido. – Confio em você.

Coração de Fogo observava os gatos reunidos quando um movimento além deles chamou sua atenção. Risca de Carvão se movia sorrateiramente por um buraco na cerca de espinhos, seguido de perto por Amora Doce e Açafrão.

Coração de Fogo disparou e conseguiu alcançá-los quando passavam pelos espinhos. – Risca de Carvão! – ele chamou, sério. – Aonde vocês pensam que vão?

O guerreiro de pelagem escura se virou. Embora tivesse nos olhos um lampejo de alarme, encarou ousadamente o representante ao dizer: – Não acho que as Rochas Ensolaradas sejam seguras. Estava levando esses dois a um lugar melhor.

– Que lugar é esse? – Coração de Fogo o desafiou – Se conhece um lugar melhor, por que não partilha a informação com o resto do clã? A não ser que os esteja levando até Estrela Tigrada. – Com um ímpeto de fúria, teve de se controlar para não pular em Risca de Carvão e arranhá-lo. – Claro, o líder do Clã das Sombras não ia querer ver seus filhotes devorados pela matilha – ele pensou em voz alta. – Você os está levando até o pai antes que os cachorros cheguem aqui, não é? Para mim, você combinou tudo isso na última Assembleia!

O gato não respondeu. Sua expressão se fechou, sem que ele encarasse Coração de Fogo.

– Risca de Carvão, tenho nojo de você – o representante sibilou. – Você sabia que Estrela Tigrada queria fazer a matilha chegar até nós, e jamais disse uma só palavra a qualquer gato! Você é ou não é leal ao clã?

– Eu não sabia! – o gato protestou, rodando a cabeça para cima. – Estrela Tigrada me mandou levar os filhotes até ele, mas sem dizer por quê. Eu nunca soube da matilha, juro pelo Clã das Estrelas!

Coração de Fogo se perguntava que valor poderia ter um juramento pelo Clã das Estrelas na boca desse guerreiro traidor. Ele se virou para encarar os dois aprendizes, que o fitavam com medo, os olhos arregalados. – O que Risca de Carvão lhes disse?

– N-nada, Coração de Fogo – Açafrão gaguejou.

– Apenas para segui-lo – o irmão acrescentou. – Ele falou que conhecia um bom esconderijo.

– E vocês obedeceram? – perguntou o representante com a voz severa. – Ele agora é o líder do clã? Ou talvez algum gato fez dele o mentor de vocês e eu não fiquei sabendo? Venham comigo, os dois.

Ele rodopiou e atravessou a clareira onde o clã estava reunido perto da entrada do acampamento. Surpreendeu-se, de certa forma, por Risca de Carvão também segui-lo, além dos aprendizes. Mais cedo ou mais tarde, o representante sabia, acertaria contas com o gato, mas não agora.

Ao chegarem, o representante chamou Pelo de Musgo Renda com um movimento da cauda e designou: – Estou deixando esses dois aprendizes sob sua responsabilidade. Não tire os olhos deles, aconteça o que acontecer. Se Risca de Carvão se aproximar, mesmo que só para farejá-los, quero saber.

– Certo, Coração de Fogo – disse o gato, impressionado. Cutucou os dois jovens para fazê-los passar entre os outros felinos.

Ao ver Nevasca por perto, Coração de Fogo foi até ele e apontou Risca de Carvão com a cabeça e ordenou: – Não perca aquele ali de vista. Não acredito num só fio de sua pelagem.

Então se dirigiu aos guerreiros que tinha escolhido para irem à frente da matilha: – Se ainda não comeram hoje, sugiro que comam agora. Vocês vão precisar de toda sua força. Vamos partir logo, mas antes preciso falar com Estrela Azul.

Ao se virar na direção da toca da líder, percebeu que, a seu lado, estava Manto de Cinza, que perguntou: – Quer que eu vá junto?

Ele balançou a cabeça. – Não. Vá ajudar os demais a se aprontarem para partir. Faça o possível para que se mantenham calmos.

– Não se preocupe – a curandeira garantiu. – Vou levar uma farmacinha básica, só por precaução.

– Boa ideia. Busque Pata de Espinho para ajudá-la. Você pode sair assim que Estrela Azul estiver pronta.

Olhou para a toca da líder e viu que ela estava acordada, penteando a pelagem. – Sim, Coração de Fogo. O que é?

O representante se aproximou e abaixou a cabeça. – Estrela Azul, descobrimos a verdade sobre o mal que habita a floresta – ele começou, com cuidado. – Sabemos o que é a "matilha".

A gata se aprumou e fixou os olhos azuis em Coração de Fogo, ouvindo o relato do que ele e sua patrulha tinham visto de manhã. À medida que ele falava, o rosto da líder ficava horrorizado, confuso, fazendo voltar no representante o medo de ela enlouquecer por causa das notícias.

– Então Cara Rajada está morta – ela murmurou quando Coração de Fogo terminou. Amarga, ela disse: – Logo o resto do clã vai segui-la. O Clã das Estrelas mandou Estrela Tigrada para nos destruir. Não vão nos ajudar agora.

– Talvez não, Estrela Azul, mas não vamos nos render – o representante insistiu, tentando não se apavorar. – Você deve levar o clã às Rochas Ensolaradas.

As orelhas de Estrela Azul se agitaram. – E o que isso vai adiantar? Não podemos viver nas Rochas Ensolaradas, e mesmo lá a matilha vai nos caçar.

– Se meu plano funcionar, vocês não vão ficar lá por muito tempo. Ouça – Coração de Fogo lhe contou o plano de atrair os cachorros pela floresta e fazê-los cair no desfiladeiro.

O olhar da líder tornou-se vago, fixo em algum ponto que Coração de Fogo não via. – Então você quer que eu vá para as Rochas Ensolaradas como uma anciã – ela miou.

Ele hesitou. Dizer à líder o que fazer era mais difícil que dar ordens a Cauda de Nuvem. – Como líder – ele disse. – Sem você lá, o clã vai se apavorar e se dispersar. Os gatos precisam de você para se manterem unidos. Além disso, não se esqueça de que essa é sua última vida. Se perdê-la, o que o clã fará sem você?

Estrela Azul hesitou. – Está certo.

– Devemos ir agora.

Ela concordou e saiu da toca. A maior parte do clã, ou seja, os gatos que Coração de Fogo não escolhera para acompanhá-lo, já estava reunida perto da entrada do acampamento. Quando a líder foi juntar-se a eles, o representante fez um sinal com a cauda para Nevasca e lhe disse baixinho: – Fique ao lado dela, cuide dela.

Nevasca abaixou a cabeça. – Pode confiar em mim, Coração de Fogo. – O olhar que ele trocou com o representante mostrava que ele compreendia bem como a mente da líder estava debilitada. Ele ficou ao lado da gata, que liderava o grupo na saída do acampamento.

Vendo o guerreiro branco, velho, mas ainda vigoroso, ao lado da líder, Coração de Fogo, mais uma vez, ficou chocado com a fragilidade da gata. Mas sua presença entre eles daria segurança aos felinos, especialmente aos anciãos.

Quando o último gato do clã saiu em fila na direção da ravina, ele voltou-se aos guerreiros que tinham ficado e que estavam agachados ao lado dos caules queimados do terreno de urtigas. Os olhos de Listra Cinzenta e Tempestade de Areia, cheios de decisão e medo em igual medida, encontraram os do representante, que lembrou a última vez que fizera esvaziar o acampamento, quando o incêndio começou, e como três gatos jamais voltaram.

Mas sabia que pensamentos desse tipo apenas o deixariam apavorado. Precisava ser forte pelo bem do clã. Foi na direção dos guerreiros e miou: – Estão prontos? Então, vamos.

CAPÍTULO 26

Ao alcançar o topo da ravina, Coração de Fogo parou e ordenou para Pata de Avenca e Pata Gris. – Vocês dois esperem aqui. Assim que virem os cães, corram direto para o desfiladeiro. Tempestade de Areia vai logo depois. Quando a virem, subam em uma árvore, e depois, quando os cães começarem a seguir a trilha dela, dirijam-se para as Rochas Ensolaradas.

Olhou para os dois aprendizes cujos olhos brilhavam com fúria, a dor pela perda da mãe momentaneamente esquecida por causa do desejo de vingar sua morte. Esperava que se lembrassem das instruções e não entrassem em pânico, ou pior ainda, tentassem atacar os cachorros sozinhos. – O clã confia em vocês – acrescentou. – Os dois são motivo de orgulho para nós.

– Não vamos decepcioná-lo – Pata de Avenca prometeu.

O representante os deixou lá e se embrenhou com os outros pela floresta. Suas orelhas estavam atentas aos sons dos cães, mas por enquanto a floresta parecia estar à espera, sob um silêncio sufocante, tão sinistro quanto qualquer uivo ou ruído forte na vegetação rasteira. O som da respiração dos gatos e seus passos macios ao passarem sob as árvores pareciam anormalmente altos.

Logo Coração de Fogo parou de novo. – Tempestade de Areia, espere aqui – ele miou. – Não quero que aqueles dois aprendizes tenham de correr muito. Você é a mais rápida do clã, dê uma boa arrancada para os cães a seguirem e se afastarem, dando uma chance ao resto de nós. Certo?

– Pode confiar em mim, Coração de Fogo – ela assentiu e esfregou o focinho contra o dele.

Não havia tempo para palavras, mas o amor brilhava em seus olhos verdes, e o guerreiro temeu por ela, sendo invadido por uma onda de medo.

Ele se afastou, levando os demais guerreiros ao longo do caminho até o desfiladeiro, deixando-os em postos a intervalos regulares: Cauda Longa, depois Pelagem de Poeira e, em seguida, Pelo de Rato. Finalmente, ele e Listra Cinzenta ficaram sozinhos na fronteira com o Clã do Rio, o mais perto possível do precipício, embora sem sair do próprio território.

– Certo, Listra Cinzenta – ele miou, parando. – Você se esconde aqui. Se tudo correr bem, Pelo de Rato vai levar os cães até você. Quando chegarem, siga para a parte mais íngreme do desfiladeiro. Estarei na sua frente, esperando para assumir o trecho final.

– Isso vai ser no território do Clã do Rio. – Listra Cinzenta parecia em dúvida. – O que Estrela Leopardus vai pensar?

– Com um pouco de sorte, ele nem vai precisar saber de nada – Coração de Fogo respondeu, lembrando-se da ameaça da líder do Clã do Rio de matar Listra Cinzenta se ele voltasse a pôr a pata em seu território. – Não podemos nos preocupar com isso agora. Fique escondido do nosso lado da fronteira; se vir uma patrulha, não se deixe descobrir.

Listra Cinzenta assentiu e colou a barriga no chão para rastejar sob os galhos de um espinheiro. – Boa sorte – ele miou, e desapareceu.

Coração de Fogo retribuiu os votos e avançou, mais cauteloso agora, em direção ao território do Clã do Rio. Não viu nenhum gato do clã inimigo, mas farejou alguns cheiros bem recentes, o que sugeria que a patrulha do amanhecer já tinha passado por ali. Finalmente encontrou um buraco ao pé de uma pedra onde podia se esconder e esperar. Toda a floresta estava em silêncio, exceto pelo rugido de água distante no desfiladeiro.

O gato de pelo rubro se perguntava onde estaria Estrela Tigrada. Em segurança no território do Clã das Sombras, imaginou, esperando seu antigo clã ser destruído. Então ele poderia se jogar como um corvo sobre a carniça e tomar o território do Clã do Trovão, deleitando-se com a vingança perfeita.

As nuvens ainda cobriam o céu, e Coração de Fogo não tinha como medir o passar do tempo, mas os tique-taques de coração se sucediam e o representante começou a se preocupar se algo tinha dado errado. Por que demorava tanto? Será que os cães tinham pegado um de seus guerreiros? Ele imaginou Tempestade de Areia estraçalhada por cruéis bocarras e arranhou a terra dura na sua frente, estendendo e embainhando as garras. Teve de se segurar para não voltar e ver o que tinha acontecido. "E se tudo isso fosse um grande erro?", se perguntou. Estaria conduzindo seu clã a um perigo ainda maior?

Então, acima do ruído do rio, ouviu um latido distante, mas que se aproximava rapidamente. A força negra ganhara uma voz, por fim, e se revelou quando a matilha se abateu sobre os gatos, agora suas presas. O som ficou mais alto ainda, até que pareceu encher toda a floresta, e Listra Cinzenta apareceu, riscando o chão com a barriga quase plana.

Atrás dele, a pouco menos de três raposas de distância, estava o líder da matilha, um cão como Coração de Fogo jamais vira. Era enorme, facilmente duas vezes maior que qualquer animal de estimação dos Duas-Pernas. Enquanto corria, podiam-se ver seus músculos, poderosos, sob o pelo curto, preto e castanho. A boca se abria deixando à mostra dentes ferozes, a língua pendurada. Ele latia com voz rouca, tentando abocanhar Listra Cinzenta que fugia.

– Clã das Estrelas, me ajude! – Coração de Fogo sussurrou, saltando do esconderijo.

Mal teve tempo de ver o amigo se arremessar para a árvore mais próxima; a partir daí, só lhe restava correr. O latido parecia redobrar, e ele sentia o calor da respiração do líder da matilha em suas patas traseiras.

Pela primeira vez se perguntou o que faria ao chegar ao desfiladeiro. Tinha imaginado escorregar para o lado no último momento, e os cães, ingênuos, saltariam direto para o precipício. Agora, percebia que isso poderia não funcionar; os cães estavam muito, muito mais próximos do que imaginara.

Talvez ele próprio tivesse de pular.

"Se for o jeito de salvar o clã, então é o que vou fazer", Coração de Fogo jurou, determinado.

O desfiladeiro estava perto. O guerreiro de pelo avermelhado saiu do meio das árvores; entre ele e a beira do precipício, apenas a turfa macia. Olhou rapidamente para trás; como se adiantara, diminuiu o ritmo para deixar que os cães o alcançassem. A matilha saiu da floresta atrás do líder, as línguas penduradas enquanto latiam.

– Matilha, matilha! Matar, matar! – As palavras chicotearam Coração de Fogo como se fossem dentes.

Então, vindo do outro lado, um peso enorme caiu sobre o representante do Clã do Trovão, derrubando-o. Em vão, ele lutou para se levantar, mas uma pata gigantesca o prendia pelo pescoço. Uma voz rosnou ao seu ouvido: – Vai a algum lugar, Coração de Fogo?

Era Estrela Tigrada.

CAPÍTULO 27

CORAÇÃO DE FOGO LUTOU DESESPERADAMENTE PARA SE LIBERTAR, chutando com as patas traseiras, para arrancar com as garras tufos de pelo da barriga do inimigo. O líder do Clã das Sombras mal se movia. Seu fedor estava na boca e nas narinas do gato de pelagem rubra; os olhos cor de âmbar do líder se fixaram nos do representante.

– Saúde o Clã das Estrelas por mim – ele rosnou.

– Só depois que você saudar! – o gato avermelhado arfou.

Para seu espanto, Estrela Tigrada o soltou. Cambaleando nas patas, Coração de Fogo viu o líder do Clã das Sombras recuar e subir na árvore mais próxima. Antes que pudesse pensar no que estava acontecendo, ouviu um uivo ensurdecedor e sentiu o chão tremer sob as patas. Ele rodopiou e viu o líder da matilha debruçado sobre ele, a enorme boca aberta, pingando saliva. Não havia tempo para correr. Coração de Fogo fechou os olhos e se preparou para encontrar o Clã das Estrelas.

Parecia que uma faca o penetrava ao sentir dentes afiados em seu cangote. As patas de nada lhe serviram quando o cachorro o levantou e o balançou de um lado para o outro. Ele girou no ar, lutando para usar a garra nos olhos, na boca, na língua do cão, mas as patas que se lançavam nada atingiam. A floresta rodava sobre sua cabeça. Ele percebia mais latidos, e o fedor dos cachorros estava por toda parte.

– Clã das Estrelas, me ajude! – Coração de Fogo soltou um grito de pavor e desespero. Não se tratava apenas de sua morte, mas da extinção de todo o clã. Seu plano tinha falhado. – Clã das Estrelas, onde você está?

De repente ouviu-se um uivo bem próximo. Coração de Fogo foi atirado ao chão, a respiração lhe escapando do corpo. O que segurava seu cangote o soltou e se foi. Atordoado, levantou o rosto e viu uma forma azul-acinzentada se jogar sobre o líder da matilha.

– Estrela Azul! – ele uivou.

A força do impacto da líder mandou o cachorro, cambaleante, para o extremo do desfiladeiro. Seu latido tornou-se um urro alto e aterrorizado; suas patas enormes tentavam agarrar a turfa. O chão que se desprendia se desfez sob seu peso e ele caiu, mas, enquanto desaparecia na beirada do precipício, a mandíbula rapidamente se fechou na perna de Estrela Azul, puxando-a com violência.

Dois outros cachorros, logo atrás do líder, não conseguiram parar a tempo. Sem enxergar, pularam sobre a beirada do despenhadeiro e desapareceram, uivando, enquanto os demais cachorros deslizaram até parar, os latidos hostis se esvaindo em soluços patéticos. Antes que Coração de Fogo pudesse se colocar de pé, eles se afastaram da beirada e fugiram, se embrenhando na floresta.

O representante do Clã do Trovão cambaleou até a beira do precipício. Viu a espuma branca no fundo do abismo. Por um tique-taque de coração vislumbrou o focinho do líder da matilha buscando ar, lutando entre as ondas, antes de desaparecer novamente.

– Estrela Azul! – Coração de Fogo gritou. O que ela estava fazendo ali? Ele a mandara ir com o resto do clã para as Rochas Ensolaradas.

Aparvalhado demais para conseguir se mexer, olhou para baixo, na direção do rio. De repente viu uma cabeça cinza e pequena surgir na superfície, e patas se mexendo com violência. Estrela Azul estava viva! Mas a corrente a arrastava rio abaixo, e Coração de Fogo sabia que estava muito fraca para conseguir nadar por muito tempo.

Só havia uma coisa a fazer: gritar. – Estrela Azul, aguente firme! Estou chegando! – Ele desceu pela lateral escarpada do abismo e entrou no rio.

A água agarrava o guerreiro como uma pata enorme, dando-lhe golpes de lá para cá. A água gelada o fazia perder o fôlego. As patas se movimentavam furiosamente, ele tentando nadar, mas a força da corrente o jogava para baixo das águas. Deixou de ver Estrela Azul antes mesmo de entrar na água; via apenas a espuma que borbulhava a seu redor.

Quando conseguiu tirar a cabeça da água, buscou ar, conseguindo permanecer na superfície, com a corrente o arrastando rio abaixo. Então voltou a localizar Estrela Azul, na sua frente algumas raposas de distância, a pelagem colada na cabeça e a boca aberta. Chutando com força, Coração de Fogo diminuiu a distância entre eles; quando Estrela Azul voltou a afundar, ele agarrou seu cangote com os dentes.

O peso extra o arrastou para baixo. Todos os seus instintos gritavam para ele largar Estrela Azul e salvar a própria vida. Mas ele se obrigou a aguentar, forçando as patas a continuarem se mexendo; enfim conseguiu trazer à tona a líder, que se afogava. Quase a deixou escapar quando algo bateu neles; o guerreiro conseguiu ver um cachorro arrastado pela correnteza, os olhos vidrados de pavor; movimentando-se desajeitadamente, sem forças, ele desapareceu novamente.

Uma sombra repentina caiu sobre eles e se foi, enquanto a correnteza os arrastava sob a ponte dos Duas-Pernas, para longe dos penhascos que se debruçavam sobre o rio. Coração de Fogo agora via a margem e foi na direção dela, mas suas patas doíam de exaustão. Estrela Azul era um peso morto, incapaz de se salvar sozinha. O guerreiro sabia que não podia largá-la para tomar fôlego, e começou a perder os sentidos rodopiando na escuridão, pois sua cabeça mergulhou novamente.

Quase inconsciente, fez mais um terrível esforço, batendo as patas com força. Mas, quando emergiu, não conseguia ver as margens, perdera totalmente o senso de direção. As patas enrijeceram por causa do pânico, pois sabia que ia se afogar.

De repente, Estrela Azul passou a pesar menos. Piscando para tirar a água dos olhos, Coração de Fogo viu outra cabeça surgir na água ao seu lado, com os dentes segurando com firmeza o pelo da líder. Reconheceu a pelagem azul-acinzentada e, de tão chocado, quase parou de nadar.

Era Pé de Bruma!

Ao mesmo tempo ouviu a voz de Pelo de Pedra do outro lado. – Pode soltar. Nós já a pegamos.

Coração de Fogo obedeceu e deixou Pelo de Pedra tomar seu lugar. Os dois gatos do Clã do Rio empurraram Estrela Azul pela água na direção da margem. Sem ter mais que aparar o corpo da gata, o representante conseguiu se movimentar atrás deles até sentir o fundo do rio sob as patas. Mais seguro, deixou-se levar pelas águas para fora do precipício e, espalhando água para todos os lados, chegou à segurança da margem do lado do Clã do Rio.

Tossindo ao tomar fôlego para encher os pulmões combalidos, Coração de Fogo sacudiu a pelagem para se secar e olhou em volta para ver o que acontecera com Estrela Azul. Pé de Bruma e Pelo de Pedra a tinham colocado deitada de lado sobre os seixos. Pingava água de sua boca aberta, e ela não se movia.

– Estrela Azul! – Pé de Bruma exclamou.

– Ela está morta? – Coração de Fogo perguntou, com a voz fraca, cambaleando até os gatos.

– Acho que ela…

Pelo de Pedra foi interrompido por um uivo alto: – Coração de Fogo! Cuidado! Coração de Fogo!

Era a voz de Listra Cinzenta. Coração de Fogo se virou e viu Estrela Tigrada, que corria pela ponte dos Duas--Pernas, seguido de perto pelo guerreiro cinza. Na margem, o líder do Clã das Sombras foi na direção de Coração de Fogo e dos demais e Listra Cinzenta rapidamente se colocou ante o enorme gato malhado e rodopiou para encará-lo.

– Para trás! – ele rosnou. – Não toque neles.

Com raiva, Coração de Fogo se encheu de força. Sua líder jazia na margem do rio, sua última vida se esvaindo; o que quer que ela tenha dito ou feito, era ainda sua líder, e ele nunca quis vê-la morta, pelo bem do clã. E tudo era culpa de Estrela Tigrada!

Ele foi rio acima para ficar ao lado de Listra Cinzenta, e o líder do Clã das Sombras parou à distância de algumas raposas. Estava claramente considerando atacar ambos ao mesmo tempo.

Atrás dele, Pé de Bruma arfou: – Coração de Fogo! Ela está viva!

Ele arreganhou a boca e mostrou os dentes para Estrela Tigrada. – Dê um passo à frente que jogo você no rio junto com os cachorros – ele rosnou. – Listra Cinzenta, mantenha-o longe.

O amigo fez que sim, desembainhando as garras; Estrela Tigrada sibilou com raiva e frustração.

O representante do Clã do Trovão correu e se agachou ao lado de sua líder. Ela estava sobre as pedras, mas agora o guerreiro via seu peito subir e descer, com a respiração entrecortada. – Estrela Azul? – falou baixinho. – Estrela Azul, é Coração de Fogo. Está tudo bem, agora. Você está a salvo.

Ela piscou e abriu os olhos, fitando os dois guerreiros do Clã do Rio. Por um tique-taque de coração, não pareceu reconhecê-los; e então seus olhos se arregalaram, suavizando-se, com orgulho. – Vocês me salvaram – ela murmurou.

– Shhh. Não tente falar – Pé de Bruma insistiu.

Estrela Azul pareceu não ouvir. – Quero dizer uma coisa... Quero pedir desculpas por ter abandonado vocês. Coração de Carvalho prometeu que Poça Cinzenta seria uma boa mãe para vocês.

– Ela foi mesmo – Pelo de Pedra miou bruscamente.

Coração de Fogo se retesou. Da última vez que os dois guerreiros do Clã do Rio tinham falado com Estrela Azul, tinham sido ásperos com a gata, com ódio pelo que ela lhes fizera. Será que se voltariam contra ela, agora indefesa?

– Devo tanto a Poça Cinzenta – a líder prosseguiu, com a voz fraca e irregular. – Também a Coração de Carvalho, por ser um mentor tão bom. Observei vocês enquanto cresciam e vi o quanto ofereceram ao clã que os adotou. Um tremor percorreu-lhe o corpo, e ela parou de falar por um instante. – Se eu tivesse feito outra escolha, vocês teriam dedicado toda sua força ao Clã do Trovão. Perdoem-me – ela disse com a voz fraca.

Pé de Bruma e Pelo de Pedra trocaram um olhar de incerteza.

– A escolha lhe causou intensa dor – Coração de Fogo não conseguiu se conter. – Por favor, deem a ela seu perdão.

Por um tique-taque de coração, os dois guerreiros ainda hesitaram. Então Pé de Bruma inclinou a cabeça para lamber a pelagem da mãe, e Coração de Fogo, aliviado, sentiu as pernas tremerem. – Perdoamos você, Estrela Azul – ela murmurou.

– Nós a perdoamos – Pelo de Pedra repetiu.

Mesmo fraca como estava, Estrela Azul começou a ronronar, feliz. Coração de Fogo sentiu a garganta apertar, observando os dois felinos do Clã do Rio agachados ao lado da líder, a mãe deles, trocando lambidas com ela pela primeira vez.

Um sibilar furioso de Listra Cinzenta o fez virar a cabeça; Estrela Tigrada dera um passo adiante. Os olhos do enorme felino malhado estavam arregalados de espanto. O gato de pelo rubro sabia que, até agora, Estrela Tigrada ignorava quem era a mãe dos filhotes abandonados pelo Clã do Trovão.

– Não se aproxime mais, Estrela Tigrada – ele sibilou. – Isso não tem nada a ver com você.

Voltou-se para Estrela Azul, e viu seus olhos se fecharem, a respiração rápida e curta.

– O que podemos fazer? – ele perguntou a Pé de Bruma, ansioso. – É sua última vida, e ela não vai conseguir voltar ao acampamento do Clã do Trovão. Um de vocês pode ir buscar seu curandeiro?

– É tarde demais, Coração de Fogo. – Foi Pelo de Pedra que respondeu, com voz baixa e delicada. – Ela começou sua jornada rumo ao Clã das Estrelas.

– Não! – Coração de Fogo protestou. Ele se agachou e pressionou o focinho no focinho da líder. – Estrela Azul, Estrela Azul, acorde! Vamos buscar ajuda, aguente mais um pouquinho.

Os olhos da líder se abriram novamente, mas fitando além do ombro do representante. O olhar era claro, repleto de paz. – Coração de Carvalho – ela murmurou. – Você veio me buscar? Estou pronta.

– Não! – Coração de Fogo, mais uma vez, protestou. Todas as suas diferenças com Estrela Azul desapareceram. Só lembrava da líder nobre, sábia, inspiradora; da boa mentora que o recebeu na chegada ao clã como gatinho de gente. No final, o Clã das Estrelas fora bom para ela, pois saiu das sombras para morrer da forma nobre como vivera, salvando o clã com o próprio sacrifício.

– Estrela Azul, não nos deixe – ele implorou.

– É preciso – ela murmurou. – Lutei minha última batalha. – Ela arfava, se esforçando para falar. – Quando vi o clã nas Rochas Ensolaradas, os fortes ajudando os fracos... soube que você e os outros tinham partido para enfrentar a matilha... Soube que meu clã era leal, e que o Clã das Estrelas não nos tinha virado as costas. Eu soube... – Sua voz falhou, e ela lutava para prosseguir. – Vi que não podia deixá-lo enfrentar o perigo sozinho.

– Estrela Azul... – A voz do guerreiro titubeou com a dor da separação, além disso, seu coração estava aos pulos, pois ouviu a líder declarar que ele não era um traidor.

A gata de focinho prateado fixou seu olhar azul nele. O guerreiro pensou já vislumbrar o brilho do Clã das Estrelas. – O fogo vai salvar o clã – ela murmurou, fazendo-o lembrar a misteriosa profecia que ouvira em seus primeiros dias no Clã do Trovão. – Você jamais compreendeu, não é? Nem quando lhe dei seu nome de aprendiz, Pata de Fogo. E eu mesma duvidei, quando o fogo lambeu nosso acampamento. Mas agora vejo a verdade. Coração de Fogo, você é o fogo que vai salvar o Clã do Trovão.

Ao guerreiro só restava fixar o olhar na amada líder. Seu corpo parecia de pedra. No céu, o vento rasgava as nuvens em pedaços, deixando um raio de sol passar e tocar sua pelagem, que brilhou como chama, como acontecera na clareira quando ele chegara ao clã, havia tantas luas.

– Você será um grande líder. – A voz de Estrela Azul era um fiapo. – Um dos maiores que a floresta já conheceu. Você ainda tem o calor do fogo para proteger seu clã e a intensidade do fogo para defendê-lo. Você será Estrela de Fogo, a luz do Clã do Trovão.

– Não. Não posso. Não sem você, Estrela Azul.

Mas era tarde demais. A gata suspirou suavemente e a luz de seus olhos se apagou. Pé de Bruma lamentou baixinho, pressionando o nariz contra o corpo da mãe. Pelo de Pedra agachou-se perto dela, a cabeça inclinada.

– Estrela Azul! – Coração de Fogo miou em desespero, mas não houve resposta. A líder do Clã do Trovão desistira de sua última vida, indo caçar para sempre com o Clã das Estrelas.

Coração de Fogo pôs-se de pé, tendo de enterrar as garras na terra porque a cabeça lhe rodava; por um momento, ele temeu cair no céu. Seu pelo estava arrepiado e ele sentia o coração aos pulos, como se fosse sair do peito.

– Coração de Fogo – Listra Cinzenta murmurou. – Ah, Coração de Fogo.

O guerreiro cinza saíra de perto de Estrela Tigrada e se aproximara, em silêncio, da líder, estando a seu lado no momento da partida. O representante do Clã do Trovão sentiu o amigo fitá-lo com uma espécie de admiração; quando os olhares se encontraram, Listra Cinzenta abaixou a cabeça em profundo respeito. O guerreiro de pelagem cor de flama enrijeceu, apavorado, querendo protestar; ele desejava o apoio da velha amizade entre eles, não esse reconhecimento formal entre um guerreiro e seu líder.

Um pouco atrás de Listra Cinzenta, estava Estrela Tigrada com o olhar de raiva e espanto fixo nos felinos amontoados na beira do rio. Antes que Coração de Fogo pudesse se expressar, o líder do Clã das Sombras rodopiou e disparou pela ponte dos Duas-Pernas, na direção do seu território.

Coração de Fogo o deixou partir. Tinha de lidar com os felinos em pânico no seu próprio clã, antes de resolver velhas pendências. Mas o que Estrela Tigrada fizera naquele dia jamais seria esquecido, não pelos gatos do Clã do Trovão. – Precisamos buscar os outros – ele miou, com a voz fraca, para Listra Cinzenta. – Temos de levar o corpo de Estrela Azul de volta ao acampamento.

O gato de pelo cinza abaixou a cabeça novamente. – Certo, Coração de Fogo.

– Vamos ajudar – Pelo de Pedra ofereceu, levantando-se e encarando os gatos do Clã do Trovão.

Será uma honra – acrescentou Pé de Bruma, com os olhos nublados de pesar. – Gostaria de ver nossa mãe descansando no clã que comandou.

– Obrigado aos dois – miou Coração de Fogo. Ele respirou fundo, se empertigou e sacudiu a pelagem para se secar. Parecia ter sobre os ombros o peso de todo o clã, mas, apesar disso, num tique-taque de coração, começou a parecer possível suportá-lo.

Agora ele era o líder do Clã do Trovão. Com a morte do líder da matilha, a ameaça dos cachorros se extinguira na floresta, e seu clã estava a salvo, aguardando por ele nas Rochas Ensolaradas. Tempestade de Areia também o esperava.

– Vamos – ele miou a Listra Cinzenta. – Vamos para casa.

GRÁFICA PAYM
Tel. [11] 4392-3344
paym@graficapaym.com.br